가장 소중하고
누구에게든 존중받아 마땅한

「　　　　　　　　」에게

안녕, 낯선 사람

Hello, Stranger

안녕,
낯선 사람

Hello,
Stranger

이민지

*

고낙균

포레스트북스

＊

"아무리 가까워도
우리 모두는 서로가 서로에게
낯선 타인일 수밖에 없습니다.

이 책은 친하지만 어려운 그 사람,
익숙해도 낯선 그 관계 때문에 우는
당신을 위한 이야기입니다."

사랑받고 싶어 행했던 고군분투,

이해하고 싶었지만 오해하게 되는 순간,

잘하고 싶었던 마음이 앞서 저지른 서툰 실수,

가깝다고 여긴 연인, 친구 등도

결국 낯선 타인에 불과하다는 뼈아픈 사실,

"이건 분명 나만 겪어본 낯부끄러운 흑역사일 거야." 「픽고」의 시작은 그런 마음으로 일기장에 끄적이듯 써 내려간 이야기였습니다. 지극히 개인적이라 여겼던 이야기에 하나둘 모인 사람들이 댓글로 서로의 생각을 나누고 위로를 얻는 모습을 보며 생각했습니다. 이 이야기는 분명 저 많은 사람들이 채워줘야 완성되는 것이구나, 그리고 나만 겪어 봤을 거라 생각한 흑역사나 깨달음이 다른 대부분의 사람도 느껴본 것이구나. 그래, 사람 사는 거 결국 다 똑같구나!

대부분의 우리는 사람에게 기대하다 상처받고, 반대로 상처를 주기도 합니다. 「픽고」의 등장 인물들도 마찬가지입니다. 아무리 착한 성격을 가진 캐릭터라 해도 때때로 의도치 않게 다른 이에게 상처를 줍니다. 관계도 마찬가지입니다. 좋으면서 싫기도 하고, 미워하고 싶은데 정이 들어서 마냥 밉지도 않고, 가끔은 다신 안 보겠다고 다짐해놓고도 며칠 뒤에는 마음이 사그라들고… 그런 사이가 대부분일 겁니다.

　이 책은 이렇게 복잡하고 미묘한 '사람과 관계'라는 인생에서 가장 어려운 질문에 대한 아주 작은 대답입니다. 거절을 하지 못하는 성격이다 보니 타인의 부탁이 겹겹이 쌓여 괴로울 때, 마음을 터놓을 친한 친구 한 명 없다는 생각이 들 때, 연인이 자꾸 서운하게 해서 둘인데 혼자인 것보다 더 외롭단 생각이 들 때… 누구에게도 말할 수 없던 고민이 『안녕, 낯선 사람』 속의 여러 이야기를 만나 나름의 답안과 위안을 얻을 수 있게 된다면 좋겠습니다.

　끝으로 독자 여러분이 더 나은 내가 되고 싶어 노력하는 나를 너무 미워하지 않기를, 가끔 서툰 실수를 하게 될 때도 있지만 '그럼에도 불구하고 충분히 괜찮다'라는 위안을 얻게 될 수 있기를 바랍니다.

이민지　＊　고낙균

「 목차 」

「 인물 관계도 」

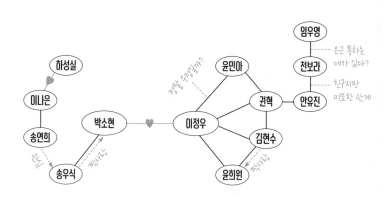

임우영 ---- 은근 통하는 데가 있다?
전보라 ---- 친구지만 미묘한 관계
안유진

윤민아
권혁
김현수
윤희원

이정우
박소현

하성실
이나은
송연희
송우식

잘말 우정일까?
친구요.
지나가요.
지나가요.

── 친구 관계 ── 연인 관계

· 등장 인물 모두 같은 대학교를 다니고 있습니다. 정우, 민아, 혁, 현수, 유진은 위 학년이며 소현, 나은, 연희, 우식, 성실, 보라, 우영은 아래 학년입니다. 단 보라는 재수생, 우영은 빠른 년생으로 나이는 위 학년과 같습니다.

10

「 등장 인물 」

박소현 자신이 원하는 걸 죽어도 말하지 않는 배려의 아이콘. 특히 남자친구인 정우의 눈치를 많이 보며 을의 연애를 자처하고 있다.

이정우 갈등을 싫어하는 지독한 회피형. 돈은 없지만 술자리는 꼬박꼬박 참석한다.

윤민아 주변에 남사친밖에 없는 여왕벌. 가끔씩 주변 남사친들을 헷갈리게 하는 행동을 한다.

송우식 친구들의 연애 상담을 잘 해주지만 정작 본인은 연애 고자. 소현과 고등학교 때부터 친구이며 짝사랑 중.

이나은 여리여리한 외모와 상반된 성격을 가진 집착녀. 남자친구 성실을 가스라이팅한다.

하성실 친구들이 인정한 지독한 사랑꾼. 여자친구 나은의 무리한 요구에 가끔씩 피로감을 느낀다.

권혁 친절한 성격을 가진 어장 관리남. 주변 여자들에게 흘리고 다닌다는 오해를 받는다.

김현수 진지하지만 노잼인 성격 탓에 친구들의 무시를 받곤 하나 모든 일에 최선을 다하는 편. 희원을 좋아한다.

윤희원 엉뚱한 행동으로 주변을 당황시키는 4차원. 의도치 않은 발언으로 가끔씩 사람들로부터 오해를 받는다.

송연희 옷깃만 스쳐도 사랑에 빠지는 금사빠로 찐사랑을 찾는 중이다. 가까운 친구에게 많이 의존하기도 한다.

안유진 부유한 가정에서 부족함 없이 자란 대학생. 연상의 남자친구가 있다.

전보라 형편이 넉넉하지 못해 학비와 용돈을 스스로 벌지만 씩씩하게 사는 대학생. 실은 아르바이트와 학업을 병행하느라 지쳐 있다.

임우영 낯가림이 심해 사람들 눈을 잘 못 쳐다보는 파워 내향인. 종종 조용히 혼자만의 사색을 즐긴다.

「 용어 정리 」

S#
장면Scene을 의미하며, 어떤 장소에서나 특정 시간 동안 일어나는 행동 및 대사가 한 신을 구성한다.

암전
조명이 꺼지고 화면이 완전히 어두워지는 것.

Cut To
같은 공간 안에서의 화면 전환 효과.

Insert
신 중간에 들어가는 삽입 장면.

(N)
내레이션Narration. 장면 밖에서 들리는 소리.

(E)
효과음Effect. 등장 인물은 보이지 않고 대사나 소리만 들리는 경우.

13

Part
1

「 사랑 때문에 우는
너에게 」

#01

「 자 존 감 낮 은 연 애 특 징 」

S#1 늦은 오후, 술집 안

조촐한 안주와 함께 소주 두 병이 테이블 위에 놓여 있다.

그 앞에 앉아 술을 마시고 있는 정우, 우식, 민아.

우식 형, 소현이는 권태기라고 생각 안 해요.

민아 (답답한 듯) 그러니까 뭐가 문제야. 싸우는 것도 아니라며.

정우 그러니까… 애는 참 착한데.

민아 (말 자르고) 착하다, 개성 없다, 매력 없다, 이건 욕이고.

우식 (끄덕이며) 밑밥 깔았고, 그러니까 불만이 뭐예요?

정우 들어 봐… 착한데 (무언가 말하려고 하는)

17

타이틀 <착한데 질리는 스타일>

낮, 학교 복도

학교 복도에서 이야기 중인 정우와 소현.

정우   아, 소현아, 이게 좀 더 걸릴 것 같아서 어쩌지?

소현   괜찮아, 나 여기서 기다리면 돼.

정우   (먼저 가라는 듯) 좀 오래 걸릴 수도 있을 거 같은데….

그때 복도로 나온 우식과 민아.

민아   (소현과 정우 쪽 보고) 어, 소현이 왔어?

소현   (민아 향해) 선배님, 안녕하세요.

우식   (고개 내밀어 보고) 뭐야, 맛있는 거 사온 거야? 에이 뭐야, 아무것도 없네.

민아   끝나고 데이트 있어?

소현   아, 신경 쓰지 마세요. 전 시간 많아서 괜찮아요. 저 없다고 생각하고 일 보세요~

급하게 자리를 피하는 소현.

낮, 학교 안

정우, 민아, 우식, 같은 테이블에서 팀플 중이다.

떨어진 옆 테이블에 앉아 책을 읽고 있는

소현이 신경 쓰이는 정우, 카톡을 보낸다.

[정우 : 팀플이 길어지네 ㅠㅠ 조금 늦어질 것 같은데…]

[소현 : 괜찮아용~ 천천히 해ㅎㅎㅎㅎㅎ]

그런 정우의 모습을 보는 민아.

민아   (집중 안 하는 정우 보고) 그냥 오늘은 여기까지만 하고 끝

내자.

정우   어? 나머진?

민아   각자 집에 가서 보내자, 그냥.

우식   몇 시까지 보내면 돼요?

정우   (소현 쪽 보고는) 아, 얘들아 미안….

낮, 거리

걸어가고 있는 소현과 정우.

소현   (떠보듯) 있잖아~ 민아 선배, 오늘 되게 예쁘던데?

정우   (대충 대답하는) 어, 지하철로 갈까, 버스 탈까? 지하철은 사람이 많고 버스는 좀 걸어야 되는데.

소현   (다시 한번) 민아 선배 과에서 되게 인기 많지?

정우   그런가? 근데 지하철역도 가까운가, 여기서?

소현   내가 남자라면 민아 선배 되게 괜찮게 생각했을 것 같아.

정우   왜 그러지?

소현   (정우의 얼굴을 보고) 왜? 오빠는 그렇게 생각 안 해?

정우   (휴대폰 앱을 보며) 바로 가는 버스 있다, 그거 타고 가자.

소현   왜 대답 안 해? 오빠 아까 팀플 할 때 혹시 내 얘기했어?

정우   네 얘기? 안 했는데?

소현   그래?

정우   버스 왔다.

순간, 버스 정류장으로 뛰어가는 정우.

S#5   낮, 공원

벤치에 앉아 있는 정우와 소현.

정우   뭐 먹을까?

소현   오빠 먹고 싶은 거! 난 다 괜찮아~

정우   오늘은 너 먹고 싶은 걸로 먹자!

소현   음… 난 다 괜찮은데? 어제 오빠 뭐 먹었어?

정우   그냥 밥 먹었지.

소현   밥 먹었어? 그… 찌개랑… 되게 든든하게 먹었어?

정우   (헛웃음) 응, 그냥 밥.

소현   그럼 조금… 오늘은… 가볍게… (눈치 보며 목소리 흐리
      게) 어때?

정우   좋아, 너 먹고 싶은 걸로.

소현   (시선 피하며) 난 다 괜찮은데 그냥 오빠 어제 밥 먹었구…
      나도 밥 먹었구… 쪼끔…

정우   그니까, 밥 종류는 싫다는 거지?

소현   (재빨리 부정하며) 아, 아니, 밥 먹고 싶음 먹어도 되는데
      좀 너무 헤비하면 그렇잖아.

정우   아 그러니까 헤비한 거… 고기 이런 거 싫다는 거네?

소현   고기!도… 괜찮… 근데 고기를… (돌변) 먹고 싶어?

정우   아니, 고기 먹고 싶다는 게 아니라 싫냐는 거지, 내 말은.

소현   아… 아니 싫진 않은데… 그러면 뭐… 일식… 중식…
      한식… (조금 큰 목소리로) 분식도 있고… 그렇잖아?

정우   분식 먹고 싶어?

소현   아, 아니, 그게 아니라 로제 떡볶이 어제 유튜브에서
      봐 가지고….

낮, 카페 안

메뉴를 주문하려는 정우와 소현.

정우 뭐 마실래?

소현 떡볶이 오빠가 샀으니까 커피는 내가 살게.

가방 속을 뒤지는 소현, 순간 멈칫한다.

소현 아… 나 지갑 떡볶이 가게에 두고 왔다. (자책하며) 오빠
칠칠맞은 거 진짜 싫어하는데, 미안…. 또 왜 그랬지?
미안 오빠, 진짜 미안해.

정우 아니야, 빨리 찾으러 가자.

소현 나 혼자 갔다올게.

정우 (살짝 짜증 내며) 빨리 같이 가자니까!?

소현 어…? 응….

낮, 거리

한 손에 지갑을 들고 있는 소현과 말없이 걷는 정우.

소현, 어색하게 정우를 힐끔힐끔 쳐다본다.

소현   아, 내가 또 지갑 놔두고 와서. 오빠 이런 거 진짜 싫어

       하는데 미안해….

정우   아니야.

소현   오늘 떡볶이도 괜히 내가 먹자고 해서 오빠가 억지로

       먹은 것 같아서.

정우   아니야, 맛있게 먹었는데 왜 그래.

소현   (자책하며) 아니야, 오빠 떡볶이 별로 안 좋아하잖아…

       미안해, 나 때문에….

정우   아니, 소현아. (멈춰서서) 그만 좀… (억지로 웃으며) 미안

       하다고 하면 안 돼?

소현   미안… 아… 미안, 어… 미안해….

정우   오늘 피곤한데 그만 집 갈까?

소현   집? 근데 오늘 우리… (정우 표정 보고는) 그래, 그럼 빨

       리 집에 가자.

S#8   밤, 정우의 집 안

화장실에서 씻고 나오는 정우, 젖은 머리에 수건을 목에 두르고 있다.

화장실에서 나와 핸드폰을 확인하는데,

소현에게 온 카톡 메시지.

[소현 : 삭제된 메시지입니다]

그 아래로 보이는 장문의 카톡.

[소현 : 잘 들어갔어? 연락이 없네···.

오늘 200일인데 나 때문에 오빠 기분까지 망쳐서 미안해···.

근데 나도 좀 서운하네,

그동안 우리 먹는 거 맨날 오빠 먹고 싶은 걸로 먹다가

처음으로 내가 먹고 싶은 거 먹은 건데···

맛있게 먹지도 않고, 계속 눈치 보게 만들고···

물론 별로 안 좋아하는 음식 먹자고 한

내가 잘못이기는 한데··· -전체 보기]

카톡을 보고 한숨 푹 쉬는 정우.

S#9   밤, 정우의 집 안

누워 있는 정우, 소현과 통화 중이다.

소현(E)   아닌 거··· 아니, 아닌 거 같은게 아니라··· 아닐 거라는
          생각이 들었어. 그냥··· 오빠 같은 멋진 사람이 왜 이런
          나랑 만나는지도 모르겠고. 나는 그렇게 예쁘게 생긴
          것도 아니고, 몸매가 좋은 것도 아니고. 근데··· 정말···
          정말··· 오빠는 나 좋아서 만나는 거야?
정우   (피곤한 듯 졸린 목소리로) 좋아서 만나지···.

24

소현(E)   대체 왜? 왜 그래? 그냥 왜 나 같은 사람 좋아하는지
모르겠어서.

Insert#1

휴대폰 화면에 보이는 시간, [새벽 04:22]

그 위로 여전히 들리는 소현의 목소리….

소현(E)   나 진짜 잘하는 거 하나도 없고, 그냥… 어쨌
든… 고마워… 나랑 만나줘서….

잠이 든 정우.

소현(E)   (잠시 정적) 근데… 오빠… 자는 거 아니지? 여보세요?

Cut To

햇빛으로 밝아진 방 안, 아침이다.

화들짝 잠에서 깬 정우, 주변을 두리번거리며 휴대폰을 찾는다.

전원이 꺼져 있는 휴대폰.

휴대폰 충전해서 켜 보니 소현에게 와 있는 장문의 카톡.

[소현 : 통화하다 전원이 꺼졌으면…

통화를 다시 하기 싫더라도 배터리 없어서 꺼졌다는 식으로

알려주는 게 당연한 거 아닌가…

서운하다 ㅜㅜ 또 맨날 나만 매달리네…

어쨌든 서운한 건 서운한 거고, 잘 자 오빠]

인상 찌푸리며 답장하는 정우.

[정우 : 너무 피곤해서 잠들었다 ㅠㅠ 미안…]

소현에게 답장이 온다.

[소현 : 응. 알겠어.]

소현에게 전화 걸어보는 정우.

연결음(E) 연결이 되지 않아 음성 사서함으로 연결되오며,

삐 소리 후 통화료가 부과…

전화 끊고 한숨 쉬는 정우, 소현에게 온 카톡을 본다.

(S#10) 늦은 오후, 술집 안 (S#1 연결)

정우   착한데… (쉬었다가) 질려.

민아   나도 님 얼굴 질림.

우식   착하면 질린다는 아이러니한 세상… 어쩌라는 건지.

      (속사포로 말하며) 착하면 가식적이라고 하고, 활발하면

      나댄다 하고, 소심하면 답답하다 하고, 털털하면 싸가

지 없다 하고, 세상은 잔인해.

진동이 울리는 정우의 휴대폰. 소현에게 온 카톡이다.

[소현 : 아직 술 마셔?]

[정우 : 응응! 아직 마시고 있어]

[소현 : 아 알겠어 난 잘게]

[정우 : 슬슬 가야지]

[소현 : 아냐 재밌게 놀아 나는 먼저 잘게ㅋㅋㅋㅋ]

정우는 [잘자ㅋㅋ]라고 대충 답장하고,
휴대폰을 테이블 위에 뒤집어 올려놓는다.

정우   (변명하듯) 내가 소현이 욕하는 건 아니고, 그냥 연애라
는 게 만나면 서로 즐거워야 하는 거 아니야? 근데 재
미가 없어. 그렇다고 우리가 싸우는 건 아니다? 야, 차
라리 싸우는 게 낫겠어. 원하는 거라도 있으면 내가 뭐
맞춰주기라도 할 거 아니야. 맨날 다 좋대.

우식   복에 겨웠네, 이 형? 아, 연애하고 싶다.

정우   이건 겪어 봐야 돼.

우식   아, 겪어보고 싶다.

정우   애는 착한데… (잠시 고민하다가 소주 한 잔 마시고는) 착한
게 진짜 착한 건지, 내 눈치를 보는 건지 헷갈린다는
거야.

민아   (인스타그램에 올릴 사진 찍으며) 아, 소현이 진짜 불쌍하다.

정우   나도 지쳐…. 아니, 질린다 진짜.

        말없이 정우를 바라보는 우식,

        씁쓸한 표정을 지으며 자신의 잔에 소주를 따른다.

민아   (인스타그램 스토리에 정우와 우식을 태그하며) 근데 그거 뭔

        지 알아. 너가 나쁜 사람이라기보다는 착한 애들이

        좀…

        정우, 고개를 들어 민아를 바라본다.

민아   사람을 그렇게 만들 때가 있어.

정우   어어….

민아   그거 알지? 나쁜 사람은 착한 사람들이 만드는 거. 그

        러니까 착한 사람은 착한 사람끼리, 나쁜 사람은 나쁜

        사람끼리, 끼리끼리 만나야 돼.

정우   넌 뭔데?

민아   나? 나쁜 년~, 넌 나~쁜 놈.

우식   (술 혼자 따라 마시다가 병을 테이블에 내려놓으며) 형, 그럴

        거면 그냥,

        정우, 병을 내려놓는 소리에 우식을 바라본다.

우식   (웃으며) 놔줘요.

         정우, 우식을 지그시 바라보고 둘 사이에 미묘한 감정이 흐르는데….

민아   어? 소현이 방금 인스타 하트 눌렀다.

         민아, 알람이 울려서 자신의 글 '좋아요' 누른 사람 확인해 보니,
         어느새 소현의 '좋아요'가 취소되어 있다.

민아   엥, 취소했네?
정우   (한숨 푹 내쉬며) 잔다고 했음 좀 자든가.
민아   뭐, 착하고 어쩌고 간에 중요한 건 네 마음이지… 찡우
         너 소현이 사랑해?

         민아를 바라보며 대답을 망설이는 정우,
         대답하지 못하는 정우를 바라보는 우식, 소주를 마신다.
         그때 정우의 휴대폰 진동이 울린다. 발신자 '소현'의 이름이 보인다.

S#11   밤, 술집 앞 도로

         밖에서 소현과 전화하는 정우.

정우	어, 소현아, 잔다며.
소현(E)	그냥… 잠이 안 와서.
정우	왜 잠이 안 왔어?
소현(E)	그냥… 생각 좀 하느라… 미안… 놀고 있는데 방해해서….
정우	아니야, 왜 잠이 안와?
소현(E)	아니… 음… 지금 오빠랑 나랑 이렇게 만나는 게 맞나 싶기도 하고. 그런 생각하면 안 되는데, 오빠가 싫어진 건 진짜 아니야. 그냥 오빠 같은 사람이 나를 왜 좋아하나 싶어서.
정우	왜 좋아하긴… 좋아하는 데 이유가 어딨어….
소현(E)	나는 잘하는 거 하나도 없고 그냥… 오빠는 나한테 과분한 사람이야. 오빠가 이런 이야기하지 말라 그랬는데 미안해…. 그냥 오빤 진짜 좋은 사람이야.
정우	소현아, 왜 그래?
소현(E)	근데 오빠 나 정말 진심으로 좋아하는 거 맞아?
정우	응….
소현(E)	고마워, 내 남자친구 해줘서… 정말 진심으로 많이….
정우	아니야….

02

「남 친 의 여 사 친 여 우 짓 특 징」

집에 있는 소현, 정우에게 전화를 건다.

삐- 소리가 들린다. 이미 다른 사람과 통화 중인 정우.

소현   아니, 이 시간에 도대체 누구랑 통화하는 거야, 몇 시

        간째….

소현, 잠시 생각하다가 휴대폰에 저장된 전화번호 목록에서

'19 윤민아 선배'를 찾고 전화를 해본다.

마찬가지로 삐- 소리가 나며 통화 중인 민아.

의심 가득한 소현의 얼굴, 그때 울리는 카톡.

우식(E)   야, 자냐?

타이틀 <신경 쓰이는 여사친, 남사친>

S#2   낮, 공원

공원에서 놀고 있는 정우, 우식, 소현, 민아, 캔 음료를 마시고 있다.

소현이 캔 뚜껑 고리를 당기는데,

그 옆으로 캔 음료 뚜껑을 열지 못하는 민아의 모습.

민아   (정우 보고 음료 건네면서) 떵우, 나 뚠뚑이 업떠.

정우   (귀찮은 듯 캔 건네받으며) 아이씨.

그때, 정우가 입을 대고 마신 캔 음료를 뺏어가는 민아.

민아   (음료 마신다) 오, 이거 맛있당~ 이거 먹을랭.

정우   디진다, 진짜.

다시 뺏어서 가져가는 정우, 음료를 마신다.

민아   아, 맞다. 너 오렌지 안 먹지.

정우   (뚜껑이 열린 캔을 건네며) 내놔.

정우와 민아의 모습을 보고 소현 쪽으로 눈이 가는 우식.

애써 웃지만 굳은 표정의 소현.

S#3 낮, 카페 안

카페로 들어오는 정우, 우식, 소현, 민아.

정우가 먼저 자리에 앉고,

그 옆자리에 자신의 핸드백을 내려놓는 민아.

민아   화장실 좀! (정우 어깨 툭 치며) **난 아아, 알지?**

정우   (알았다는 듯 시큰둥하게 손 올리고)

우식   선배, 같이 가요.

민아   어? 화장실을?

정우 옆자리에 놓여 있는 민아의 핸드백을 보는 소현,

표정이 좋지 않다.

휴대폰 게임하느라 소현에게 관심 없는 듯한 정우 앞에 앉는다.

소현   오빠.

정우   (휴대폰 계속 보며) 응….

소현   (좀 더 큰 소리로) 오빠!

정우   (그제야 소현 보는) 응?

소현	어제 저녁에 누구랑 통화했어?
정우	아, 민아랑.
소현	두 시간 동안?
정우	뭐 화나는 일 있다고 해서 들어주느라.
소현	오빠 저녁에 통화 길게 하는 거 싫어하잖아. (안 들리게) 나랑 통화할 땐 잤으면서….
정우	(대충) 아, 어제 좀 재밌어가지고.
소현	무슨 얘기했는데?

멀리서 시끌벅적하게 오는, 화장실 다녀오는 우식과 민아.

| 정우 | 아, 어제 민아가 지하철을 타고 가는데, |

정우의 말 듣고는 자리에 앉는 민아.

민아	뭐야? 내 얘기하는 거야?
정우	아, 어제 네가 말해준 지하철 썰.
민아	(정우 어깨 치고 웃으며) 야, 그래서 너 어떻게 생각하냐고.
정우	아니, 뭐 난….
우식	무슨 얘긴데요.
민아	아, 아냐. 또 말하면 입 아퍼, 입.

민아와 정우를 보고 있는 소현, 둘이서만 투덕거리는 민아와 정우.

민아   야, 디진다.

정우   뭐 어때서.

민아   (작게) 내가 말하고 다니지 말라 했지.

소현, 민아의 손동작이 거슬린다.

S#4   낮, 공원

벤치에 앉아 있는 우식과 소현.

소현   아니, 내가 예민한 건가? 왜 거기에 앉지? 좀 아니지
       않아?

우식, 소현을 보며 도리도리 고개를 젓는다.

소현   야, 민아 선배 과에서 인기 많지?

우식   유명하지.

소현   그치….

우식   정우 형이랑, 둘이 많이 엮였지.

소현   뭐가 엮여?

우식   그, 있잖아. 맨날 과에서 사람들이 썸 타는 거냐고. 근
       데 민아 선배가 워낙 털털해서, 이젠 뭐 그냥 가족이

35

지, 가족.

우식의 말에 생각에 잠기는 소현.

S#5 낮, 거리

식사를 한 뒤 거리를 걷고 있는 정우와 소현, 데이트 중이다.

정우   아, 배부르다.

소현   (맛있게 먹고 나온) 아, 배부르다~

정우   너 여기 로제 떡볶이 좋아한다고 했는데, 민아가 너랑
       먹으라고 추천해준 곳이야.

소현   …아… 그래?

정우   (소현 보고) 맛있지?

소현   (쿨한 척 과장하며) …응, 맛있더라!

정우   (휴대폰에 집중하는) 그치, 맛있지.

소현   (입만 억지로 웃으며) 어어, 되게 맛있더라….

누군가에게 카톡을 보내는 정우,

소현이 휴대폰을 보니 민아한테 메시지를 쓰고 있다.

소현   오빠는 뭔가 민아 선배랑 잘 맞았을 것 같아.

정우 뭐가 잘 맞아?

소현 둘이 사귀면,

정우 야, 걔랑은 그냥 친구지. 우정.

그때 진동이 울리는 정우의 휴대폰, 화면 보니 '민아'다.

정우 여보세요? (쉬었다가) 야야, 나 지금 소현이랑 있어. 어?
     아, 맞다. 깜빡했다, 잠깐만, (휴대폰 잠깐 내리고 소현 보
     며) 민아 뭐 좀 잠깐 도와주기로 했는데 같이 갈래?

소현 음, 지… 지금?

고민하는 표정의 소현, 대답을 기다리는 정우.

S#6 낮, 공원 (S#4 연결)

벤치에 앉아 있는 우식과 소현.

우식 넌 보면 정우 형 앞에서 괜찮아 보이는 사람이 되려는
     것 같아.

소현 괜찮은 사람?

우식 괜찮아 보.이.는 사람. 원래 그런 성격, 취향도 아니면
     서 그런 척하고 있잖아.

37

소현   …

우식   쿨한 척.

대답을 기다리는 정우에게 답하는 소현.

소현   (좋은 척하며) 그래, 같이 가자! (억지 웃음 지으며) 재밌겠
        다….

우식   에휴….

소현이 답답하다는 듯 일어나서 가려는 우식.

소현   (우식이 일어남과 동시에) 그냥 여사친이지? 친구, 우정!
        뭐 이런 거잖아.

우식   야… 남녀 사이에 친구가 어딨냐?

소현   있잖아, 너랑 나처럼.

우식   야, 그거 다 남녀 사이 애매하고 알싸한 감정 가진 걸

38

남사친, 여사친이란 단어로 포장하는 거라니까?

소현   뭐, 그러면 너랑 나는 뭔데?

우식   (고개 땅으로 내리고 뜸 들이는) …어?

둘 사이에 오묘한 감정이 흐른다.

우식   (소현의 얼굴 손으로 훑으며) 뭐긴, 새꺄. (자리를 뜨려다 돌아서는) 연애는 남 좋으라고 하는 게 아니라 너 좋으라고 하는 거야. 너가 힘든 연애면 그만해도 돼.

S#9 밤, 거리

집에 가는 소현, 우식이 했던 말이 귓가에 맴돈다.

우식(E)   야, 그거 다 남녀 사이 애매하고 알싸한 감정 가진 걸 남사친, 여사친이란 단어로 포장하는 거라니까?

멈춰 서는 소현, 우식에게 카톡이 온다.

[우식 : 조심히 가라]

＊

　　연애는 남 좋으라고 하는 게 아니라
너 좋으라고 하는거야.

—————————

　　　　　　너가 힘든 연애면 그만해도 돼.

03

「남 사 친 밖 에 없 는 여 자 특 징」

S#1 밤, 술집 안

이야기 중인 민아, 정우, 우식.

민아 여자애들 좀 그렇잖아. 챙겨줘야 하고, 손도 많이 가고, 뒤에서 남 얘기 좋아하고.

정우 소현이도 그래, 손이 많이 가. 맨날 뭐 놓고 오고.

우식 선배 여고 나왔다며.

민아 그러니까, 피곤했다니까. 여자들끼리 계산하고, 감정 소모하고. 차라리 혼자 다니는 게 편하더라고, 으으⋯. 여자애들 특유의 자기들끼리 시기, 질투.

우식 선배도 여자 아니에요?

41

민아   근데 나는 여자랑 안 맞아. 난 너네가 편해. 히, 따랑해~

우식에게 한 번 쪽, 정우에게 한 번 쪽, 공중으로 뽀뽀 날리는 민아.

타이틀 <애정 결핍 특징>

Cut To

빈 술병들이 테이블에 놓여 있고, 자리에서 일어나는 정우.

정우   갈까? 얼마 나왔지?

민아   (말 끊으며) 나 화장실 좀.

화장실 가는 민아. 정우가 보니 민아는 화장실로 가고 있다.

정우   내가 먼저 계산할게, 보내.

화장실 가는 민아의 뒷모습을 바라보는 정우.

S#2   밤, 거리

밖에서 통화 중인 정우.

정우　어, 소현아, 이제 가려고. 당연히 너가 더 좋지, 무슨 말이야.

술집에서 나오는 우식과 민아, 민아가 정우에게 헤드록을 건다.

민아　아아아악! 오늘 완전 신나! 3차 가자! 노래방 고?

정우　어, 소현아, 들어가서 카톡할게~

정우, 민아가 목에 건 팔을 잡아 내린다.

정우　아, 돈 없어…. 넌 집 안 가냐, 여자애가.

민아　(정우한테 안기며) 안 가아~ 나랑 같이 있자, 애들아.

우식　(고개 까딱하고 인사하는) 저, 내일 1교시라.

민아　(우식의 옷 잡고 늘어지는) 아, 가지마아아아~ 나랑 같이 있자고오오오~

우식에게 계속 전화를 거는 민아, 그 옆의 정우.

정우　냅둬~ 갔는데 뭐 어쩔 거야. 적당히 마셔라. 나 돈 없다.

민아　야, 우식이한테 나 취해서 안 일어난다고 카톡해 봐.

정우   아, 싫어. 우리도 이제 집 가자.

민아   (정우 핸드폰 뺏으며) 내가 보낼게, 줘 봐.

정우   아, 디진다. 내놔.

정우의 핸드폰으로 우식에게 카톡을 보내는 민아.

S#4 낮, PC방 안

게임 중인 우식과 정우.

우식   민아 선배 어제 무슨 일 있었어요?

정우   아, 그거 카톡 걔가 보낸 거야.

우식   부재중 전화 열두 통 와 있길래.

정우   부재중? 걔 왜 너한테 집착하냐?

우식   형, 근데… 민아 선배 뭔가 은근 피곤하지 않아요?

정우   그런 면이 없지 않아 있지?

그때 정우의 휴대폰이 울린다. 민아에게 오는 전화.

정우   야, 나 겜 중. 오늘? 아, 안 돼~ 소현이가 너랑 술 마시
        는 거 싫어해. 어제, 이씨, 너 때문에 또 통화 몇 시간이
        나 했는지 알아? 술 좀 끊어라, 새꺄.

정우가 전화 끊으니 바로 우식에게 전화가 온다. 확인해보니 민아.

정우와 우식 서로 눈이 마주치고, 전화를 안 받는 우식.

끊어졌다가 다시 걸려 오는 전화에 우식이 한숨을 푹 쉰다.

우식 민아 선배, 애정 결핍 있는 거 같지 않아요?

S#5 낮, 공원

통화 중인 민아, 옆에서 게임 중인 정우.

민아 어, 오빠. 그러니까 담엔 꼭 마시장. 오키~

정우 누구?

민아 아, 아는 오빠.

정우 (휴대폰 게임하며) 넌 주변에 뭐 그렇게 아는 오빠가 많냐?

민아 별로 없어…. 아, 근데 이 오빠 예전에 나 좋아했었다?

정우 지금은?

민아 그냥 친한 오빠지, 근데 키 크고 잘생김. 이 오빠 사진

    보여줄까?

정우 어디서 만났는데?

민아 그냥, 뭐. 야! 근데 그때 지하철 있잖아.

정우 그러니까 지하철 그거 어떻게 됐냐?

민아 아, 그거….

45

그때 민아의 핸드폰이 울린다.

민아　응, 오빠~ 아, 나 지금 친구랑 있어서, (정우 슬쩍 보며)
　　　어, 남잔데… 뭔 소리야 (키득거리는) 왜, 어제? 아, 내가
　　　전화했었어? 어어, 마셔야지~

정우　(혼잣말로) 얜 대화가 안 돼….

민아　응, 카톡해~ (전화 끊고 정우에게) 뭐라고?

정우　야, 너랑 같이 있으면,

민아, 정우의 말을 듣지 않고 카톡하면서 킥킥대고 있다.

정우　(고개 절레절레하는) 아후, 됐다.

민아　어, 듣고 있었는데? 말해~

S#6　낮, 공원

벤치에 앉아서 대화 중인 소현과 정우.

소현　나 진짜 서운해… 공강 시간에 나랑 같이 있어야 하는
　　　거 아니야? 여자친구인데….

정우　미안… 너 공강인 거 깜빡했다, 연락하지….

소현　아니, 오빠 내가 생각해봤는데… 민아 선배 좀 쎄하지

않아?

정우   왜 그래?

소현   민아 선배 과에 친한 여자 선배도 없고. 맨날 남자 선
배들이랑만 놀잖아.

정우   남자, 여자가 어딨어. 그냥 친한 애들끼리 노는 거지.

소현   원래 그렇게 남자들이랑만 다니는 사람들이…

정우   (말 끊으며) 소현아,

소현, 불만 가득한 표정으로 정우를 쳐다본다.

정우   (단호한 표정) 그래도 내 친군데 뒷담 하는 건 아니지.

소현   아니, 그게 아니라,

정우   (단호하게) 아닌 게 아니라.

S#7) 저녁, 강의실 안

인스타그램을 보고 있는 민아와 자리에 앉아 있는 정우.

민아   아, 저번에 인스타 올린 거, '좋아요' 왜 이렇게 낮아?
대박 개웃기네.

정우   야,

민아   응? 아, 맞다. 야, 나 오늘 대박 사건 있었음. 진짜 개웃겨.

오늘 오는 데 나 번호 따임. 연속으로 네 명한테. 미친 거 아냐? 개웃기네.

정우 (안 믿는) 무슨 번호를 네 명한테 따여.

민아 아, 나 내일 클럽 가기로 했는데, 뭐 입지? (혼잣말) 클럽 갈 때 입는 옷 있는데, 그거 빨았나… 엠디가 술 공짜로 준다고 오랬는데.

정우 민아야, 넌 동기 여자애들 중에 친한 애 없냐?

민아 있었지, 근데 잘 안 맞아. (휴대폰 카메라 앱 켜며) 알잖아, 난 여자애들은 좀 불편해.

정우 너, 근데 혹시….

정우, 민아 힐끔 쳐다보며 머뭇거리다 말한다.

정우 **애정 결핍이냐?**

민아 (멈칫하는) 애정 결핍?

정우 아니, 뭐 그….

민아 (말 자르며) 그런가…? 그런 건 있다! (정우 보며) 뭔가로 계속 채우려고 하는 거?

정우 애정?

민아 아니… 어렸을 땐 돈이 모자라니까 학교 앞에 파는 200원짜리 아이스크림 먹는 애들이 부러웠는데, 나도 그거 진짜 먹고 싶었어.

정우 ….

(회상) 밤, 편의점 밖

S#7의 민아의 목소리가 이어서 울려퍼진다.

민아(E)   그런데, 지금은 그렇게 먹고 싶지도 않은 아이스크림
을 어느 날 왕창 사버린 거야.

편의점에서 산 아이스크림을 한입 베어 물고,
잠시 생각하더니 쓰레기통에 그냥 버리는 민아.

민아(E)   어렸을 때 못 먹었던 건 변함없는데, 지금도 그걸 계속
채우려고 하는 거?

화면 가득 보이는, 쓰레기통 속의 버려진 먹다 남은 아이스크림.

저녁, 강의실 (S#7 연결)

정우를 쳐다보는 민아, 정우의 손을 잡는다.

민아   넌 내 옆에 계속 있어줄 거지?

49

#04

「회피형 연애 특징」

S#1 낮, 공원

공원을 걸어가고 있는 소현과 정우.

소현   오빠 사랑해~

대답 없이 소현의 볼을 꼬집는 정우.

소현   오빠는 나 사랑해?

정우   (애매하게 고개만 끄덕이다가) 근데 우리 밥 뭐 먹지? 아,
       너 못 고르지. 내가 고를게. 한식, 중식, 양식, 일식…

소현   (멈춰 서는) 오빠는 근데 나한테 왜 사랑한다고 안 해?

불안한 눈빛으로 소현을 쳐다보는 정우, 둘 사이에 긴장감이 맴돈다.

정우   (시선 급히 돌리며) 어… 버스 왔다, 가자.

정우는 뛰어가고, 소현은 황당하다는 표정으로 서 있다.

타이틀 <회피형 인간 특징>

S#2 낮, 공원

대화 중인 소현과 우식.

소현   잘 잤어? 일어났어? 사랑해~ 연인 사이 기본 아니야?
우식   (작은 목소리로) 그래? 난 연애를 안 해 봐서.
소현   근데 오빠는 그런 걸 불편해한다? 나 보고 뭐라는지
         알아?

Insert#1.
카메라를 바라보고 말하는 정우.

정우   난 그런 거 좀 오글거리고 의무감으로 한다는 생
         각이 들어서….

소현 이러는 거야. 아니, 그럼 왜 사겨?

우식 그러게, 왜 사귈까? (쉬었다가) 정우 형이 좀 그런 게 있어. 거리감이 있달까? 친해진 거 같은데 뭔가 더 가까워지기 힘든 선이 있어.

소현 그러니까!

S#3 낮, 거리

약간의 거리를 두고 걸어가는 소현과 정우.
정우는 핸드폰을 보면서 소현에게서 살짝 떨어진 채 걷고,
소현은 가까워지려고 다가가는데
정우가 다시 일정한 거리를 만든다.

소현(N) 자기 혼자 선을 정해놓고 그 밖으로 날 계속 밀어내는 느낌이야.

S#4 낮, 소현의 집 앞

소현의 집에 도착한 소현과 정우.

소현 오늘 재밌었다, 오빠.

정우　　들어가~

　　　　획 돌아서는 정우, 바로 휴대폰 꺼내들고 걸어간다.

　　　　소현, 핸드폰하며 걸어가는 정우의 뒷모습을 하염없이

　　　　바라보다가 카톡을 보낸다.

　　　　[소현 : (뽀뽀 쪽 하는 이모티콘) 잘가용~ 사랑해~]

　　　　자신이 보낸 카톡 속 사라지지 않는 '1'과

　　　　휴대폰을 하며 걸어가는 정우의 뒷모습을 번갈아 바라보는 소현.

S#5　밤, 소현의 집 안

　　　　휴대폰을 확인하는 소현,

　　　　정우에게 보낸 카톡에 여전히 '1'이 그대로 남아 있다.

　　　　카톡을 어떻게 보낼지 고민하는 듯한 표정의 소현,

　　　　무언가 떠오른 듯 휴대폰을 집어 든다.

소현(E)　　오빠 집에 잘 들어갔어?

　　　　다시 지우고,

소현(E)　　오빠 저녁은 먹었어?

53

또 다시 지우고,

소현(E)   오빠 집에서 좀 쉬었어?

전송 누르는 소현, 한숨을 푹 쉰다.

(시간 경과)

여전히 그대로 남아 있는 카톡 '1',

고민하다 정우에게 전화를 거는 소현.

정우(E)   여보세요.

소현   (정우가 바로 받자 놀란 듯) 어?

정우(E)   왜?

소현   오빠 자는 줄 알았는데 안 잤네.

정우(E)   (무미건조) 어, 그냥 있어.

소현   아… 집에 잘 들어갔나 해서.

정우(E)   어, 잘 들어왔지.

소현   저녁 먹었어?

정우(E)   방금 먹었어.

소현   아… 근데 왜 연락 안 해?

정우(E)   방금 헤어졌는데 뭐 연락을 또 해.

소현   아… 그래도….

정우(E)   …

소현   (서운한 듯) 오빠 나 뭐하는지 안 궁금해?

정우(E)   쉬라고 연락 안 했지.

소현   (답답한 듯) 하… 그랬구나. 알겠어, 푹 쉬어~

         툭- 끊어지는 전화.

         (시간 경과)

         밤이 되고, 소현은 잠자리에서 뒤척이다가 휴대폰을 집어 든다.

         장문의 카톡을 쓰다가 갑자기 벌떡 일어나서

         테이블에 놓인 노트북의 메모 프로그램을 켠다.

         썼다, 지웠다가 맞춤법까지 돌려가며 완성한

         장문의 글을 복사해서 카톡으로 정우에게 보낸다.

         Cut To

         다음 날 아침,

         소현, 눈 뜨자마자 카톡 확인해 보는데

         여전히 자신이 보낸 카톡의 '1'이 사라지지 않았다.

S#6) 낮, 공원 (S#2 연결)

우식   아! 나 정우 형 처음 만났을 때 그런 거 있었다.

55

(회상) 낮, 학교 안

이야기 중인 정우와 민아를 발견한 우식.

우식   선배님, 안녕하십니까!

민아   어, 너 저번에 개총에서 본 걔 맞지?

우식   (머쓱해하며) 네… 네, (정우 향해서도 고개 숙여 인사하며)

       안…녕…하…

정우, 우식을 한번 쳐다보다가 재빨리 휴대폰을 만진다.

낮, 공원 (S#6 연결)

우식   난 그래서 처음에 형이 나랑 친해지기 싫은가 보다 했

       다? 근데 나중에 한번 그 얘기가 나왔거든, 그때 형이,

> **Insert#2.**
>
> 카메라를 바라보고 말하는 정우.
>
> 정우   내가 그랬다고? 난 그때 너랑 친해지고 싶다고
>
>   생각했는데.

우식   이러더라고, 사람이 가끔 되게 시니컬해.

술을 마신 정우, 민아, 우식.

술에 취해 우식에게 업힌 민아.

우식   아, 어디 버릴 데 없나? 쓰레기통 같은 거. 아니, 이 선
배는 술만 마시면 이래.

정우   냅둬, 평생 그렇게 살겠지.

우식   좀 고쳐야죠… 이 선배 이러면 연애는 어떻게 해.

정우   야, 사람이 바뀌냐. (단언하며) 절대 안 바뀌어.

우식, 차갑게 말하는 정우를 쳐다본다. 갑자기 구역질하는 민아.

민아   (우웩 하며 구역질하는)

우식   아, ㅅ ㅣ ㅂ…

정우(E)   태어난 대로 사는 거야. 사람은 안 바뀌어, 절대로. 진
짜 바꿀 수가 없어.

저녁, 카페 안

예쁘게 꾸미고 거울을 보며 정우를 기다리는 소현,

거울을 내려놓고 시간을 확인한 뒤 정우한테 카톡을 보낸다.

[소현 : 오빠 언제 끝나?]

[정우 : 아 오늘 나 시험 공부 때문에 못 만날 거 같은데…]

[소현 : 오늘 무슨 날인지 몰라?]

밤, 거리

한 손에 케이크를 들고 소현을 쫓아가는 정우.

정우 소현아, 미안. 너 생일인 거 깜빡했다.

정우가 눈치채지 못하게 흘러내린 눈물을 닦으며

정우 쪽으로 돌아서는 소현.

소현 오빠, 나한테 관심은 있어?

정우 미안해… 내가 원래 이런 거 잘 못 챙겨서.

소현 원래?

정우 (소현의 손을 잡으며) 생일이잖아, 너 좋아하는 로제 떡볶이 먹으러 가자, 진짜 미안해.

58

소현   (손을 뿌리치며) 뭐가 미안한데.

정우   (입 꾹 다물다가 애써 웃으며) 미안~ 가자, 가자.

소현   오빠 미안하다고 하고 바뀌는 게 없잖아. 내일 되면 나 또 서운하게 만들 거 아니야?

정우, 대답하지 않고 차가운 눈으로 소현을 쳐다본다.

소현   오빠 때문에 나 너무 힘들어. 맨날 나 혼자 좋아하고, 나 혼자 애닳고, 나 혼자 서운해하잖아. 연애는 같이하는 거 아니야?

정우   내가 또 너한테 상처 줬다는 거네?

소현   나 서운하지 않게 좀만 노력해주면 안 돼? 많은 거 바라는 것도 아니잖아, 내가. 100일도 까먹어, 200일도 까먹어, 이제 내 생일까지 까먹어?

정우   노력은 해볼게.

소현   노력은? 또 그럴 수도 있다는 거네.

정우   자꾸 강요하지 마. 난 너 바꾸려고 하지 않잖아.

소현   나도 바꿀 거 있으면 바꾸라고 말해. 그럼 바꿀 거 아니야.

정우   (비웃으며) 바꿔? 미안한데, (쳐다보며) 사람 쉽게 안 바뀌어.

소현을 두고 떠나는 정우, 혼자 남은 소현의 눈에 눈물이 맺힌다.

Cut To

밤, 길을 걸어가며 하염없이 눈물을 흘리는 소현.

소현(N) 내 탓이다.

좋아하면 안 될 사람을 좋아한 내 탓.

＊

태어난 대로 사는 거야.
　사람은 안 바뀌어, 절대로.

05

「 나 한 테   돈   안   쓰 는   남 친   특 징 」

S#1 밤, 정우의 집 안

은행 앱 잔고 확인하는 정우, '24,320원'.

그때 소현에게 오는 카톡.

[소현 : 오빠 내일 뭐 할까?]

[소현 : 맛있는 거 먹으러 가자~~]

후- 하고 한숨을 쉬는 정우.

[정우 : 아 내일 나 약속이 있어서…]

타이틀 <돈 없으면 연애하지 마>

편의점에서 나오는 정우와 민아, 손에 커피가 들려 있다.

정우　　원플원이니까 900원 입금해줄게.

민아　　아씨, 담에 맛있는 거 사줘.

정우　　아, 됐어~ 입금해줄게.

민아　　(정 뚝 떨어진 표정) 야, 그냥 먹어, 먹어.

정우　　오, 사주는 거?

민아　　그냥 조용히 하고 먹을래, 좀?

공원에서 커피를 마시면서 이야기 중인 정우와 민아.

민아　　야, 그냥 돈 없으면 돈 없다 하고 만나면 되지. 진짜 찌

　　　　질하게 왜 그래?

정우　　야, 너 쌩얼로 남친 만나?

민아　　아니.

정우　　안 만나지, 그거랑 똑같은 거야. 빈 지갑으로 여친을

　　　　어떻게 만나냐. 내 잔고는 니 쌩얼이야… 처참해….

민아　　처참하게 처맞고 싶냐? 데이트라고 꼭 대단한 거 해야

63

하냐? 소소하게 할 수도 있지.

정우　(귓속말) 소소하게 할 돈도 없어, 잔고 24,000원.

민아　(짜증내며) 아씨, 알바를 해. 무작정 돈 없다고 너 보고
　　　싶어 안달 난 애를 안 만나주냐?

정우　말일이니까… 다음 달에 돈 들어올 때까지 데이트 좀
　　　미뤄야지.

민아　그냥 돈 없으면 연애하지 마.

정우　그게 맞는 것 같기도 하고….

갑자기 깜짝 놀라는 정우, 앞에 소현과 나은이 서 있다.

S#4　낮, 카페 카운터 앞

카운터 앞에 서 있는 정우와 소현.

소현　(정우 보며) 오빠 뭐 마실 거야?

정우　(머리 굴리다가) 나 속이 안 좋아서 안 마셔도 될 것 같아.

소현　(걱정하며) 괜찮아? 그럼 차라도 마실래?

정우　차? 음… 아니, 괜찮아.

소현　진짜 괜찮아?

정우　(대충) 어, 어. 괜찮아.

소현　아! 나 생일에 쿠폰 받았는데 이걸로 결제하자.

정우   (소현의 말이 끝내기가 무섭게) 민트초코 프라푸치노에 소
프트 아이스크림 추가해주시고요. 티라미수 하나랑
마카롱 하나, 넌 뭐 마신다 했지?

S#5 낮, 카페 안

다 마신 민트초코 프라푸치노 바닥에 남은 얼음을
빨대로 쪽쪽 빨아 먹고 있는 정우.

소현   (계속 걱정하며) 오빠, 속 안 좋은데 차가운 거 마셔도 괜
찮아?

정우   응, 괜찮아.

소현   속 안 좋으면 따뜻한 차 같은 거 마시지… 진짜 괜찮은
거 맞지?

정우   응, 다 나았어.

소현   (뭔가 생각난 듯) 어, 그럼 우리 점심으로 좀 든든한 거
먹을까?

정우   (시치미 뚝 떼며) 어? 점심 안 먹었어?

소현   헐, 오빠 점심 먹었어?

정우   당연히 먹고 왔지.

소현   지금 11신데.

정우   어… 아점. 아! 우리 오늘 등산할래?

소현   등산…? 등산 좋은데….

소현, 자신의 구두를 본다.

정우   (한숨 쉬며) 구두 신었네.
소현   미안… 등산하고 싶었어…? 알았으면 운동화 신었을
       텐데… 아니면 날씨 더운데 영화 보러 갈까!
정우   영화?

휴대폰으로 문자를 확인하는 정우.

[[카카오뱅크] 이*우님 카드

06월 후불교통대금

123,200원이

출금될 예정입니다.]

정우   (한숨 쉬며) 요즘 재밌는 거 없을 텐데….
소현   나, 영화 티켓 받은 게 있어서.
정우   (묘하게 미소) 그럼 뭐 한번 찾아볼까? 볼 만한 거 있나.

66

강의실에서 이야기 중인 정우와 민아.

정우   더 좋아하고, 좋아하지 않고의 문제가 아니라 돈이 없어.

민아   너, 그렇게 자꾸 안 만나면 소현인 너가 마음 식어서
       자기 안 만나는 줄 안다?

정우   돈 없는 그지 새끼보단 차라리 마음이 식은 남자친구
       가 나은 거 같기도 하고.

강의실로 들어오는 나은과 우식.

우식   (나은의 애플워치를 보고) 야, 좋은 거 샀다?

나은   남친이 사줌, 애플워치. 굿?

우식·나은 (정우와 민아 발견하고는) 안녕하세요.

나은의 손목에 있는 애플워치를 힐끔 보는 정우.

정우   애플… 워치?

정우(N) 저거 소현이가 갖고 싶어 했던 그건가?

Cut To

67

나은	데이트 비용? 안 내는데. 남자가 내는 게 맞죠. 남잔 좋아하면 더 내고, 더 쓰고 그러잖아요?
우식	(멋있는 척) 저도 제 여자친구한텐 제가 다 내죠.
민아	넌 연애 안 해봤잖아.
우식	그러니까. 지금은 돈이 없어서 여자 안 만나려고요.
민아	돈이 아니라 여자가 없겠지.

시무룩해지는 우식의 표정.

정우	근데 남자라고 돈이 늘 있냐, 같은 학생인데.
나은	아! 저 돈 없는 애 한번 만나봤는데! 맨날 등산에, 산책에, 땡볕인데 걷고 또 걷고. 계산대로 갈 때마다 우물쭈물 대고.

나은의 거침없는 말에 괜히 눈치 보는 정우,
그런 정우를 쳐다보는 민아.

나은	(갑자기 웃으며) 아, 최악인 거, 저 걔 만나고 유가네에서 볶음밥 파는 거 처음 알았다니까요? 누가 거기 가서 볶음밥만 먹어. 아, 진짜 왜 사겼지.
정우	(작은 목소리로) 그거 가성비 좋은데….
나은	(정우의 말 못 듣고) 네?

소현에게 음료를 하나 건네는 정우, 남은 하나는 자신이 마신다.

소현   오빠 포카리 좋아하지 않아?

정우   이게 원플원이야. 포카리는 할인 잘 안 하더라?

소현   (정우에게 휴대폰 보여주는, 쇼핑 사이트의 장바구니 보여주며)

우리도 커플티 맞출까?

정우, 가격부터 힐끔 보는데 높은 금액에 입이 살짝 벌어진다.

정우   (놀란 마음 애써 숨기며) 유치하게 무슨 커플티야. 나 그런

거 입고 다니기 창피한데.

소현   (휴대폰 다시 집어넣으며) 아, 그치… 좀 유치하긴 하지.

맞다! 오빠, 우리 여행 가자, 제주도로. 렌트카 빌려서

어때? 지금 가면 완전 좋대!

정우   에이, 무슨 제주도야. 제주도 요즘 렌트카 가격 폭등했

다던데. 그리고 같은 한국인데 비행기 타고 가는 게 말

이 되냐? 어차피 걸어다니는 사람이고, 식당 간판이

고, 다 똑같은데. 그 가격이면 해외 가지.

단칼에 거절하는 정우의 말에 서운한 표정을 짓는 소현.

건물 밖으로 나오는 정우와 소현.

정우   갑자기 비가 왜 오지?

소현   어? 우산 사야겠다!

정우   금방 그칠 거 같은데 여기서 좀 기다릴까?

Cut To

문 앞에서 휴대폰을 하며 비가 그치길 기다리는 정우와 소현,
여전히 비가 내린다.

소현   우산 사야겠다.

정우   아, 곧 그칠 거 같은데….

Cut To

계단에 앉아서 기다리는 소현과 정우.

소현   오빠, 우산 사자. 안 그칠 거 같아.

다시 건물 밖으로 나오는 정우와 소현,

정우, 우산을 펼쳐보지만 바깥엔 해가 쨍쨍하다.

정우   (우산을 접으며) 아, 내가 그친다고 우산 사지 말랬잖아.

소현   아, 미안….

정우   미안하다고 좀… 하… 됐다….

Cut To

한 손에 우산을 든 정우. 서먹하게 걸어가는 둘의 뒷모습.

소현, 정우를 한번 쳐다보고 정우가 안 볼 때 눈물을 닦는다.

(S#10) 저녁, 정우의 집 안

정우   미친. 오늘 한 끼도 못 먹었네.

휴대폰으로 배달 앱을 켜서 보는 정우,

컵밥을 시키려고 장바구니에 담지만 최소 금액이 안 채워진다.

고민하다가 앱을 끄고

침대 옆에 놓인 생수를 마시려고 입에 가져다 대는데 텅 비었다.

물방울이라도 입안에 터는 정우.

편의점에 진열된 생수의 가격표를 쭉 둘러보고

가장 저렴한 거 하나 집어드는 정우,

삼각김밥과 컵라면 1+1 제품을 찾아 산다.

Cut To

계산하기 위해 카운터 앞에 서 있는 정우.

알바생(E)   봉투 드릴까요?

정우   아니요. 이거 원플원 맞죠?

알바생(E)   이 상품 아니라 다른 상품인데,

정우   아, 잠깐만요.

곧장 뛰어가서 다른 상품을 가져오는 정우.

정우   통신사 할인할게요.

알바생(E)   네.

통장 잔고를 확인하는데, 딱 18원 남아 있다.

정우, 봉투 없이 손에 물건을 쥐고 있는데 소현에게 전화가 온다.

정우   어, 소현아. 내가 이따 전…

소현   아니… 이따 말고 지금… 할 말 있어….

정우, 휴대폰을 어깨에 끼우려고 하다가

컵라면 하나가 떨어진다.

컵라면을 줍는데 하필 같이 후두둑 떨어지는 삼각김밥과 생수.

소현(E)   아무리 생각해도 오빠가 날 사랑하지 않는 것 같아.

오빤 나 왜 만나?

컵라면, 삼각김밥 줍는 사이에…

이번엔 생수가 데굴데굴 굴러간다.

정우   어… 생수….

소현(E)   오빠, 나… 많이 고민했어… 헤어지자.

굴러가던 생수, 길가의 턱에 걸려 딱 멈춘다.

정우(N)   그래… 돈도 없는데… 무슨 연애냐. 그거, 사치다.

06

「 환승일까 아닐까 」

낮, 공원

정우가 소현과 헤어진 이야기를 듣는 민아.

정우   차였는데 아무렇지도 않다?

민아   뭔 소리야, 너 지금 굉장히 상태 안 좋아 보여.

정우   차이고 난 뒤에 제일 먼저 든 생각이 뭔지 알아?

민아   (궁금하다는 듯 시선 주는) ?

정우   돈 굳었다. (혼자 웃으며) 웃기지?

정우를 이상한 눈으로 보는 민아.

민아   너 소현이 좋아하기는 했냐?

정우   좋아하기는?

민아의 말을 곱씹는 정우.

정우   좋아하기는 했냐… 다들 그걸 물어보더라?

민아   헤어진 애가 너무 아무렇지 않아 보이니까.

정우   야, 꼭 헤어지면 힘들어야 되냐? 근데 솔직히… 이별
       했다고 힘들어하는 사람들, 무슨 감정인지 모르겠더
       라, 난.

민아   알려줘?

정우   (민아 쳐다보는)

민아, 정우의 손을 잡고 정우의 가슴 위에 놓는다.

민아   여기가 갑갑한 느낌 없어? 처음 연애 시작할 때랑 비
       슷한 느낌인데, 뭐랄까… 좀… 먹먹하다고 할까?

정우, 자신의 손을 잡은 민아의 손 지긋이 바라본다.

눈이 마주치는 정우와 민아, 괜히 두근거리는 정우.

타이틀 <환승일까 아닐까>

75

강의실에서 함께 과제 중인 민아와 정우.

민아 야야야, 난 얘한테 진심이었다? 근데 그렇게 애매하게
      굴더니 이제야 갑자기 다시 카톡이 오는 거야, 뜬금없
      이. (휴대폰 보여주며) 봐 봐.

      민아의 휴대폰을 보는 정우.
      [김건우 : 민아야 자냐ㅋ]
      [민아 : 안 잔다 왜~~ㅋㅋㅋ]

민아 이러고 또 답장 없어. 남자들은 밤마다 왜 이래 진짜?

      그때 전화가 온다. 당황하는 민아, 정우의 눈치를 본다.
      민아에게 휴대폰을 건네는 정우.

민아 아, 뭐야. 받아, 말아?
정우 지금?
민아 (오두방정을 떨며) 받는다? 받는다?
정우 그냥 받지 마….

      전화를 받는 민아.

76

뒤에서 과제를 하며 둘을 지켜보고 있는 나은, 어이없다.

민아   (기어들어가는 목소리로 부끄러워하며) 여보세요?

휴대폰을 하면서 민아를 살피는 정우.

민아   잠깐만.

통화하면서 밖으로 나가는 민아, 민아의 뒷모습을 보는 정우.

나은   시리야, 소현이한테 전화 걸어줘.

'소현'의 이름이 들리자 휙 뒤돌아보는 정우.

나은   어, 소현아. 애들이랑 먼저 출발? 오키. (괜히 정우 보며)
           오랜만에 여행 가는 거라 설렌다. 나도 곧 출발할게~

전화 끊는 나은. 정우, 고민하다가 나은에게 슬쩍 말을 건다.

정우   놀러가나 봐~
나은   네, 소현이한테 못 들었어요?
정우   어? 아… 어, 뭐….
나은   청산도 가는데!

정우   그래? 거기 나랑 갔던 곳인데….

나은   아~ 그렇구나.

정우   거기 좋아~ 재밌게 다녀와.

나은   네~

강의실 밖으로 나가는 나은, 그 뒤로 씁쓸한 표정을 짓는 정우.

S#3 저녁, 거리

수업을 마치고 돌아가는 길, 해가 지고 있다.

어디론가 전화를 거는 정우.

정우   어, 우식아 뭐 하냐. (쉬었다가) 청산도? (놀라며) 너도 같
        이 갔어? 아… 어… 그래….

전화를 끊고 다른 친구에게 다시 전화를 거는 정우.

정우   야, 뭐 해. 나와, 피방 가자. (쉬었다가) 아씨, 왜케 바쁜
        척해… 알았어~ 끊어.

전화 끊고는 카톡을 켜 보는 정우,

이 사람, 저 사람에게 카톡을 보내지만 답장이 없다.

휴대폰을 주머니에 넣고 하늘을 바라보는 정우.

정우   해가 늦게 지네….

S#4 밤. 정우의 꿈

소현   오빠, 나 보고 싶었어?

정우를 바라보는 소현의 눈빛.
마치 소현의 목소리가 들리는 듯하다.

소현(E)   보고 싶었다고 해줘. 지금 말 안 해주면 너무 섭섭할
거 같은데.

S#5 밤. 정우의 집 안

잠에서 깬 정우, 비몽사몽한 상태로 카톡을 켜 보지만
아무에게도 연락이 오지 않았다.

Insert#1. (과거) 낮, 공원

소현의 사진을 찍어주는 정우,

부끄러워하는 소현.

정우 사진 찍어줄게.

소현 아니야, 나 괜찮아, 오빠. 이상하게 나올 거 같아.

어쩔 수 없이 포즈를 취하는 소현,

어색한 손짓을 하다가 고개를 옆으로 돌린다.

자신의 얼굴을 손으로 조금씩 가리는 소현.

소현 아, 나 진짜 혼자 찍는 거 싫어해. 차라리 같이 찍자, 오빠.

정우가 소현과 함께 사진 찍는데

소현의 얼굴 반이 잘려 있다.

하지만 아랑곳 않고 사진을 찍는 정우.

정우(E) 자연스럽게 내 위주였어. 원래 당연하다는 듯이.

Insert#2. (과거) 낮, 공원

머리카락을 넘기며 기대하는 눈으로 정우를 보는 소현.

소현   어때? 나 뭐 바뀐 거 없어?

무표정인 정우 얼굴.

정우(N) 듣고 싶어 하는 말이 뭔지 아니까 해주기 싫었고.

Insert#3. (과거) 낮, 거리

걸어가고 있는 정우와 소현.

소현   (질투 유발하려고) 모르는 남자한테 인스타 디엠
        왔다? 막 예쁘다고, 번호 달라고 그러고.

웃는 소현과 달리 무표정인 정우 얼굴.

정우(N) 속이 빤히 보여서.

조촐한 안주와 함께 빈 소주병이 테이블에 놓여 있다.

그 앞에 마주보고 앉은 정우와 민아.

정우	재미없었다고 하면, (민아 보고) 내가 쓰레긴가?
민아	지금이라도 알아서 다행이다.
정우	난 그냥 소현이가 잘 살았으면 좋겠어…. 나 없이도… 행복하게… 너무 힘들어하지 않고. 진심이야.

민아, 정우에게 소현의 인스타그램 사진을 보여준다.

여행 사진 속 활짝 웃고 있는 소현의 모습.

[소현(N) : 좋아하는 사람들이랑 바다, 너무 좋다 ㅠㅠ]

민아	놀러 갔나 보네~ 잘~ 사네.
정우	(말 자르고 휴대폰 가져가면서) 뭐야?

휴대폰 가져가서 사진을 보는 정우, 다음 사진으로 넘긴다.

정우	뭐야… 잘… 사네….

그런 정우를 쳐다보는 민아.

소현이 음식을 찍은 사진에 남자의 손이 살짝 걸쳐져 있다.

캡처해서 확대해 보는 정우, 표정이 살짝 굳는다.

정우	이거 남자 손 아니냐?
민아	(진지하게) 아이, 그만해. 좀 잊어. 응원한다며.

잔에 소주를 채우는 정우, 살짝 넘치게 따른다.

정우   (혼잣말로) 얘는 근데 자꾸 나랑 갔던 데를….

정우, 마시려고 소주잔을 드는데 민아가 뺏어가고…

정우   뭐야?

반만 마시고 소주잔을 정우 앞에 내려놓는 민아.

민아   너, 나 집에 데려다줘야지. 적당히 마셔.

민아가 남긴 소주를 입에 털어 넣는 정우.

정우   너, 그 남자랑은 어떻게 됐냐?

민아   (쓸쓸한 표정 지으며) 몰라… 내일 둘이 술 마시기로 했는

데….

정우   (민아 표정 살피며) 가게?

민아   나 가지고 노는 거 같기도 하고….

정우   (코웃음 치며) 뻔하다.

민아   이씨, 뭐….

정우   휴대폰 줘 봐.

민아   왜.

정우   너 가지고 노는 건지, 아닌지 알아 봐줄게.

       정우에게 휴대폰을 건네는 민아.
       정우, 민아의 휴대폰에서 '김건우'의 프로필 찾는다.

정우   넌 내일 만나고 싶어?
민아   모르겠어, 아직….

       정우를 쳐다보며 정우의 팔을 슬쩍 만지는 민아.
       정우, 민아의 휴대폰에서 건우를 차단한 뒤 휴대폰을 돌려준다.
       차단 목록에 있는 건우의 연락처를 보는 민아.

민아   뭐야, 왜 차단해?
정우   야, 너 좀 괜찮은 남자 만나.
민아   괜찮은 남자?

       정우를 지그시 보는 민아,
       둘 사이에 묘한 기류가 흐른다. 기류를 깨고 장난치듯 웃는 민아.

민아   (정우의 볼을 손가락으로 살짝 터치하며) 너?
정우   (웃으며 장난 받아치는) 나?

밤, 거리

술에 취해 비틀비틀 걷는 민아, 그만 차도로 빠진다.

정우   **야, 야, 거기 아니야.**

민아의 손목을 잡아 인도 쪽으로 당기는 정우.

민아   **아씨… 아파…. 그냥,**

민아, 자신의 손목을 쥔 정우의 손을 잡는다.

민아   **이렇게 잡아. 뭔 차이라고….**

맞잡힌 민아와 정우의 손.
'이렇게 해도 되나?'라는 표정으로
입술을 깨물고 생각하는 듯한 정우.
손잡고 걸어가는 둘의 뒷모습, 마치 연인 같다.

밤, 거리

거리에 있는 벤치에 앉은 정우,

85

아까 봤던 소현의 인스타그램 사진을 다시 보고,

확대해서 또 보고…

웃고 있는 사진 속 소현, 정우는 술에 취한 듯하다.

정우   누가 찍어준 거야….

정우(N)   먹먹하다.

휴대폰을 들어 소현에게 카톡을 보낸다.

[정우(N) : 자?]

카톡을 보내놓고는 한숨 푹 내쉬는 정우.

정우(N)   **이별 때문일까…?**

        아니면, 처음 연애 시작할 때 그 느낌일까…?

S#9   (회상) 낮, 공원

Insert#4. 낮, 공원(S#1 장면)

민아   처음 연애 시작할 때랑 비슷한 느낌인데, 뭐랄

       까… 좀…

암전

민아(E)   먹먹하다고 할까?

07

「술자리 남자 여우짓 특징」

밤, 술집 안

술집 안, 테이블 위에 소주 두 병이 올려져 있다.

앉아 있는 정우, 민아, 현수, 희원.

술자리는 이제 막 시작된 듯 활기차다.

희원   (현수 팔뚝 때리며) 야, 정우, 돈 없어서 헤어진 거 실화야?

민아   진짜라니까.

현수   쟤도 진짜 답이 없긴 하다.

휴대폰을 보고 있다가 고개를 드는 정우.

정우　　나 친구 불렀다.

희원　　야, 너 헤어졌다고 이 사람, 저 사람 다 부르냐?

민아　　네 친구를 여기 왜 불러.

정우　　그래야 돈 아껴. 엔빵.

현수　　남자? 여자?

정우　　남자. 얼마 전에 전역해서 군인이야, 군인.

민아, 희원 '오~' 하는 표정이고, 애써 쿨한 척하는 현수의 얼굴.

타이틀 <남자 여우짓>

S#2　(A) 밤. 술집 안

출입구 쪽을 바라보는 정우.

정우　　어, 왔다.

짧은 머리를 한 혁이 손을 가볍게 들고 다가온다.

혁의 모습을 아래에서 위로 훑어보는 민아,

무심한 척하고 고개를 돌리며 관심 없는 듯 손톱을 만지작거린다.

아직은 어색한 듯 고개를 살짝 까닥이며 인사하는 현수,

다가오는 혁을 보고 옆 의자에 있는 핸드백을 슬쩍 치우는 희원.

혁   안녕하세요. (희원 옆 의자 가리키며) 여기 앉아도 될까요?

희원   (고개 끄덕이는)

자리에 앉는 혁, 여전히 관심 없는 척 하는 민아.

정우   새끼, 머리 봐라… 짬내 나네.

혁   (머리 만지작거리며) 많이 기른 건데, 아직 짧나?

자신의 손톱을 만지작거리며 혁의 머리를 보는 민아.

순간, 혁과 눈이 마주친다.

민아(N)   반반하네.

혁(E)   (민아의 귀에 희미하게 울려 퍼지는) …아요?

혁의 얼굴을 감상하느라 소리를 못 들은 민아.

민아   (정신 차리며) 네?

혁   (웃으며) 저, 군인 같아요?

민아   (살짝 당황했다가) 아니…요….

혁   (정우에게) 아니라고 하잖아. (다시 민아 보고 웃어주는)

민아(N)   뭐… 뭐야….

90

입술 쭉 내밀며 혁이랑 이야기하고 싶은 듯한 표정의 희원,

혁의 앞에 젓가락과 술잔을 챙겨준다.

희원의 모습을 보고 있는 현수, 무언가 신경 쓰이는 듯한 표정이다.

정우   야, 야, 말 놔. 다들 친구니까. 짠하자, 짠!

S#2 (B) 밤, 술집 안

Cut To

(시간 경과)

다 같이 술잔을 들이킨다.

잔을 들고 있는 혁을 보는 희원.

희원   (혁의 팔뚝 만지며) 우와, 팔뚝!

혁   (슬쩍 보고) 아… 가면 할 게 운동밖에 없더라고.

희원의 말에 괜히 자신의 팔에 힘을 줘보는 현수와 정우,

옆에서 희원의 행동과 표정을 보고 있는 민아,

한심한 듯 고개를 절레절레 흔든다

희원과 눈이 마주치자 고개를 돌리고

괜히 휴대폰으로 유튜브를 보는 척한다.

혁	(민아의 휴대폰을 가리키며) 이거 안 보이는 거다.
민아	(무슨 말인지 못 알아듣고) 네?
혁	액정 필름, 옆에서 안 보이는 거.
민아	아… 네…
혁	(자신의 휴대폰을 보여주며) 똑같은 거, (갑자기 하이파이브 하려는) 오, 하이파이브!

하이파이브 하자는 듯 손을 드는 혁,

살짝 당황한 듯한 표정이지만 혁의 손을 툭 쳐주는 민아.

민아(N)	갑자기 무슨 하이파이브?

이야기 중인 사람들을 보고 웃다가 다시 민아에게 말을 거는 혁.

혁	이름 뭐라고 했더라, (떠올리려고 하는) 윤…?
민아	(작은 목소리로) 윤민아.
혁	(다시 한번 말해달라고 고개를 가까이 들이미는)
민아	윤.민.아.
혁	이름 예쁘다, 민아…? (웃음) 나는 권혁, 22살.
민아	저도 22살.
혁	동갑이네, 말 놓자.
민아	그래…

갑자기 민아에게 다가오는 혁. 순간, 민아 움찔한다.

민아의 얼굴 바로 앞에 혁의 목이 보인다.

놀란 듯 숨을 들이마시는 민아.

민아(N)   향수 냄새….

민아의 앞에 놓인 물통을 집어 들고 자리에 앉는 혁.

혁   물 없네?

민아의 물컵을 채워주는 혁.

민아   아, 땡큐….

다른 자리에 있는 사람들 물컵을 쓰윽 보더니

희원의 컵에도 물을 따라주는 혁.

희원   오 센스~ 고마웡.

민아(N)   딱 봐도 잘 홀리는 스타일, 뻔하다.

혁이 희원의 컵에 물을 따르다 실수로 넘쳐흐르게 하고,

무언가 생각하는 듯한 민아의 얼굴.

희원(E)   아, 차가워.

혁(E)   어, 미안.

희원(E)   왜 이렇게 흘려~

혁(E)   너도… 아… 아니야.

물을 마시는 민아, 실수로 물을 흘린다.

민아   아, 흘렸다.

혁   여기 물티슈 좀 주세요.

민아가 티슈를 찾자 무심하게 물티슈를 건네는 혁,

정우도 티슈를 건네지만 그건 나중에서야 보는 민아.

S#2   (C) 밤, 술집 안

Cut To

(시간 경과)

술 게임 노래를 다같이 부른다.

다 같이   술도 마셨는데 '좋아 게임' 할까?

좋아 게임 한창 진행 중이다.

현수   희원 좋아.

희원   (멍하니 있다가) 뭐야, 뭐야. 이거 어떻게 하는지 몰라.

정우   (멜로디 살려서) 마시면서~ 배우는~

희원   (혁 쳐다보며) 나 이거 마시면 완전 가는데…?

정우   (부추기며) 흑기사~ 흑기사~

        혁을 향해 다 같이 흑기사를 외친다.

        그때 갑자기 희원의 잔을 가져가 술을 마시는 현수,

        희원의 행동을 보고 '너무 티난다'라는 듯 바라보는 민아.

정우   야, 뭐야, 뭐야? 너네 뭐야?

현수   (원샷 하고는) 소원, (장난스럽게) 이따 쓴다, 디졌으.

희원   좀 꺼져.

현수   어~ 어? 꺼지라고?

희원   아니, 추워서. 에어컨 좀 꺼줘~

        에어컨을 끄러 가는 현수.

S#2   (D) 밤, 술집 안

        Cut To

        (시간 경과)

다 같이   술도 마셨는데 좋아 게임할까?

희원   혁이 좋아.

혁   나는 싫어.

다 같이   그럼 누구?

혁   민아 좋아.

민아   칵 퉤.

혁   민아 좋아.

민아   칵 퉤.

혁   민아 좋아.

          혁, 민아를 뚫어져라 쳐다본다. 그런 둘을 번갈아 보는 정우.

혁   (입모양으로) 한 번만.

          고민하는 표정을 짓는 민아, 희원도 내심 긴장한 듯한 얼굴.

민아   나…도 좋아….

혁   (입모양으로) 고마워.

민아(N)   뭐… 귀엽네….

          혁을 향한 민아의 눈빛, 겉으로 쿨한 척하지만
          이미 혁에게 빠져보이는 듯하다.

그런 민아를 쳐다보는 정우, 표정이 좋지 않다.

다 같이   아~싸 좋아 좋아!

S#3 밤, 술집 화장실 안

비틀비틀하며 화장실로 들어오는 민아,
거울을 바라보다가 방금 한 게임을 떠올린다.

혁(E)   민아 좋아.

정신 차리려고 고개를 젓는 민아.

민아   뭐야… 참나.

S#4 밤, 술집 안

민아가 화장실에서 나오니 혁이 혼자 자리에 앉아 있다.

민아   다들 어디 갔지?
혁   담배.

민아   그래? 너는?

혁   이따.

         자리에 앉는 민아. 테이블 위에 놓인 혁의 시계와 지갑.

민아   뭐 묻겠다. 어디 넣어 놓든가 하지.

         시계와 지갑을 집어드는 혁.

혁   그래? 그럼 이것 좀 넣어주라.

민아   어?

혁   가방 안 들고 와서.

         자신의 가방에 혁의 시계와 지갑을 넣는 민아.

민아   보관비 있다~

혁   참… 얼만데.

민아   (고민하는 척하며) 흐음~

         그리고 테이블 위에 그대로 놓여 있는 현수와 정우의 지갑.

혁   아이스크림으로 가능?

민아(N) 아이스크림? 아휴… 뻔하다, 참….

내레이션과는 다르게 자신의 머리를 만지작거리며
고민하는 민아.

민아   (고개 끄덕이는) 가능…!
혁   가자!

S#5 밤, 거리

민아   (팔을 만지작거리며) 여름인데 일교차가 있네.
혁   추워?

자신의 후드집업을 벗어서 건네는 혁.

혁   이거 입어.

반팔티를 입은 혁을 힐끔 보는 민아.

민아   괜찮은데….
혁   입어~ 아, 맞다. (휴대폰 내밀며) 너 번호 좀.

99

휴대폰을 받아 들고 자신의 번호를 입력하는 민아,

민아의 번호를 저장하는 혁.

밤, 술집 안

술집 안으로 같이 들어오는 민아와 혁,

둘을 보고 계속 찾았다는 듯 말하는 정우.

정우   아니… 어디 갔다와?

테이블 위에 아이스크림을 올려놓는 혁.

혁   시원한 거.

정우   (아이스크림 집어 들며) 아싸!

민아가 입고 있는 후드집업이 눈에 들어오는 정우,

민아가 입기엔 많이 커 보이는 사이즈의 옷이다.

뒤이어 혁을 보는데, 혁은 반팔 티셔츠만 걸치고 있다.

뭔가 이상한 듯한 표정을 짓는 정우,

유독 둘의 사이가 가깝게 느껴진다.

혁을 바라보고 있는 민아의 얼굴은 묘하게 설레 보인다.

카톡을 확인하는 민아.

[현수 : 다들 32,300원씩 보내]

[희원 : 보냄 ㅇㅂㅇ!]

[정우 : 보냈다…]

카톡 대화창을 열어보는 민아, 혁의 프로필을 눌러본다.

민아   뭐, 아무것도 없네.

인스타그램에 들어가는 민아, '권혁'을 검색해본다.

비공개 계정이 나오고,

그 순간, 갑자기 모르는 번호로 전화가 온다.

고민하다가 조심스럽게 전화를 받는 민아.

민아   여보세요.

혁(E)   이거 내 번호, 저장하라고.

민아   아… 어….

혁(E)   아, 그리고 내 시계랑 지갑.

민아   아, 맞다! 후드도….

혁(E)   학교에서 줘. 내일 몇 교시?

민아   나 1교시. 네 시간 남았다….

혁(E)   난 2교시인데, 지금 자면 나 아침에 못 일어나는데.

민아   난 밤새고 가려고… 모닝콜 해줘?

혁(E)   (웃음소리)

민아   싫음 말고.

혁(E)   아니야, 해줘.

민아   아, 됐어. 왜 웃는데….

혁(E)   아니, 꼭 사귀는 사이 같잖아.

민아   응~ 안 해줄게.

혁(E)   아니야. 해줘, 해줘!

S#8 낮, 휴게실 안

밥버거를 먹는 정우와 민아.

민아   (다급하게) 지금 몇 시지?

정우   (휴대폰으로 시간 확인하며) 9시 30분.

민아   2교시가 10시 시작인가?

정우   넌 그게 아직도 헷갈리냐.

시간 계산을 하는 듯 보이는 민아,

휴대폰에 저장된 번호를 찾아 '19 권혁'에게 전화를 건다.

혁(E)   (잠긴 목소리) 여보세요.

민아   일어나.

혁(E)   어….

민아   전화해달라며~

혁(E)   그러니까, 고맙다. (기지개 켜는 소리)

민아   어~ 끊을게.

전화 끊는 민아, 설렌 듯한 얼굴의 민아를 쳐다보는 정우.

민아   야… 혁인가? 걔.

정우   권혁?

민아   어어, 걔, 너랑 친해?

정우   (민아 한번 보고는 한숨 푹 쉬고) 야, 걘 아니야. 남자 보는
       눈 없냐?

민아   뭔 소리야. 네 친구니까 물어보는 거지.

정우   넌 나랑 그…

Cut To

이전에 민아와 정우, 손잡았던 장면(<환승일까 아닐까>)이
잠시 스쳐 지나가고.

정우   아니다… 넌 술 마시면 아예 기억을 잃어?

민아   왜?

103

정우   아니다… 정신 좀 차려.

낮, 카페 안

카페에 혼자 앉아 있는 민아,

민아의 옆에 혁의 소지품이 들어 있는 쇼핑백이 놓여 있다.

테이블 위에는 군것질거리와 '혁아 고마워 -민아-'라고 쓰여진

여러 장의 포스트잇이 보인다.

민아(N)   빌려줬으니까 이 정도는 뭐, 부담 없는 선으로.

휴대폰을 켜서 혁과의 카톡방에 들어가는 민아,

혁에게 뭐라고 카톡을 보내야 하나 고민한다.

[민아 : 몇 시에 끝나?]

쓰던 카톡을 지우는 민아.

[민아 : 어디서 볼까? 너 물건]

민아(N)   아니, 내가 왜 이걸 고민하고 있지?

그때 카페로 들어오는 혁,

반가운 표정으로 혁에게 인사하려는 민아.

순간, 뒤늦게 들어온 희원이 민아의 시야에서 혁을 가린다.

희원   뭐 마셔? 난 아아.

혁   어, 나도 아아. 통했다. (손 들며) 오~ 하이파이브!

희원에게 손 내미는 혁, 수줍게 하이파이브 하는 희원.
그런 둘의 모습을 지켜보고 있는 민아의 표정이 굳는다.
희원의 표정에서 어제 자신의 표정이 오버랩되는 걸 느낀 민아.

혁(E)   여기 아이스 아메리카노 두 잔 결제해주세요.

희원   모닝콜을 해주면 한 번에 째깍째깍 일어나거라~

혁   아침잠 많아서 힘들어….

계산하고 자리로 가는 혁과 희원, 혁이 희원에게 우산을 건넨다.

혁   밖에 비 오더라.

희원   괜찮은데… 넌?

혁   난 집이 코앞인데, 뭐.

둘을 바라보던 민아, 얼굴을 슬쩍 가린다.
테이블에 펼쳐져 있는 포스트잇을 치우고
카페에서 나가려 하는 민아.

105

예쁜 글씨체로 쓰여진 포스트잇,

[혁아 고마워! -민아-]

민아(N)   아무 사이도 아닌데…

암전

민아(N)   왜 서운하지?

#08

「 헤어지고 먼저 연락하는 사람 특징 」

S#1 낮. 옥상

계단에 거리를 두고 앉아 있는 소현과 우식.

우식의 손에 캔 음료가 들려 있고, 휴대폰에 집중하는 소현.

소현   (혼잣말하듯) 솔직히 오빠랑 나는… 내가 놓으면 다 끝

        나는 관계였어.

우식   (소현의 뒷모습을 보는)

        인스타그램, 카카오톡에 들어가

        상태메시지와 프로필 사진을 바꾸는 소현.

107

소현   나 혼자만 애쓰는, 그래서 헤어지자고 한 거야.

우식   …안 물어보긴 했는데….

소현   (말 자르고) 근데 이상하게, 내가 찼는데… 내가 차인 그런 기분? 하하. (뒤쪽으로 고개 돌리며 우식보고) 야! 너 오빠한테 연락 오면 나랑 청산도 간다고 그래, 알았지?

우식   청산도?

사진첩에서 행복해 보이는 사진을 찾아 우식에게 보여주는 소현.

소현   이거 어때? (혼자 답하는) 좋다!

우식   근데…

우식이 말을 하자 다시 우식 쪽으로 고개 돌리는 소현,

눈이 마주치는 두 사람.

우식   (무덤덤) 내가 연애는 잘 모르는데… 그건 찼는데 차인 기분이 아니라, 너가 포기한 거 아닐까?

타이틀 <찼는데 차인 기분>

서로 반대쪽을 바라보며 테이블에 엎드려 누운 정우와 민아,

민아는 연애 만화책을 뒤적이고 있다.

민아   남자들은 어떨 때 여자한테 설레?

정우   소현이한테 연락해볼까?

민아   리액션만 잘해줘도 설렌다고 하던데?

정우   아니다… 잘 살고 있는 것 같은데.

각자 자기 말만 하는 두 사람, 그때 어디선가 들리는 목소리.

우식(E)   안녕하십니까~

강의실 안으로 들어오는 우식,

대충 인사하고 이번엔 휴대폰을 보는 민아,

우식을 보고 인사하지만 표정은 그리 반가워 보이지 않는 정우.

정우   어… 오랜만이다?

우식이 뒷자리에 앉으니 뒤돌아보는 정우.

정우   (은근슬쩍) 청산도 잘 갔다왔어?

우식	네, 네. 전 그냥 운전만 하다 왔어요. 하하.
정우	그래?

순간, 호들갑 떨며 휴대폰을 드는 민아,

귀찮다는 듯 민아를 쳐다보는 정우,

궁금한 듯 동그란 눈으로 민아를 보는 우식.

민아	**야아야, 전화 왔다!** (통화 버튼 누르면 목소리 바뀌고) **여보세요?**

통화하며 강의실 밖으로 나가는 민아,

다시 우식에게 말을 건네는 정우.

우식	민아 선배, 또 남자 생겼다? 그쵸?
정우	소현이가 내 얘기 안 했어?
우식	따로 형 얘기는 안 하던데요?
정우	난 또 걱정했는데… 야, 다행이다. 잘 지내서. 끝나고 점심 뭐 먹을래?
우식	아, 민아 선배랑 둘이 드세요. 저 약속 있어서.
정우	약속? 누구랑?
우식	어… 그…
정우	소현이?
우식	네? 아… 네.

정우	둘이?
우식	네… 뭐….
정우	생각해보니까, 둘이 왜 이렇게 친해?
우식	아니, 뭐….
정우	(의심의 눈초리로) 여사친… 뭐 그런 거냐?
우식	미련 있어요?
정우	아니. 전여친한테 미련은 무슨… 근데 민아 쟤는 왜 안 들어오냐?

갑자기 화제를 돌리는 정우를 빤히 바라보는 우식.

S#3 낮, 공원

공원에 앉아 있는 민아와 우식, 우식은 휴대폰을 하는 중이다.

민아	우식아, 나 저번에 술 마시고 정우랑 손잡았다?
우식	네? 아, 징그러. 그럴 거면 둘이 그냥 사귀는 거 어때요?
민아	비밀 말해줄까? 별로 설레진 않더라.

민아를 바라보는 우식, 자신의 머리칼로 얼굴을 가리는 민아.
민아가 갑자기 우식의 오른손을 잡아다
자신의 손과 하이파이브를 하고,

놀라서 민아의 손을 뿌리치는 우식.

우식   뭐 하세요?

민아   역시, 잘생겨야 설레. 하… 우울하다…. 우식아 남자가
       봤을 때, 난 예쁜 편인가?

우식   (생각하다가) 선배는 자존감이 높아요? 낮아요?

민아   낮아지고 있어…. 그거 알지, 누구 좋아하면 내가 작아
       지는 거.

우식   누구 좋아해요?

민아   그건 비밀이야.

       갑자기 자리를 뜨는 민아, 어디론가 가버린다.

우식   뭐야?

       그때 정우에게 전화가 온다. 전화를 받는 우식.

정우(E) 우식아 뭐 하냐.

우식   왜 자꾸 저한테….

테이블에 앉아 있는 우식과 정우.

정우   차였어. 데이트 잘하다가 각자 집 갔는데… 전화로 헤
         어지자고 하는 거야. 황당하지, 내 입장에서는. 근데
         차였는데… 고맙더라.

우식   차였는데? 고마워요? 슬픈 게 아니라?

정우   후련했어… 그냥.

우식   궁금한 게 있는데… 형은 자존감 높은 편?

정우   갑자기 자존감? 그런 거 생각해본 적 없는데. 아, 확실
         한 건.

궁금하다는 듯 대답을 기다리는 우식.

정우   (생각하다가) 소현이는 자존감이 낮았어.

우식   아니, 소현이 말고….

정우   그게 진짜 처음엔 보살펴주고 싶고, 곁에 있어주고 싶
         고, 그렇지? 근데 그것도 밑 빠진 독에 물 붓기야. 자존
         감 그거 누가 채워주는거 아니다? 스스로 채우는 거지.

우식   형.

정우   어?

우식   여기저기 전여친 뒷담 까는 거, 그거 되게 없어 보여요.

113

정우   뭐야. 왜 갑자기 급발진?

우식   밑 빠진 독에 물 붓기? 솔직히 소현이 불안해하고 그런
      거, 다 형이 그렇게 만든 거잖아요. 죄책감은 없어요?

정우   (우식이 화내자 얼떨떨해 하다가) 너, 소현이 좋아하냐?

      정우의 물음에 정우와 우식 사이에 정적이 맴돈다.

우식   그렇다면요?

정우   (당황하며) 뭐?

우식   둘이 헤어졌잖아.

      그때 우식에게 오는 전화, 화면을 보니 '소현' 이름이 보인다.
      우식의 휴대폰을 쳐다보는 정우.

S#5   밤, 술집 안

      _____

      술집에 도착한 우식, 혼자 소주를 마시고 있는 소현을 발견한다.
      테이블 위에 소주 두세 병이 놓여 있다.

      Cut To

      술잔을 테이블에 내려놓는 소현.

114

소현   내가 헤어지자고 했어. 근데 힘들어 하면 그거 웃긴 거
      잖아. 그치? 나는, 그때 오빠가 잡아주길 바랐다?

Insert#1.

(회상) 밤, 소현의 집.

정우와 통화 중인 소현.

소현   우리 헤어지자.

소현(N) 헤어지지 말자고… 내가 더 잘하겠다고… 그러
       길 바랐어.

정우(E) …그래, 소현아. 미안하다.

       정우의 말에 나오는 눈물 애써 참으며 입을 막는 소현.

소현(N) 근데, 안 잡더라. 그대로 끝.

소현   분명 내가 찼는데 차인 기분.

우식   아…

소현   비밀 말해줄까?

궁금하다는 듯 소현을 쳐다보는 우식.

소현   나는 진짜 아무한테도 사랑받을 자격이 없는 사람이
        야…(아무렇지 않은 듯 웃으며) 이거 진짜 비밀이다. 자존
        감 완전 바닥….

        소현의 말에 가만히 생각하는 우식, 마음이 아프다.

우식   (소현 쪽으로 몸을 기울며) 소현아, 너 좋은 사람이야. 사랑
        받을 자격 있어.
소현   우식, 거짓말이어도 그렇게 이야기해줘서 진짜 고마워.

        소현, 술에 취해 고개를 푹 숙이고 엎드린다.

소현   진짜로….

        고개를 푹 숙이자 소현의 머리카락이 얼굴을 가린다.
        머리카락을 떼주려 손을 들었다가 다시 내리는 우식.

우식(N) 마음이… 아프다.

        눈가에 눈물이 묻어 있는 소현.
        닦아주진 못하고 애꿎은 휴지만 만지작거리는 우식.

편의점에서 음료를 사서 급하게 뛰어나오는 우식,

손에 음료를 쥐고 소현에게 가는데

벤치에 앉아 정우와 통화 중인 소현을 발견한다.

소현   잘 지냈어…? 오빠, 미안해….

정우(E)   아니야, 내가 더 미안하지.

전화하며 웃는 소현,

그런 소현의 뒷모습을 바라보는 우식,

두 손에 쥔 음료 팩이 보인다.

소현(N)   오빠 생각나서, 연락했지.

우식(N)   우리는,

다양한 이유로 사랑을 포기할 때가 있다.

사랑의 90퍼센트가
엇갈리는 이유

너가 듣는 음악은 나도 사랑했다. 너가 마시는 아이스 아메리카노, 너가 앉는 버스 운전석 바로 뒤 창가 자리, 너가 입는 옷 스타일, 너가 뿌리는 섬유 유연제 그 모든 것들을 나도 사랑했다.

하지만 나를 바라보는 너의 눈빛. 그것만큼은 사랑할 수 없었다. 텅 빈 그 눈빛, 너는 왜 나를 그런 눈빛으로 바라봤던 거야? 그렇게나 묻고 싶었지만 끝끝내 묻지 못했다. 답을 이미 알고 있으니까. 너는 나를 사랑하지 않았다. 내가 사랑하는 사람이 나를 사랑하지 않는 일, 사랑할 때 그것만큼 마음 아픈 일이 또 있을까.

그런 연애를 끝내고 나면 반드시 누구한테든 사랑을 받아야만 했다. 나도 누군가에게 사랑받을 만한 사람이라는 걸 확인해야만 했다. 당장 나에게 마음을 표시하는 아무나를 만나고 '그래, 누군가는 나를 사랑해주는구나'를 깨닫게 된 그 순간, 나는 그를 바라보는 내 눈빛이 텅

비어 있음을 알게 되었다. 이건 바로 예전에 네가 나를
바라봤던 그 눈빛이잖아.

사실을 깨닫게 되자 더 이상 허울뿐인 역할 놀이를 이어갈 수
없었다. 나는 그때 그를 앞에 두고 눈물을 흘리며 말했
다. 지금 너가 하고 있는 거, 나도 해봤는데 길어질수
록 네 마음만 계속 닳게 될 거야. 그는 덤덤하게 알겠
으니 울지 말라며 휴지를 건넸다.

이별이 후련한 그런 연애를 끝내고 나니 이런 생각이 들었다.
사랑을 주기만 하는 것만큼 사랑을 받기만 하는 것도
힘들 수 있구나. 어쩌면 너도 마음이 편하지만은 않았
겠구나. 물론 굳이 따지자면 주기만 하는 게 훨씬 아팠
지만. 이런 연애를 겪었으니 내가 쓰는 사랑 이야기는
항상 서로의 마음이 통하지 않는 것으로 끝이 난다. 서
로가 서로에게 100퍼센트의 확신을 갖고 사랑하는 이
야기가 나에겐 비현실적으로 느껴졌다. 내가 하고 싶
은 사랑은 재거나, 숨기거나, 속이지 않아서 맑고 투명
한 그런 것이었는데. 왜 나는 그런 사랑을 하지 못하
고, 그런 이야기를 쓰지 못하는 걸까.

그러나 내가 쓴 이 바보 같은 사랑 이야기에 많은 사람들이 공
감해주는 걸 보며 이런 생각이 들었다. 오히려 이것이

사랑의 본질일 수도 있겠다. 사람을 비겁하게 만들고, 움츠러들게 만들고, 약하게 만드는 이 모든 것이 사랑 그 자체일 수도 있겠다. 그다지 숭고하지도 대단하지도 않은 게 사랑이라니 조금은 맥 빠지지만. 원래 사람이 그런 것을, 부족한 사람과 사람이 하는 게 사랑인 것을. 그래, 어쩌면 사랑은 원래 채워지지 않는, 100퍼센트가 될 수 없는 것인지도 모른다.

"오빠 같은 멋진 사람이

왜 이런 나랑 만나는지도 모르겠고.

나는 그렇게 예쁘게 생긴 것도 아니고,

몸매가 좋은 것도 아니고.

근데… 정말… 정말…

오빠는 나 좋아서 만나는 거야?"

-<자존감 낮은 연애 특징>

*

그거 알지,

누구 좋아하면 내가 작아지는 거.

Part
2

「　　관계가 어려운
　　　너에게　　　　」

09

「어장 관리 하는 남자 특징」

낮, 동아리실 안

이야기 중인 정우, 민아, 희원, 현수.

점심 메뉴에 대해서 대화 나누는 중인 정우와 현수,

그리고 혁과 카톡 중인 민아, 실실 웃는다.

정우 야, 점심 뭐 시키지?

현수 햄버거 콜?

정우 오, 콜?

민아 (휴대폰 보며) 햄버거 어제 먹었는뎅.

정우 그럼 자장면 콜?

민아 중식 먹으면 좀 더부룩하긴 하더라….

정우	그럼 뭐?
희원	(재채기하는) 엣… 췌킨.
정우	(희원 보고) 치킨?
희원	(다시 재채기하는) 엣춰…
정우	아… 헷갈리게.
현수	(희원 보고) 너 혁이랑 카톡해?

순간, 들리는 현수의 목소리,

희원의 휴대폰을 옆에서 보고 있는 현수,

휴대폰 못 보게 가리며 말하는 희원.

희원	(당황) 어… 어.

민아가 카톡하다가 멈칫하며 희원을 쳐다본다.

희원과 민아 눈 마주치고, 서로 웃고 있지만 묘한 긴장감이 흐른다.

민아가 혁과 대화를 나누는 카톡 대화창 속 내용이

마치 연인 같아 보인다.

[혁의 셀카 사진]

[민아 : 오 잘 나왔다!]

타이틀 <어장 관리 남자 특징>

엘리베이터 문이 닫히고 있다.

급하게 엘리베이터를 타기 위해 달려 가는 민아,

문이 닫힌 듯했지만 다시 스르륵 열리고, 안에 혁이 타고 있다.

열림 버튼을 누르고 있는 혁의 손.

혁   (환하게 웃으며 반갑게) 어, 민아, 안녕~

민아   어… 안녕….

바로 휴대폰을 꺼내는 민아, 그런 민아에게 다가오는 혁.

혁   수업 들으러 가?

민아   나? 공강이라서 카페 잠깐 가려고.

혁   나도 공강인데, (생각하다가 민아의 눈 바라보며) 혼자?

민아   응.

엘리베이터가 멈추고,

혁   그렇구나, 난 여기서 내려.

엘리베이터 문이 닫히는데… 닫히는 문 사이로 보이는 혁.

127

혁　　　카톡해~

낮, 카페 안

카페에서 커피를 마시며 휴대폰 중인 민아, 혁의 말을 생각한다.

민아　　카톡을 하라고? 내가 왜?

혁의 카톡 프로필 눌러보는 민아, 사진을 확대해서 본다.

혁　　　민아야.

혁의 목소리에 깜짝 놀라 휴대폰을 감추는 민아.

혁　　　뭘 그렇게 놀래?

민아의 옆자리에 앉는 혁.

혁　　　아, 더워. (민아의 커피 가리키며) 좀 마셔도 돼?
민아　　어? 어….

민아가 쓰던 빨대로 마시는 혁, 그런 혁의 입술 쳐다보는 민아.

128

혁　　혼자 뭐 하고 있었어?

민아　그냥 시간 때웠지, 뭐~

영수증을 잘게 찢는 민아, 민아가 찢는 영수증을 만지작거리다가

민아의 손가락 끝을 쓰다듬는 혁.

민아가 그런 혁을 바라보는데, 아무렇지 않아 보이는 표정이다.

민아, 두근거리는 마음에 마른침을 꿀꺽 삼킨다.

민아　오늘은 머리 올렸네?

혁　　내리면 좀 답답해서.

민아　내린 것도 잘 어울리던데.

혁　　그래?

그때 혁의 눈에 민아의 애플워치가 들어온다.

혁　　애플워치 봐도 돼? 나도 살까 고민 중인데.

민아　어… 그래~

민아가 자신의 손목에서 애플워치를 풀려고 하자,

그 전에 아예 민아의 손목을 잡은 채로 애플워치를 구경하는 혁.

혁　　이거 모델 뭐야?

민아　SE. (웃으며) 제일 싼 거.

| 혁 | 근데 너 손목 진짜 얇다. |

자신의 손가락으로 민아의 손목을 재보는 혁, 당황하는 민아.

낮, 과실 안

워치를 차고 있는 자신의 손목을 만지작거리는 민아,

그 모습을 보는 현수와 정우.

민아	나도 알아, 혁이 걔 흘리고 다니는 스타일인 거.
정우	그래, 근데 뭐 어쩌라고.
민아	(예리한 눈초리로) 스킨십이 아주~ 자연스러웠어. 날 좋아하는 건… 아니겠지?
현수	어장이잖아. 딱 보면 몰라? 희원이한테도 계속 집적거리더만. 그 새끼, 까매가지고.
민아	따지고 보면 너도 윤희원 물고기 아니야?
현수	따지고 보면 정우도 니 물고기고?

그때 울리는 현수의 휴대폰, 희원의 연락이다.

| 현수 | 어, 희원아. 알았어. 갈게. |

과실에서 나가는 현수.

정우   (민아에게) 너, 나 어장 쳤냐?

민아   (무시하며) 개소리하지 말고 들어 봐.

S#5 밤, 민아의 집 안

늦은 밤, 누워서 혁과 통화 중인 민아.

민아(N)   한밤중에 통화를 해. 몇 시간씩.

혁(E)   너는 그럼 연애할 때 어떤 스타일이야?

민아   음… 어떤 스타일일까…. 아, 난… 진짜 다 퍼주는 스타일.

혁(E)   그래? 너랑 사귈 사람은 진짜 좋겠다.

민아   …왜?

혁(E)   다 퍼주니까.

민아   (웃으며) 별로 안 좋아하던데.

혁(E)   에이, 아니야. 너 같이 예쁜 애가 다 퍼주면 완전 좋지. 근데 이런 얘기 하니까 외롭다… 그치?

민아   (웃으며) 그러게.

혁(E)   아~ 연애하고 싶다.

민아(N)   연애하고 싶다? 이거 나랑 하고 싶다는 건가?

Cut To

혁과 나눈 카톡 대화방 보고 있는 민아.

[혁 : 크루엘라 재밌다던데] – 오후 11:31

[민아 : 마자 그렇다더라ㅋㅋㅋㅋㅋ] – 오후 11:31 (안 읽음)

[민아 : 보러갈랭??ㅋㅋㅋㅋㅋㅋ] – 오후 11:32 (안 읽음)

민아(N)   근데 이상하게… 답장이 묘하게 늦고.

고민하다가 혁에게 전화를 거는 민아,

하지만 혁은 통화 중이다.

김이 새서 전화를 끊는다.

민아(N)   내가 먼저 걸면 또 안 받는다?

S#6   낮, 과실 안

민아   그러다가 갑자기 또 전화가 와. 근데 내가 먼저 하기에
      는 좀… 거절당할 것 같은 기분. 뭔지 알지?

정우   내가 어떻게 알아.

민아   이따가 둘이 술 마시기로 했어. 성인 남녀가 둘이 술을

132

마셔. 뭔 뜻인지 알지?

정우   나랑도 마시잖아.

민아   (단호하게) 에이~ 그거랑은 다르지.

S#7 밤, 술집 앞

맥주를 앞에 둔 민아와 혁, 머리를 내린 혁을 바라보는 민아.

민아   머리 내렸네?

혁   (씨익 웃으며) 근데 정우랑 어떤 사이야?

민아   뭐… 그냥, 친구.

혁   (질투 난다는 듯) 되게 친해 보이던데….

민아   그냥 뭐, 걘.

그때 갑자기 다가오는 혁,

민아, 다가오는 혁을 동그란 눈으로 쳐다본다.

혁이 민아의 눈을 지그시 바라본다.

혁   (〈B대면 데이트〉의 카페 사장 최준처럼) 어? 예쁘다.

시선을 피하는 민아, 침을 꿀꺽 삼키고

괜히 애꿎은 맥주캔을 만지작거린다.

133

혁   너 눈 색깔, 갈색인가?

민아   뭘… 봐… .

자신의 머리카락으로 얼굴을 가리는 민아,

그런 민아 보고 피식 웃는 혁, 민아는 얼굴이 붉게 달아오른다.

민아   뭐야… 왜 웃어.

혁   (민아의 머리를 쓰다듬으며) 귀여워서.

그때 혁의 휴대폰 진동이 울리고, 화면을 보는 민아.

'유진'이라는 이름이 떠 있다.

혁   잠깐만.

전화를 받으러 나가는 혁,

그런 혁의 뒷모습 쳐다보는 민아.

S#8 밤, 술집 앞

휴대폰으로 지하철 노선도를 보고 있는 민아.

민아   아… 막차 놓쳤다… .

혁	일찍 나올걸….
민아	나 그냥 과실에 있다가 첫차 타고 가야겠다.
혁	괜찮겠어?
민아	에이, 뭐, 한두 번 자 보냐. 가~ 넌 집 앞이잖아.
혁	(쉬었다가) 그래. 조심히 가고!

S#9 밤, 과실 안

과실에 있는 의자 여러 개를 붙이고 그 위에 눕는 민아,

옆으로 누워 휴대폰을 하다가 문득 혁을 생각한다.

Cut To

(시간 경과)

자고 있는 민아의 옆에서 휴대폰을 하고 있는 혁,

민아, 눈을 떠 보니 혁이 덮어준 듯한 후드집업을 덮고 있다.

잠에서 깬 민아가 의자에서 일어난다.

혁	(휴대폰 하다가 무심하게) 어, 깼어?
민아	(자리에서 일어나며) 뭐야… 왜 여기 있어?
혁	잠깐 뭐 가지러 왔다가.

민아에게 자신이 마시던 물을 건네는 혁.

135

민아   땡큐.

        혁이 준 물을 마시는 민아, 둘 사이에 정적이 흐른다.

민아   (생각하다가) 아, 너 섬유 유연제 뭐 써?
혁   나? 그… 뭐였더라… 모르겠네, 왜?
민아   냄새가 좋아서.

        혁이 준 후드집업의 소매를 만지작거리는 민아,
        민아와 혁, 어색하게 있다가 갑자기 눈이 마주친다.
        그때 애플워치 진동이 울린다.

민아   아, 알람. 이거 진동이 되게… 부드럽다?
혁   그래?

        민아의 애플워치 위로 손을 가져다 대는 혁.

민아   일어날 때 되게 기분 좋게 일어나져.
혁   오, 진짜.

        가까이 다가와 있는 혁을 바라보던 민아,
        갑자기 혁의 볼에 뽀뽀를 한다. 그런 민아를 바라보는 혁.

민아   우리 무슨 사이야? 너, 나 어떻게 생각해?

        민아를 바라보는 혁의 표정이 굳는다.
        혁의 반응에 당황하는 민아.

혁   민아야, (쉬었다가) 갑자기 왜 그래? 취한 거 아니지?

        암전

혁(E)   아, 우리 내일 얼굴 어떻게 보려고 그래.

10

「가스라이팅 하는 여자 특징」

밤, 나은의 집 안

남자친구 성실과 통화 중인 나은.

나은 여보, 내가 술이 약하잖아~ 근데 많이 마시면 늘어난
대~ 그래서 앞으로 술자리를 좀 가져볼까~

성실(E) 아니야~ 여보는 다른 술 있잖아~~

나은 (좋아하며) 웅? 뭔 술?

성실(E) 내 입술.

나은 (좋아하며) 흐헤헤헤헤. 여보, 만약에 우리가 권태기가
왔는데 어떤 여자가 와서 "저랑 사겨요" 하면 어떡할
거야?

성실(E)   저 그쪽보다 예쁜 여자친구 있는데요.

나은   (아까보다 더 좋아하며) 흐헤헤헤헤헤헤헤헤.

성실(E)   꺼지세요.

나은   (무한 반복) 흐헤헤헤헤헤헤헤헤헤헤.

나은의 깔깔거리는 웃음소리가 울린다.

타이틀 <가스라이팅 당하는 남자 특징>

S#2   낮, 카페 안

카페에 도착한 성실, 몸 뒤에 숨긴 꽃을 나은에게 보여준다.

성실   짠! 꽃! (나은 가리키며) 사슴~ (꽃 안겨주고) 꽃사슴~

나은   자기 뭐야, 감동… 따당행.

받은 꽃을 이리저리 살피는 나은.

나은   여보 완전 사랑꾼이양… 나 꽃 좋아한다니까 또 사준

         거야? 사진 찍어줘.

성실   알았뚱.

휴대폰으로 나은을 찍어주는 성실,

꽃과 함께 예쁜 포즈를 취하는 나은.

나은   **이거 인스타 올릴래?**

성실   **그러자, 헤헤.**

나은   **(휴대폰 낚아채며) 쥐 봐. 내가 해줄겡~**

성실의 휴대폰을 가져가서

본인이 대신 인스타그램 게시물 글을 쓰는 나은.

[나은이가 좋아하는 꽃. 만날 때마다 사주는데

받을 때마다 어린 아이처럼 좋아하는 모습이 귀엽다.

이 맛에 꽃 사주지!

#사랑꾼 #사랑꾼남친 #럽스타그램]

나은   **올릴게용~**

나은, 게시물을 올리자 금방 댓글이 달린다.

[연희 : 성실이 완전 사랑꾼이네]

나은   **엥, 얘가 왜 너 인스타에 댓글을 달아?**

성실   **어, 뭐야!**

나은   **팔로우 취소할게.**

성실   **웅웅. 여보 신경 쓰이면 취소해용~**

나은, 연락처에서 연희를 검색한다.

나은   (연희의 번호 보여주며) 얘랑 연락해?

성실   절대 안 하지~ 나 여보랑만 하잖아~

나은   그럼 삭제할게~

연희의 번호를 삭제하는 나은,

연락처를 쭉 보다가 '하진실'이라는 이름 보더니 삭제한다.

성실   어, 그건 내 동생이야, 여보.

나은   여자?

성실   어, 여동생!

나은   그럼 삭제할게~

이번엔 '오은정'이라는 이름 보더니 삭제한다.

성실   어? 그거 우리 엄마.

나은   삭제할게~

성실   응, 여보….

함께 앉아 있는 성실, 연희, 정우.

성실   아, 내 휴대폰 어디 갔지?

연희   전화해줄까?

성실의 휴대폰으로 전화를 거는 연희. 휴대폰이 울린다.

성실   (차갑게 말하는) 아, 여있다. 땡큐.

성실의 휴대폰에 자신의 번호가 저장되어 있지 않은 걸 본 연희.

연희   뭐야, 내 번호 왜 저장 안 돼 있어? 실망.

정우   모르냐? 쟤 폰에 여자 번호 없잖아.

연희, 이상하다는 듯 성실을 쳐다본다.

정우   나은이가, 여자면 엄마 번호라도 지워.

연희에게 온 통화 기록을 지우는 성실,

그런 성실의 모습을 어깨너머로 보는 연희,

성실, 연희의 턱이 어깨에 살짝 닿자 한 자리 띄어 앉으며

142

재빨리 거리를 둔다.

성실   스킨십, 자제해줄래?

연희   어… 그래….

성실   미안, 나은이가 싫어할 수도 있을 것 같아서.

정우   여기에 없는데 뭔 상관이야, 오바는.

성실   (정우에게) 보이든, 보이지 않든 똑같이 해야죠. 여자친
       구한테 떳떳하려면.

       나은에게서 온 카톡을 확인하는 성실.
       [나은 : 여보 나 공강인데 어디양?]

성실   (혼잣말로) 아 확인 못했다… (정우 보고) 아, 저 가야될
       거 같아요.

정우   그래, 가라~

       과실에서 나가는 성실, 그런 성실을 쳐다보는 연희.

연희   진짜 찐사랑.

정우   (고개 저으며) 그냥 역할극이지. 사랑꾼 남자친구 코스
       프레.

연희   와, 진짜 꼬였다.

정우   여친이 중요하니까 친구고 뭐고 이성이면 다 끊어내는

거, 유치하지 않냐? 사랑하니까 그런다? 에이, 아니지.

연희   다른 건 포기할 정도로 '찐사'인 거죠.

정우   전혀. 저거 찐사랑 아니야, 가스라이팅 당하는 거지.

연희   가스라이팅…? (생각하다가) 요즘 그거 유행이에요?

S#4 낮, 거리

집으로 가는 중인 성실, 연희와 마주친다.

연희   어? 이쪽으로 가?

성실   응.

연희   지하철?

성실   어? 응.

연희   나도 같이 가자~

주변을 두리번거리는 성실.

성실   아, 나 들를 데가 있어서.

왔던 길로 다시 돌아가는 성실. 홀로 남은 연희, 머쓱하다.

연희   어… 가…. (혼잣말로) 되게 딱딱하네….

성실의 휴대폰에 모르는 번호로 전화가 온다.

성실   여보세요?

나은(E) (목소리 바꾼) 안녕하세요. 저, 하성실 씨 휴대폰 맞나요?

성실   맞는데요?

나은(E) 아… 저번에 도서관에서 봤는데, 너무 잘생기셔서…
          친구한테 번호 물어봐서 연락드려요.

성실   죄송하지만 저 여자친구 있어서요.

나은(E) 에이, 골키퍼 있다고 골 안 들어가는 건 아니죠~

성실   죄송한데 그쪽보다 예쁜 여자친구 있어서요~

나은(E) (막 웃으며) 자기 합격~!

성실   어, 뭐야. 나은이었어?

나은(E) 자기한테 혹시 딴 여자가 연락할 수 있으니까 한번 해
          봤어!

성실   당연한 거 아니야? 나 깜짝 놀라서 바로 전화 끊으려
          고 했자낭.

나은(E) 역시 최고양. 사랑해~

성실   내가 더 사랑해~

나은(E) 아니야~ 내가 더 사랑해.

성실   그런 말하지 마. 내가 훨씬 더 사랑하니까.

나은(E) 근데 자기… 내 목소리 왜 못 알아 봐?

145

그런 성실을 옆에서 쳐다보는 정우.

낮, 과실 안

과실에 있는 성실과 정우.

성실   선배, 잠깐 사진 좀.

휴대폰 카메라 파노라마 기능을 켜서 사진을 찍는 성실.

정우   아, 얼굴 안 나오게 찍어.

성실   (휴대폰 열심히 움직이며) 걱정 마세요. 선배 목 제대로 자를게요.

정우   그렇게 일일이 보고하고 그러는 거 번거롭지 않냐?

성실   오히려 편한데요. 걱정 안 시킬 수 있어서.

찍은 사진을 나은에게 카톡으로 보내는 성실.

[성실 : 사진]

[성실 : 정우 선배랑 과실!]

[나은 : 둘만 있어?]

정우   (한숨 쉬며) 담타나 하러 가자.

성실   아, 저 끊었어요. 나은이가 싫어해서.

정우   그냥 몰래 펴.

성실   이따 보기로 했는데, 냄새 때문에.

정우   여친이 끊으란다고 끊냐, 그걸. 게임도 끊어라, 술도 끊어라, 주변 인간관계도 끊어라, 걔 말고 다 끊게?

성실   제 여자친구니까, 싫어하는 건 안 해야죠.

정우   끊은 척해. 너 사랑꾼 소리 듣고 싶어서 환장했냐.

성실   (한숨 쉬다가 벌떡 일어나서) 알았어요. 같이 가요.

마찬가지로 자리에서 일어나는 정우.

성실   근데 저… 정말 제가 좋아서 하는 거예요.

성실을 바라보는 정우, 한숨을 푹 쉰다.

S#7   낮, 공원

약속 장소에서 나은을 기다리는 성실,

온몸에 페브리즈를 뿌리는데 손에도 꼼꼼하게 뿌린다.

얼마 후 나은이 도착하고, 달려와서 성실의 팔짱을 낀다.

나은   (신나서) 자기이이이~ (그러다 표정 안 좋아져 킁킁 냄새 맡더니 급정색) 뭐야?

성실   응?

나은   …담배 폈지?

성실   아니~ 아까 정우 선배 담배 필 때 같이 있었더니 냄새가 배였나 보다~

나은   (성실의 손가락을 자신의 코에 가져다 대더니 급정색) 폈잖아. 왜 거짓말 해.

성실   아잉. 그게 아니고… 자깅~ (나은의 볼 꼬집으며) 우리 오늘 뭐 할깡?

나은   누가 날 위해서 끊으래? 자기 건강 위해서 그러는 거잖아. 근데 왜 거짓말까지 하면서 피려고 그래?

성실   자기 말이 맞아… 미안해용….

나은   담배 내놔.

성실, 주저하다가 주머니에서 담배를 꺼내서 준다.

나은   내 친구 남자친구는 금방 끊던데. 자긴 그거 하나 안 피는 게 힘들어? 만나기 직전에 피고 오는 건 진짜 아니지… 간접 흡연도 흡연인데. 여보 수준 그것 밖에 안 돼? 나 집에 갈래.

성실   어디 가….

성실을 두고 떠나는 나은, 한숨 쉬고 따라가는 성실.

148

나은, 성실의 손을 꼭 잡고 벤치에 기대앉는다.

나은   그래, 자기야, 내가 그렇게 가면 자기는 나 끝까지 잡
      아주는 거야. 알았징?

성실   당연하지.

나은   자기는 연애할 때 자존심 없는 거야, 알았지?

성실   내 여자친구한테 자존심을 뭐 하러 부려.

나은   자기야… 만약에 내가 5년 동안 유학을 가… 기다려줄
      수 있어?

성실   그럼 난 따라갈 거야.

나은   근데 여보 못 따라오는 곳이면?

성실   아니양. 지옥도 따라갈 거야.

나은   헤헤 맞앙. 지옥이라도 따라오는 거야~ 우리 내일은
      뭐 하지?

성실   내일?

나은   웅 내일! 아 그리고 모레는 뭐 하지. 우리 그냥 한 달
      계획 미리 쭉 세워놓을까?

성실   오! 좋다~

나은   자기 돈 많이 모아야겠다~ 우리 재밌는 거 많이 하려
      면! 그치, 헤헤.

나은을 기다리는 성실,

나은에게 전화를 거는데 받지 않는다.

시간이 한참 지나고… 멀리서 나은이 온다.

성실　자기, 왜 이렇게 늦었어….

나은　(심각한 표정으로 다른 곳 쳐다본다)

성실　50분이나 기다렸잖아.

나은　요즘 나 팀플 많아서 바쁜 거 몰라?

성실　자기 요즘 바쁘지, 근데 다음부턴 미리 연락 좀 줘~ 알
　　　았징?

나은　뭐야? 자기 말투가 왜 그래.

성실　웅, 왜?

나은　탓하는 말투잖아.

성실　아니, 그게 아니라, 땡볕에서 한 시간이나 기다리니까
　　　좀 더워서.

나은　한 시간이 아니라 50분이야. 아까 자기 입으로 말했잖아.

성실　아, 맞다. 50분.

나은　10분 차이가 얼마나 큰데, 그걸 헷갈려?

성실　아, 미안행.

나은　아니, 내가 늦을 줄 알았냐고. 팀플이 늦게 끝난 걸 어
　　　떡해.

성실   그러니까, 나은이도 팀플 끝나고 오느라 힘들었을 텐데 내가 짜증냈다.

나은   자기 요즘 예민한 거 같아서 나 너무 속상행.

성실   힝, 미안. 내가 여름이라 더웠나 봐.

나은   (단호하게) 그래도 그럼 안 되지… 나는 자기 한결같은 모습이 좋단 말야.

성실   알았어, 다음부터 안 그럴게.

나은   자기 항상 자존심 버려줘서 고마워요~ 사랑해.

성실, 미소 짓는다.

나은   자기는?

성실   (고개 끄덕끄덕하다가 애써 웃으며) 나도.

암전

성실(E)   (소리 울려퍼지며) 사랑해~

151

#11

「착한데 개노잼인 사람 특징」

S#1　저녁, 과실 안

술 마시고 있는 현수, 정우, 우식, 민아.

억울한 유재석 흉내를 내는 우식,

정우의 허벅지를 때리며 웃는 민아.

민아　(크게 웃으며) 아, 또 해 봐!

정우에게 기대고 있는 민아의 옷이 흘러내린다.

민아의 옷 여며주는 정우, 그런 정우를 쳐다보는 우식.

그 속에서 생각에 잠긴 현수, 갑자기 혼자 웃는다.

이야기하다 현수를 쳐다보는 민아.

민아   (현수 혼자 웃자 같이 웃어주며) 왜 웃어?

현수   (혼자 웃으며 오두방정을 떠는) 아, 웃긴 얘기가 있어서!

잔뜩 상기되어 있는 현수,

현수가 웃으니 같이 웃으며 집중해주는 정우, 우식, 민아.

현수   아 진짜 너무 웃긴데… 아, 이거 진짜! (웃겨서 어쩔 줄 몰라 하며) 내 친구한테 저번에 내가 홍대에서 만나자고 했거든. (설명하며) 왜냐하면 홍대에 맛집이 있어서 거기에 가기로 했거든.

정우   그래서?

현수   그래서 홍대에서 만나자고 한 건데, 근데 걔가 어디에 가 있었는지 알아?

웃어줄 준비하는 표정의 정우, 우식, 민아.

현수   (한참 웃다가) 홍제역!

현수 웃는데… 표정에 별다른 변화가 없는 정우, 우식, 민아.

'갑분싸' 분위기. 주변을 살피다 웃음을 멈추는 현수.

민아   (정적 깨며) 끝이야?

현수   (웃음기 거두며) 응, 웃기지….

무표정인 친구들의 반응.

현수   안 웃겨?

타이틀 <노잼 특징>

S#2 저녁, 과실 안

정우   현수 저 새끼 때문에 분위기 다 죽었네, 가자, 이제.
우식   아주 아가리가 보람상조네.
민아   보람상조래! 아, 너무 웃겨.
정우   (크게 웃는다)

쿨한 척, 뿌듯한 표정의 우식.

정우   저런 애들 종특, 웃긴 얘기하기 전에 지가 먼저 웃어.

정우, 우식, 민아 웃으면서 현수의 눈치 살짝 살핀다.
심각한 표정의 현수.

정우   (작은 목소리로) 아… 우리 너무 심했다. (현수를 위로하며)
            현수야 유잼이었어.

현수   어, 잠깐만. (생각하다가 갑자기) 뭐라 했지? 보람상조?

민아   (빵 터져서) 또 이해 못한 거 아니야?

현수   아니, 보람상조. 거기 상조 회사잖아.

우식   네? 네…. 아… 그러니까… 선배 아가리가 보람상조…
             아 이거 설명이….

정우   그러니까 니 아가리에서 나오는 장례식… 이걸 굳이
             설명하려니까 어렵네.

민아   아니, 아니. 니 개그가 분위기 다 죽인다고.

현수   (혼자 이해하고는 막 웃으며) 아아아! 아, 보람상조! 아~
             어떻게 그런 생각을 해? (우식에게 하이파이브 하며) 와,
             진짜 너 똑똑하다.

우식   (하이파이브 받아주며) 네… 뭐….

현수   (혼자 감탄하며) 와….

현수, 휴대폰 메모장에 '보람상조 아가리'라고 적는다.

S#3   낮, 공원

하늘을 바라보는 현수.

현수(N)   하늘이 푸르네… 천고마비의 계절… 천고나비… 하늘
             은 높고 나는 살찐다. 나중에 써먹어야지.

현수   (혼잣말로) 천고나비의 계절이네~ 천고마비 아니야?
       하늘은 높고 나는 살찐다… 써먹어야겠다!

S#4   낮, 현수의 집 안

       휴대폰을 하던 현수의 눈에 빈 생수병이 보인다.

현수   안 버린 게 아니고 저건 인테리어야.

       고개를 갸웃하는 현수.

현수   오? 괜찮은데? 쓰레기 아니라 인테리어 소품.

       휴대폰 메모장에 '이거는 쓰레기가 아니라
       인테리어 소품'이라고 적는 현수.

S#5   낮, 과실 안

       현수, 빈 생수통을 테이블 가운데에 놓는다.
       휴대폰 게임 중인 정우, 갑자기 창문 너머 하늘을 바라보는 현수.

156

현수	천고나비의 계절이다.

현수, 주변의 반응을 살피지만 정우는 게임하느라 못 들은 듯하다.

현수	(조금 크게) 천고나비…
정우	(말 자르며) 들었어. 하지 마.

그때 과실 문을 열고 들어오는 민아.

현수	(이때다 싶어) 문근영! 문 근영 닫고 와.

뭐지, 하다가 신경 쓰지 않고 의자에 앉는 민아.

현수	(정우에게) 하정우 진짜 안 돼? 하… 정 우리 집에서 안 되면 너네 집에서 보자. (정우의 휴대폰 가리키며) 하지원 게임 좀 그만 하고 공부도 하지, 원.
정우	(주먹 들며) 어? 여기 있다. (주먹으로 현수 때리는)
현수	(쓰러졌다가 일어나며) 에이, 웃기면서… 집 가는 길에 웃는다.
정우	노잼 특, 지가 웃긴 줄 앎.
현수	희원이는 웃던데, 아재 개그 좋아한다고.
민아	너 희원이랑 썸 탄 지 몇개월 됐냐?
현수	정확히 따지자면… 3월부터니까, 잠깐만 (휴대폰 달력

확인하며) 4개월 정도?

민아   왜 안 사귀고 썸만 타? 진짜 노이해.

현수   사귈 거야. 그 전에 최소한 6개월은 더 봐야지.

정우   무슨 인턴이냐? 썸을 6개월을 타.

현수   전혀 다른 가정 환경에서 자란 남남인데, 서로를 알아 가려면 6개월도 짧지.

민아   현수야…

현수   엉?

민아   솔직히 말해도 돼?

현수   어, 말해, 말해. 솔직하게 말해.

민아   희원이가 너랑 있으면 할 말이 없대.

충격을 받은 현수의 눈에 빈 생수병이 보인다.

현수   (갑자기 말 돌리며) 이건 인테리어 소품이냐? 며칠째 여 기 있네.

아무 반응도 없는 민아와 정우, 그때 과실에 들어오는 혁, 눈이 마주치는 민아와 혁. 민아, 고개를 돌려 휴대폰을 한다.

정우   어, 혁아, 하이.

민아의 눈치를 살짝 보며 의자에 앉는 혁.

민아　　(휴대폰 보며) 아, 나 점심 약속 있는데, 깜빡했네. 갈게~

　　　　과실에서 나가는 민아, 민아의 뒷모습을 쳐다보는 혁.

정우　　야, 야, 그럼 스킨십은? 썸 탈 때 스킨십은 해도 되냐?
현수　　어떤 스킨십.
정우　　손잡는 정도?

　　　　민아와 손잡았던 날을 떠올리는 정우.

혁　　　(민아가 나간 문 쪽 쳐다보며 슬쩍 끼어든다) 볼 뽀뽀는?

　　　　민아에게 볼 뽀뽀를 받았던 날을 떠올리는 혁.

현수　　(단호하게) 그런 건 사귀고 해야지.
정우　　그럼 썸 탈 땐 뭐 해, 도대체?
현수　　서로에 대해 알아가는 깊은 대화.
정우　　대화를 6개월 동안?
현수　　그것도 부족해.

S#6 　낮, 과실 안

방금 도착한 피자를 앞에 둔 혁, 정우, 현수, 우식.

피자를 하나씩 집기 시작한다.

우식   (피자를 집어 들며) 와, 피자 누가 만들었는지 궁금하다.

현수   (피자를 손에 든 채로) 피자가 원래 접시였던 거 알아?

우식   (살짝 호기심을 가지며) 아, 그래요?

현수   (들고 있던 피자 내려놓으며) 트로이인들이 먹던 포카치아
라고, 옛날에 납작한 빵이 있었는데 청동 그릇이 비싸
니까 빵을 접시로 썼거든.

우식   포… 포카?

피자 먹기 바쁜 정우와 혁.

현수   베르길리우스의 장편 서사시 아이네이스에 보면 나와
있어. 납작한 빵을 그릇으로 썼다고.

우식   베… 베르…?

정우   (피자 먹다 말고) 어떻게 그런 단어까지 기억하고 있냐?

우식, 피자 먹지도 못한 채 현수의 말을 들어주다가
점점 '매직아이'를 보는 듯 흐린 눈이 되어간다.
반대로 전혀 듣지 않고 피자를 맛있게 먹는 정우와 혁.

현수   트로이 군인들이 라티움에 갔을 때 배가 너무 고파서,

아, 라티움은 이탈리아. 포카치아 위에 과일이랑 음식 올려서 먹다가 배가 고파서 그릇까지 뜯어 먹었는데 그게 피자의 시초잖아.

우식   아… 네….

현수   그때 아이네이스 아들 아스카니우스가 그거 보고 이렇게 말했대. "LOOK! WE'VE EVEN EATEN OUR PLATES!"

영혼 없이 엄지손가락을 들어 보이는 우식.

정우   리액션 해주지 마. 안 끝나니까.

그때 혁, 피자 한 조각을 더 집다가 토핑을 흘린다.

현수   혁이는 흘리는 걸 좋아하네?

정우, 우식, 혁 다 함께 웃음이 터진다.
얼떨결에 터트리게 된 웃음에 갑자기 마음이 벅차오르는 현수.

Cut To

콜라를 컵에 따르고 있는 혁.

현수   (우식과 정우의 눈치 보며) 혁아, 콜라도 흘리면 안 된다.

현수의 말을 무시하고 컵에 콜라를 따르는 혁.

현수   혁이 흘리겠네, 또~

혁   그만.

정우   1절만 하자, 제발. 노잼충 특, 한 번 웃기면 뿌듯해서
       계속함.

현수   (심각하게) 그건 아니지.

정우   이 새끼, 노잼이라 해서 삐졌네.

현수   충이라니, 사람한테 벌레라고 하는 거 혐오의 일종이
       라고 생각해. 어떤 특성 뒤에 충을 붙여서 돌려 까는
       거잖아. 안 그래?

정우   진지충이냐.

현수   마찬가지로. 그 말도 좋은 말은 아니라고 생각해. (심각
       해지며) 진지한 행동에 무안을 주면 대화가 늘 가벼워
       지잖아, 안 그래?

정우   응, 안 그래. 멍충아.

현수   (무언가 말하려다가 말고) 난 그렇게 생각한다고.

정우   혼자 생각해, 좀.

분위기가 싸해진다.

커피를 주문하려고 기다리고 있는 정우와 우식.

정우　　현수 그 새끼, 존나 진지하지 않음?

정우랑 우식 사이에 잠시 어색한 적막이 흐른다.

정우　　아, 이 새끼도 진지하지?

우식　　형, (뜸 들이다가) 소현이랑 다시 만나요?

둘 사이에 흐르는 묘한 정적.

유튜브 검색 창에 무언가를 쓰고 있는 현수, '웃기는 법'

진지하게 영상을 시청하는 현수,

그때 과실로 정우가 들어온다. 현수는 재빨리 휴대폰 화면을

끄고, 정우는 자리에 앉는다.

정우　　아까 미안하다. 노잼이라고 해서.

현수　　아니, 그게 기분 나빴던 게 아니라 나는 충이라는 단어

163

에 좀, 반발심 같은 걸 가지고 있거든.

정우 쪽으로 몸을 기울이다가
의도치 않게 휴대폰을 터치하게 된 현수.

현수   그러니까, 요즘 사회가 너무 가볍게 무언가를 정의 내리는 게…

현수의 말과 동시에 정우가 오기 전에
보고 있던 유튜브 영상이 재생된다.

휴대폰(E) 위트 있는 사람이 되고 싶은 분들, 오늘 영상을 꼭 끝까지 봐주시고, 주변에 노잼 캐릭터인 친구가 있는데

현수의 휴대폰 쪽으로 시선이 가는 정우,
현수가 보던 유튜브 영상의 제목이 눈에 들어온다.
[유머 감각을 키우는 방법 3가지. 모임에서 인싸 되기]

암전

휴대폰(E) 본인이 왜 재미가 없는지도 모르고 계속해서 노잼 드립을 친다면 이 영상을 꼭 공유해주세요~

12

「 숨 막히는 배려 특징 」

저녁, 소현의 집 안

정우와 밝은 목소리로 통화 중인 소현.

소현   그럼… 어… 금요일 괜찮아?

정우(E)   아… 나 그때 동기 애들이랑 술 약속 있다.

소현   아! 오키 오키. 나도 그때 나은이 만나기로 했는데 깜빡할 뻔했다. 이야기해줘서 고마워! 그럼 주말에 볼까?

정우(E)   아… 주말에 누구 만나기로 해서….

소현   누구?

정우(E)   (주저하다가) …민아….

소현   아~! 토, 일요일 둘다?

정우(E) 아… 어… 어쩌다 보니… 미안, 놀러 가기로 해서.

소현 아니야~ 선약이 중요하지! 오빠도 나만 만나면 심심
      하니까 가끔 놀러 가기도 해야지! 나도 주말엔 근교로
      여행이나 가야겠다!

소현 (전화 끊고 혼잣말로) 어… 배려 좋았어.

타이틀 <숨 막히는 배려>

낮, 라운지 안

걸으며 대화 중인 연희와 소현.

연희 아니, 만날 때 그렇게 힘들어하더니 왜 다시 만나?

소현 이번엔 진짜 달라. 나 이제 내 방식 강요 안 하고 오빠
      를 있는 그대로 존중해주면서 배려하는 연애하려고.

연희 그게 문제가 아닌 거 같은데.

소현 더 배려하고, 너무 오빠한테만 의지하지 않고… 내 시
      간 건강하게 잘 보내고 그러면 다르겠지.

소현, 이야기하다가 문득 앞을 보는데
계단에서 정우와 민아가 웃으며 대화 중이다.
먼저 소현을 발견한 민아가 인사하려는데…

166

못 본 척하며 연희에게 말을 거는 소현.

소현   (환하게 웃으며) 우리 다음 수업 과제 있었나?

연희   아니…? 없어!

연희, 소현의 눈치를 보며 맞장구쳐준다.

코너를 꺾어 사라지는 연희와 소현.

민아   (소현 쪽 바라보며) 방금 소현이 지나갔다.

정우   (뒤로 돌며) 아, 진짜?

민아   갔어. 분명히 우리 봤는데…

정우   봤다고?

민아   아무튼 나 남자 소개 꼭 해줘, 진짜….

정우   혁이는?

민아   걔 얘기는 하지 마.

정우   근데 소현이가 우리 확실히 봤어?

민아   응.

S#3 낮, 공원

대화 중인 소현과 정우.

정우   아까 나 봤다며, 왜 그냥 갔어?

소현   아… 민아 선배랑 중요한 이야기 재밌게 하고 있는데
       방해하면 안 되니까!

정우   인사는 하지….

소현   아니야~ 나 그리고, 뭐 오빠 다른 사람 만나는 그런 개
       인적인 시간들 별로 뺏고 싶지 않아. 그리고 나도 그때
       좀 바쁘기도 했고….

정우   그래… 고마워, 생각해줘서….

땀 때문에 머리카락이 젖어 있는 소현,

반면 정우는 뽀송하다.

소현   오빠 덥지 않아? 어디 들어갈까?

정우   (소현의 이마에 맺힌 땀 보며) 그래, 너 더우면 어디 카페라
       도 갈까?

소현   오빠는? 안 더워?

정우   난 괜찮긴 한데, 너 더우면….

소현   그럼 나도 괜찮아! 카페는 또 에어컨 때문에 춥잖아.

그렇게 말하는 소현의 이마에서

땀 한 방울이 주르륵 흘러내린다.

많이 더운지 등 부분이 젖어 있는 소현의 티셔츠.

168

정우   아니, 너 더우면 카페 가자~

소현   아니야~ 나 때문에 억지로 갈 필요 없어.

카페에서 주문 중인 소현과 정우.

알바생   많이 드렸어요. 맛있게 드세요~

정우   아싸, 감사합니다.

소현   네?

알바생   정량보다 조금 더 드렸어요.

소현   왜요?

알바생   저희 카페 자주 오셔서 조금 더 챙겨드렸어요.

소현   (표정 안 좋아지며) 아…

정우   감사합니다~

시원한 음료를 쭉 들이키는 소현,

에어컨 바람을 쐬고 시원해 보이는, 표정이 밝다.

그런 소현의 표정을 살피는 정우.

정우　(웃으며) 시원해?

소현　왜? 오빠 혹시 추워?

정우　아니, 괜찮아!

소현　에어컨 좀 줄여달라고 해야하나?

정우　괜찮아~ 너 시원하면 됐지.

소현　너무 추우면 꼭 이야기해줘… 근데 아까 알바생… 우
　　　리가 더 달라고 말도 안 했는데 왜 더 준 거지.

정우　그러게, 고맙네~

소현　내가 많이 먹을 거 같나… 더 먹고 싶었으면 사이즈업
　　　했겠지….

정우　공짜잖아, 좋은 거 아니야?

소현　근데 아까부터 우리 되게 기분 나쁘게 보고 있어.

정우　(카운터 쪽 슬쩍 봤다가) 에이, 그럴 이유가 어딨어.

화장실에 가려고 일어나는 정우.

소현　어? 가려고? 그래 가자! 너무 춥지?

정우　화장실… 좀 가려고….

소현　아~ 다녀와~ 나도 가야겠다!

정우　(애써 웃으며) 나 먼저 다녀올까?

소현　왜? 내가 먼저 갈까? 화장실 어딘지 몰라?

정우　아니, 그게 아니라… 나 먼저 갈게.

170

화장실로 가는 정우,

소현, 얼마 마시지 않은 정우의 음료가 눈에 들어온다.

낮, 공원

공원에서 대화 중인 소현과 연희.

소현   (마치 탐정처럼 추리하듯) 분명히 그때 커피 얼마 마시지
         도 않았거든, 근데 화장실을 간다는 거야. 내 생각엔…
         피곤해서 집에 가자고 하려다가 내가 물어보니까 그
         냥 화장실 간다고 한 거 같아.

연희   너무… 확대 해석 아닐까?

소현   아니야, 내가 오빠 얼마나 잘 아는데….

연희   그래도. 그렇게 말은 안 했잖아.

소현   (한숨 푹 내쉬며) 말로 해야 아냐…. 피곤해서 집 가고 싶
         었을 텐데… 너무 배려를 못 했다…. 그냥 나도 바쁘게
         살려고. 연희야, 내일도 만날래?

연희   그, 나 내일 약속이 있어서….

소현   아… 그래…. 이틀 연속 만나는 건 좀 그렇지.

소현, 휴대폰을 꺼내서 연락처를 뒤진다.

그런 소현을 답답하다는 듯 바라보는 연희,

171

딱히 무슨 말을 해줄 수가 없어 머리만 긁적인다.

저녁, 소현의 집 안

소현, 정우에게 전화를 건다. 두 번 정도 신호음이 가다가
전화를 받을 수 없다는 안내가 나온다.
불안해지기 시작한다.
시간은 계속 지나고… 카톡을 확인하지만
정우에게 연락이 오지 않는다.

소현(N)　침착하자, 소현아. 뭐, 설마 다른 여자랑 같이 있느라
　　　　나한테 전화 온 거 확인하고 바로 꺼버린 건… 에이,
　　　　아니겠지….

　　　　Cut To
　　　　눈에 들어오지도 않는 책 읽으며 연락을 기다리던 소현,
　　　　정우에게 카톡이 온다.
　　　　재빨리 미리 보기로 카톡 내용 확인하나 읽지는 않는다.
　　　　곧이어 정우의 전화가 오지만 받지 않는 소현.

소현(N)　혼자 너무 기다리고 있다가 바로 받으면 오빠 입장에
　　　　서도 부담스럽겠지…. 그래… 소현아, 좀만 참자. 잘하

고 있어….

낮, 공원

정우를 기다리고 있는 소현,

30분 정도 시간이 흐른 뒤 도착한 정우.

정우   아, 소현아 미안. 내가 일이….

소현   괜찮아, 괜찮아~ 나도 팀플 끝나고 방금 와서. 오빠 기
       다리게 할까 봐 걱정했는데, 비슷하게 도착해서 다행
       이다.

       그렇게 말하는 소현의 이마에 땀이 송글송글 맺혀 있다.

정우   (소현 이마의 땀 보며) …그래? 통했네….

       Cut To

       나란히 걸어가는 소현과 정우.

소현   아까 공원에서 오빠 기다리고 있는데 누가 번호 물어
       봐서… (정우 눈치 보며) 하하… 당황했네….

173

한숨을 푹 내쉬는 정우.

정우   아까 공원에서?

소현   응, 근데 번호 안 줬어~ 아 근데, 오빠 모르고 있으면
       좀 그럴 수도 있어서 (눈치 보며) 다 이야기하는 거야.

정우   소현아… 나 안 기다렸다며….

소현   아니… (생각하다 아차 싶어) 아… 그랬지….

정우   소현아,

소현   응?

정우   나, 너랑 있으면 숨이 턱턱 막혀.

       소현, 심장이 쿵 하고 내려앉는다.

정우   가슴이 답답하고 피곤하고 눈치 보여. (달래듯이) 우리
       그냥 이제 조금만 솔직해지자.

소현   … 무슨 소리야?

정우   그냥 네 감정 나한테 솔직하게 얘기해도 돼. 내가 늦어
       서 화나면 바로 화내도 돼. 자꾸 안 그런 척하니까, 내
       가 자꾸 눈치가 보이잖아.

소현   (생각하다가) 눈치가 보인다고…? 오빠가? 왜? 왜 오빠
       가 내 눈치가 보여. 아니… 내가 언제 눈치를 줬다고
       그래. 땡볕에서 더워도 오빠 때문에 참고 만나는 거고,
       연락도 다 오빠한테 맞춰주고 있잖아. 근데 왜 눈치가

보여.

정우를 바라보는 소현의 눈, 혼란스러워 보이는 표정.

소현(N) 모르겠다.

암전

소현(N) 뭐가 솔직한 건지.

13

「의미 없는 다정함은 범죄」

낮, 과실 안

과실에서 과제 중인 연희, 옆엔 혁이 앉아 있다.

혁의 눈에 들어오는 연희의 핸드크림.

혁   오, 핸드크림~ 빌릴게~

연희   선배, 아 진짜 하나 사요~

연희의 핸드크림을 바르는 혁.

혁   아, 너무 많이 발랐다.

자신의 손에 묻은 핸드크림을 연희의 손등에 덜어주는 혁.

혁   콕.

연희   아, 뭐 하는 거야~

혁, 자신의 손에서 나는 핸드크림 향기를 맡는다.

혁   너한테 좋은 냄새 난다 했더니… 이거였구만.

혁의 말에 괜히 자신의 냄새를 맡아 보는 연희.

혁   음~ 귤 냄새~

타이틀 <의미 없는 다정함은 범죄>

S#2   낮. 키친 안

배달 온 돈가스를 앞에 둔 연희와 혁.

연희   우와, 선배님, 잘 먹겠습니다!

연희의 돈가스를 잘라주는 혁.

혁   내가 너한테 밥을 한 번도 안 사줬더라?

돈가스를 잘라주는 혁의 손을 바라보는 연희.

연희   아, 됐어요~ 제가 자를게요!

혁   에이, 됐어.

능수능란하게 돈가스를 자르는 혁,

마음이 두근거리는 연희,

혁, 다 자른 돈가스 중 하나를 연희의 앞 접시에 놔준다.

혁   자, 먹어.

연희   감사합니다….

혁   연희는 고구마 치즈 돈가스 좋아하는구나. 고치돈.

기억하겠다는 듯이 고개를 끄덕이며 말하는 혁,

테이블 위의 콜라와 사이다를 집어 든다.

혁   콜라? 사이다?

연희   어… 전 사이다요.

연희의 컵에 사이다를 따라주는 혁.

178

혁   오~ 사이다를 좋아하는구나.

연희   (자기도 모르게) 아니요, 전 선배 좋아해요.

혁   어?

연희   네?

혁   왜 그래, 갑자기? 취했어?

S#3   밤, 연희의 집 안

Insert#1.

꿈꾸는 중인 연희.

혁   여보, 우리 셋째 이름은 돈가스로 지을까? 고구
마 치즈 돈가스로 지을까?

연희를 바라보며 웃는 혁의 얼굴.

연희, 자다가 눈 번쩍 뜨고는,

연희   으아아아아!

다시 눈을 감는다.

179

연희   다시⋯ 이어서 꿈꿀래⋯.

S#4 낮, 카페 안

앞치마를 두르며 들어오는 연희.

연희   늦어서 죄송해요.

맨손으로 급히 설거지를 하는 연희,
따뜻한 물이 나오도록 수도꼭지를 돌려주고
고무장갑을 건네는 현수.

현수   끼고 해~ 주부 습진 걸리니까.

고무장갑을 끼고 설거지하는 연희, 괜히 두근거린다.

S#5 낮, 카페 문 앞

박스를 든 채 문을 열려고 하는 연희, 손이 부족한 상황이다.
뒤에 있던 현수가 연희가 나갈 때까지 문을 잡아준다.
문을 열고 밖으로 나오니 비가 내리고 있다.

연희   헉… 비 온다….

자신의 우산을 펼치는 현수.

현수   써.

연희   (부끄러운) 에이~ 아니에요~ 저희 집 진짜 멀어요~

현수   아니, 역까지만 같이 쓰자고.

연희   아… 넵.

밤. 연희의 집 안

Insert#2.

꿈꾸는 중인 연희.

현수   여보, 우리 신혼집에 식세기도 필요하지 않겠
        어? 여보 주부 습진 걸리면 안 돼~

연희를 바라보며 웃는 현수의 얼굴.

연희, 자다가 눈 번쩍 뜨고는,

연희   으아아아아!

낮, 라운지 안

소현과 이야기를 나누는 중인 연희.

연희   내 돈가스 잘라주는 남자는 남편감 아닌가.

소현   결혼하자는 거지, 그거는.

연희   아니, 그 오빠가 내 주부 습진을 왜 걱정해주지?

소현   시그널이지.

연희   그치, 근데 썸 타는 사람 있대. 다들 나한테 왜 그러냐, 진짜. 감정 소모하는 거 지긋지긋하다.

소현   의미 없이 다정한 거, 그건 이제 범죄라고. 싸그리 다 잡혀 들어가야 한다고.

연희   그치.

소현   연희야, 차라리 연애를 하자!

연희   누구랑?

소현   뭐… 우식이? 그때 우식이 소개해달라고 했었잖아! 너, 구교환 알지? 잘 뜯어 보면 얼굴에 구교환이 있다 고. 보다 보면 애가 괜찮아, 나쁘지 않아. 어때?

연희   식장 알아봐야겠다!

쌓여 있는 택배 상자를 풀어보는 연희,

택배에서 새 옷이 나온다. 문득 생각난 듯 갑자기 중얼거린다.

연희　　아, 제모기….

Cut To

마스크팩을 한 채 잠잘 준비를 하는 연희,

두근거리는 마음을 감출 수가 없다.

벤치에 앉아 소현을 기다리는 우식, 연희와 함께 오는 소현.

소현　　우식~

소현을 향해서 밝게 인사하다가 연희를 발견한 우식,

우식의 옆자리에 앉는 소현과 연희.

우식　　누구?

소현　　내 친구 연희야~

183

연희	우식아 안녕? 우리 같은 과인데.

우식	어… (소현의 눈치 보는) 안녕~ 아, 같은 과야?

연희	응, 난 너 아는데. 유명하잖아.

우식	아? 내가?

Cut To

앞서서 걸어가고 있는 소현.

소현	우식아! 넌 연애 안 하냐? 연희도 연애해야지~ 맞지? 어라? 그러고 보니까 둘이? (땀 닦으며) 오~ 잘 어울리는데~

소현의 이마에 맺힌 땀방울을 보는 우식.

우식	(소현을 보더니) 근데 덥지 않냐? 카페 가자.

소현	(표정 밝아지며) 오! (연희 눈치 보고) 괜찮아?

연희	소현이 더워 보인다~

소현	(땀 닦으며) 아니, 뭐~ 난 괜찮은데~

우식	괜찮긴 뭘 괜찮아. 가, 빨리. 더워 죽겠구만.

소현 팔을 잡고 끌고 가는 우식.

소현	아~ 괜찮은데~

그런 소현과 우식의 뒷모습을 바라보는 연희.

카페에 도착한 우식, 소현, 연희.

우식   너네 뭐 마실래?

소현   (우식을 가볍게 툭 치며) 나는 저거~

우식   (소현에게 바로 답하며) 아아.

소현   응.

우식   (연희에게) 너는?

연희   (웃으며) 나 아이스 아메리카노.

우식   오케이~

소현   아, 우식,

우식   얼음 많이? 응~

연희(N)   다 기억하고 있네….

주문하러 가는 우식을 보는 연희.

연희   멋있어.

의아한 표정의 소현.

Cut To

앉아서 음료를 마시는 세 사람.

소현   (들떠서 오바하며) 아, 연희야, 우리 우식이가, 얘가 얼마
       나 괜찮은 애냐면은,

우식   왜 이래?

소현   야, 우리 고등학생 때 생각나냐? (연희 보며) 내가 저혈
       압이 좀 심했단 말이야. 근데 한번은 우리 교장쌤 훈화
       말씀 진짜 너무 길게 하는 거야. 내가 현기증이 와서
       홀랑 기절했는데, 얘가 나 둘러 업고 보건실 가고 그랬
       거든. 기억나지? 웃기지, 연희야, 아, 저번에는 얘가 축
       구하다가 태클 건다고 오버해가지고, 그땐 내가 얘 둘
       러 업고 병원 가고.

우식   아, 너가 뭘, 날 둘러 업어.

소현   뭔 소리야, 너 인대 나가서 내가 업고 갔단 말이야~

우식   뭘 업어, 네가 부축 정도만 해준 거지.

소현   아니야~ 내가 업고…

우식   부축 정도만!

       서로 아니라며, 하지 말라며, 연희가 앞에 없는 것처럼
       둘이서 가볍게 때리며 투덕거리는 소현과 우식.

*

의미 없이 다정한 거,

　　　　　그건 이제 범죄라고.

　　　　　─────────

싸그리 다 잡혀 들어가야 한다고.

우식   알았어, 알았어. 너가 업었어.

소현   그래, 내가 들었어. 내가 다 챙겨줬어.

연희, 그런 우식과 소현을 번갈아 쳐다보다가
억지 미소를 짓는데 조금씩 표정이 안 좋아진다.

암전

연희(N)   나, 왜 여기 있지….

14

「 유사 연애로 자존감 채우는 사람 특징 」

S#1 밤, 과실 안

우식, 민아, 연희, 현수, 대화 중이다.

그때 과실로 들어온 혁이 자리에 앉는다.

우식　남자랑 여자가 썸이었다가 어떻게 친구가 돼~

민아　안 될 거 뭐 있어? 어차피 남자든, 여자든, 성별만 다르지 다 같은 사람인데.

말을 하며 머리를 묶는 민아.

우식　아니, 썸이었는데? 그래도?

189

민아   뭐, 그 감정이 영원하냐?

우식   스킨십까지 했어, 그래도?

민아   무슨 스킨십.

우식   그냥 뭐 손을 잡는다든가, 뽀뽀를 한다든가.

잠깐 멈칫하고 생각에 빠진 민아,

휴대폰을 하다가 그런 민아 힐끗 쳐다보는 혁.

민아   뭐, 그런 거 떠나서, 나는 사귈 거 아니면 그냥 다 친구
       야. (갑자기 혁 쪽으로 손가락 가리키며) 남자든, 여자든.

현수   그거 알아? 커플의 66퍼센트가 우정으로 시작한대.

우식   그러니까요~ 남녀가 친구? 그게 계속 이어지는 것부
       터가 둘 중 한 명은 분명 맘 있는 거야.

민아   뭐래, 그렇게 따지면 너는 소현이랑 마음 있어서 그러
       는 거냐? 참나.

민아의 말에 할 말이 없어진 우식, 그런 우식을 보는 연희.

민아   (현수에게) 야, 그거 기억나냐? 우리 새내기 때 정우가
       나 대놓고 좋아하는 티 냈던 거. 근데 우리 이제 완전
       친구잖아, 저스트 프렌드.

현수   아, 그랬었지. 생각해보니까 그러네. 둘이 그때 완전
       썸 타는 분위기였잖아.

우식   아~ 선배님, 그래서 안 된다는 거예요.

민아   우리 우식이 더러우니까, 눈곱 좀 떼고 얘기할까요~

        우식의 눈곱을 떼주는 시늉을 하는 민아.

우식   뭐 하세요, 지저분하게.

민아   (팔 때리며) 왜, 또 누나가 이러니까 설레냐?

        우식과 민아를 번갈아 쳐다보는 연희와 혁.

타이틀 <유사 연애로 자존감 채우는 사람>

S#2   낮, 공원

        현수와 혁, 벤치에 함께 앉아 있는데
        혁은 여자인 친구와 통화 중이다.

혁   주말에? 아 좋지, 스케줄 맞춰 보자. 그래~ 유진아~
       아, 아니. 미안, 유리야. (전화를 끊는)

현수   누구?

혁   아, 친구.

현수   연락하는 여자가 몇 명이야?

191

혁	모르겠는데….
현수	부지런도 하다. 뭐 그렇게 많이 연락해.
혁	그냥 연락하다 보니까… 연락이 오는데 썹기도 그렇고.
현수	도대체 어디서 그렇게 알게 돼?
혁	그냥 길 가다가, 과제 하다가, 놀다가….
현수	바쁘네, 다 사귈 거야?
혁	그냥 친구지, 저스트 프렌드. 알아두면 나중에 좋잖아.

인스타그램을 켜서 스토리를 확인하는 혁.

스토리마다 답장을 보낸다.

[오~ 맛있는 거 먹으러 갔네]

[옷 예쁘다]

[ㅋㅋㅋㅋㅋㅋㅋㅋㅋㅋㅋㅋㅋ터짐]

현수   진짜 부지런해.

그때 카톡이 울린다. 카톡 확인해보는 혁.

[주희 : 오빠 죄송한데 연락하지 말아주세요.

차단할게요..]

혁   뭐야….

정우와 통화 중인 민아, 맞은편에 앉아 있는 우식.

민아　답답하긴 하네. 배려도 그런 식으로 하면 피곤하지. 넌 근데 소현이 만날 때만 전화하냐. 평소에도 좀 해~ 여친 있다고 섭섭하게.

전화를 끊는 민아.

민아　아휴, 잘 좀 사귀지.
우식　여친 있는 사람한테 연락 좀 하지 마시죠.
민아　먼저 온 건데?
우식　아무튼 매너를 지키자, 이 말입니다.
민아　뭔 매너? 친구 고민 상담해준 건데. 넌 소현이 고민 상담 안 해주냐? 그리고 여친 있다고 연락 안 하고 그러는 것도 유치해. 우리나라는 남자, 여자, 엄청 따진다니까.

벤치에 앉아 있는 혁과 현수 그리고 우식.

193

서로 아웅다웅하는 중인데 그때 민아가 지나간다.

한껏 꾸민 옷차림의 민아, 그런 민아를 본 우식.

우식   선배, 어디 가요?

민아   아… (비밀스러운 느낌으로) 나?

현수   뭐야, 데이트하러 가네~ 썸남 생겼지?

민아   (웃는) 뭐래~ 그냥 친구 만나러 가는 거야.

우식   남자겠지, 뭐.

민아   어, 그래~ 간다.

급하게 사라지는 민아, 손 흔들어주는 우식.

그런 민아의 뒷모습을 쳐다보는 혁.

혁   민아, 썸남 있어?

현수   몰라. 항상 남자는 있던데.

혁   항상?

우식   끊이질 않죠.

혁   민아 되게 곰 같은 스타일 아니야?

우식   엥, 곰인 척하는 여우죠.

혁   아, 그래? 수줍어하는 스타일 아닌가?

우식   둘이 뭐 있죠?

혁   아니, 그냥 첫인상이.

우식   사람 볼 줄 모르네.

194

과실에서 각자 할 일 하는 중인 우식, 현수, 연희, 혁.

노트북 켜서 인터넷 창에 '남자랑 친해지는 법'을

검색해서 보고 있는 연희,

그때 손에 물 묻은 채 활기차게 과실로 들어오는 민아,

물을 튕기는 시늉을 하다가 현수의 등에 손을 닦는다.

민아   수건 여깄다.

현수   아, 휴지로 닦아.

민아   휴지 어디 있는데?

음악을 듣다가 무심하게 민아에게 휴지를 건네주는 우식.

민아   오~~~ 센스.

휴지로 물기를 닦고 핸드크림을 바르는 민아.

민아   아, 너무 발랐네. (현수에게) 좀 가져가라.

현수   (핸드크림 덜어가며) 이런 걸 왜 바르는 거야, 찝찝하게?

민아   건조해서. (우식에게 핸드크림 덜어주는) 너도 바를래? 냄
       새 좋지.

그런 민아를 멀리서 바라보는 혁,

'남자랑 친해지는 법' 글 계속 읽는 연희.

밤, 혁의 집 안

쇼파에 기대고 앉아 인스타그램을 하면서

스피커폰으로 연희와 통화 중인 혁.

연희(E) 뭔가 우식이는, 소현이를 좋아하는 거 같기도 하고.

혁   아, 진짜?

연희(E) 아니, 그냥 제 촉… 근데 소현이는 남자친구가 있으니
        까. 저를 소개해준 거 보면 소현이는 무조건 우식이한
        테 별생각이 없겠죠?

혁   그치, 없겠지~

연희(E) 아, 우식이도 저한테 잘해주는 거 같기도 하고… 아닌
        가? 제가 착각하는 건가.

혁   착각은 아닌 거 같은데.

연희(E) 아, 근데 우리 왜 이렇게 통화를 오래 하고 있죠? 폰 뜨
        거운데?

연희와 전화하며 인스타그램에 들어가는 혁,

상단에 민아의 스토리가 떠 있다.

눌러보는데, 누가 찍어준 듯한 느낌의 민아의 사진.

스토리를 오랫동안 쳐다보다가 답장을 보낸다.

[혁 : 맛있겠다~!!]

연희(E) 심심하니까 괜히 전화 거는 거죠, 저한테.

그때 민아에게 답장이 온다.

[민아 : 아ㅋㅋㅋ 응ㅋㅋㅋ]

[민아 : ㅋㅋㅋㅋ맛도리]

연희(E) 여보세요?

혁 아, 너무 오래 통화했지. 쏘리. 끊을게~

연희(E) 뭐야, 갑자기 끊어….

이번에는 민아에게 전화를 거는 혁.

민아(E) 여보세요.

혁 뭐 해?

민아(E) 아, 나 친구랑 있어~

혁 아, 그래? 뭐 하는데.

남자(E) 누구야?

민아(E) 아~ 친구!

남자(E) 남자?

민아(E) 아, 잠깐만, (혁에게) 이따 연락하자.

끊어진 전화. 휴대폰을 바라보는 혁.

S#7 낮, 과실 안

각자 휴대폰을 만지는 혁, 현수, 우식.

현수, 민아에게 전화하는데 과실에 놓인 민아의 휴대폰이 울린다.

현수 뭐야, 폰을 여기 두고 갔네.

우식 왜요?

현수 못 일어난다고 전화해달래서.

우식 저한테도 부탁했었는데, 하여튼 부탁은 잘해요.

민아의 휴대폰을 보는 현수,

액정 화면 확인해보면 부재중 전화 다섯 통에

여러 남자들에게 카톡이 와 있다.

현수 와씨, 바쁘네, 이분?

혁   왜?

혁에게 민아의 휴대폰 화면을 보여주는 현수,

민아의 휴대폰을 가져가는 혁, 휴대폰 열어 보려고 하는데
비밀번호로 잠겨 있다.

혁   되게 인기 많네.

현수   뭐가 인기가 많냐. 저렇게 연락 오는 애들 속셈 뻔하
        지. 가벼워, 가벼워.

우식   민아 선배도 외로우니까 그러는 거예요. 다 알면서 옆
        에 두고 유사 연애 즐기면서 자존감 채우고, 사귄다면
        진짜 별로일 스타일 아니에요?

현수   만약에 민아 같은 여자친구면, 사귈 수 있냐?

우식   절~대 못 사귀죠. 저랑 사귀면서 다른 남사친들이랑
        유사 연애 즐기고 있을 거 아니에요. 어으, 절대 안 돼.

현수   그래, 나 같아도 평생 모쏠로 산다, 너처럼.

우식   (어이없는) 네?

혁   근데, 솔로끼리 유사 연애하는 거, 그게 뭐 나쁘냐? 자
        유지. 너넨 왜 유사 연애 안 해?

현수   사람 마음 가지고 장난치는 거니까 안 하는 거지.

혁   안 하는게 아니라 못 하는 거지.

우식   (질색하는) 네?

현수와 우식의 눈이 마주친다.
통했다는 느낌으로 살짝 미소 짓는 둘.

현수   술 마시러 갈래?

우식   제가 살게요.

현수   내가 살게~

우식   아이, 제가 사주고 싶어서 그래요~

        과실 밖으로 나가는 현수와 우식, 두 사람이 나가자
        구석에 누워 있던 민아가 귀신처럼 일어난다.

혁   깜짝이야!

        무표정으로 일어나서 물을 마시는 민아,
        눈이 동그래져서 민아의 눈치를 보는 혁.

민아   (물 마시다가 혁한테) 뭐.

혁   (놀란) 네?

        혁을 쳐다보다가 다시 물을 마시는 민아.

민아   아… 숙취… 죽겠다.

        허탈한 듯한 표정의 민아, 어쩔 줄 몰라 하는 얼굴의 혁,
        민아를 힐끔 쳐다보니 민아가 아무렇지 않은 표정으로
        눈에 인공 눈물을 넣는다.

민아   아, 시원해.

      혁, 조금 전 우식이 했던 말이 떠오른다.

우식(N) 다 알면서 옆에 두고 유사 연애 즐기면서 자존감 채우고,

      사귄다면 진짜 별로일 스타일 아니에요?

      눈물 자국을 손으로 닦는 민아, 그런 민아를 쳐다보는 혁.
      고개를 돌려 혁을 쳐다보는 민아, 두 사람의 눈이 마주친다.

민아   그렇게 쳐다보지 마. 너도 마찬가지니까.

      다시 고개를 돌리는 혁,
      애플워치로 '아이폰 찾기' 버튼 터치하는 민아.
      혁이 들고 있던 휴대폰이 울린다.

혁   (민아에게 휴대폰 건네며) 아, 이거….
민아   뭐야.

      혁이 건네는 휴대폰을 받아 드는 민아,
      자신의 휴대폰을 들고 있는 혁을 이상하게 쳐다보며
      카톡을 확인한다.

민아   (혼잣말로) 아, 이 오빠는 왜 자꾸 연락해, 짜증나게.

            그때 혁의 휴대폰이 울린다. '유진'에게서 온 전화.

            옆에서 힐끔 보는 민아, 그런 민아의 휴대폰도 울린다.

            '김건우'에게서 온 전화다.

            과실을 울리는 휴대폰 두 대의 벨소리,

            눈이 마주치는 두 사람.

혁(N)   우리 진짜,

민아(N)   우리 진짜,

            암전

혁·민아(N) 별로다.

15

「 자 의 식 과 잉 특 징 」

S#1 낮, 공원

즐겁게 대화하는 민아와 정우.

민아   (웃으면서 정우를 때리는 중) 내가 그랬다니까, 나 같지 않

게! 아, 진짜, 나 개웃기네. 나 진짜 미쳤나? 나 진짜 대

단하다~

입에서 눈까지 가려지게 마스크를 쓴 상태로

엉거주춤하게 걸어가는 희원,

현수의 팔을 잡고 의지하며 걷는다.

203

정우   왜 저래, 쟤네?

        정우와 민아 앞으로 온 희원과 현수.

정우   뭐 하냐?
현수   아, 희원이 오늘 선크림 안 발랐대.

        '왜 저래' 하는 눈빛으로 희원을 쳐다보는 민아,

        투덕거리며 정우와 민아를 지나치는 희원과 현수.

희원   잘 좀 잡아.
현수   쏘리.

        희원과 현수의 뒷모습을 바라보는 민아.

정우   (웃으며) 완전 또라이~
민아   (입모양으로) 왜 저래.
정우   뭔 얘기했더라.
민아   지하철 번호 따간,
정우   아, 안 끝나는 지하철 썰.
민아   아무튼 나도 진짜 또라이야. 근데 내가 좀 지하철에서
        눈에 띄는 아우라인가?

타이틀 <자의식 과잉 특징>

S#2 낮, 과실 안

앞머리에 제일 큰 헤어롤을 끼고 있는 민아 그리고 현수와 정우.

현수   그건 왜 하루 종일 끼고 있어?
민아   내 빛나는 외모의 비법임.

그때 과실로 들어오는 회원,

벙거지 모자에 원피스를 입고 슬리퍼를 신고 있다.

정우   (회원의 슬리퍼 보며) 그러고 왔어?
회원   응, 왜?
정우   아니, 특이해서… 학교 오는데 슬리퍼….
회원   난 겨울에도 슬리퍼 신고 다니는데? 개편함.

자리에 앉아 가방에서 요구르트를 꺼내는 회원,

회원의 가방을 쳐다보는 민아, 앞머리에 끼운 헤어롤을 뺀다.

정우   편하다고? 발 냄새 나는데?
회원   희원인 팅커벨이라 발 냄새 안 난대용~

205

희원, 요구트르를 먹으며 말한다.

정우 자기 입으로 그런 말을? 지하철에서 사람들이 안 쳐다 봐?

희원 몰라~ 나는 자존감 높아서 그런 거 신경 안 쓰는 편.

현수 희원인 진짜 자존감 높은 거 같아, 그게 매력이야.

희원의 벙거지 모자 한 번, 요구트르 한 번,

가방 한 번씩 쳐다보는 민아,

그러다 희원과 눈이 마주치고, 시선을 피하며

휴대폰을 만진다.

희원 난 진짜 모르겠던데, 사람들이 쳐다보고 그런 거. (정우에게) 넌 그런 걸 의식해?

정우 뭐… 의식한다기보단….

(S#3) 낮. 공원

공원에 있는 민아, 희원, 정우, 현수.

민아 「환승연애」 마지막 화 봤냐?

정우 당연하지, 미쳤어.

현수 봤다고? 오늘이…

206

정우   (말 자르며) 봤다고 쳐.

민아   (대화를 주도하며) 근데 진짜 전남친 한번 만나보고 싶다.
        연락하기 자존심 상해서 그렇지. 근데 그렇게 바로 내
        눈 앞에서 딴 여자랑 잘되고 있는 건 못 볼 거 같아.

        입을 벌린 채 멍한 표정의 희원,
        초점 없는 눈으로 아이들이 하는 이야기를 듣고 있다.
        말은 하고 있지만 그런 희원이 신경 쓰이는 민아,
        멍한 상태의 희원을 발견한 정우.

정우   윤희원, 왜?

희원   응? 왜?

정우   아니, (희원의 표정을 따라 하며) 너 계속 이러고 있어.

희원   (못 알아듣고 눈 동그랗게 뜨며) 엉?

현수   (웃으며) 아, 귀여워.

정우   계속 입 벌리고 멍 때리잖아.

희원   (빵 터지며) 내가 그랬어? 아 진짜? 내가 그랬다고?

현수   너 자주 그래~

희원   미쳤나 봐. 내가 진짜 그래? 다시 보여줘 봐.

        희원의 표정을 다시 따라 하는 정우.

희원   (웃으며) 아 너무 웃겨~ (웃다 울며) 눈물 나….

눈물이 맺힌 희원의 얼굴을 보고 당황하는 민아.

S#4 낮, 라운지 안

라운지 빈백 체어에 앉아 있는 우식과 희원, 말없이 어색하다.

우식 선배,「오징어 게임」 봤어요?

희원 오징어?

우식 아, 몰라요? 넷플릭스 거.

희원 오징어 나오는 거야? (갑자기 웃음이 터지는) 나 오징어 좋아하는데. 버터구이 오징어 맛도리.

우식 아⋯

희원 아, 갑자기 오징어 먹고 싶다. 오징어 사줘, 우식아.

우식 예?

희원 이렇게 땡길 때 갑자기 사오면 완전 감동이겠다.

우식 그렇게 먹고 싶어요?

희원 나는 뭐 땡길 때 바로 먹는 게 진짜 맛있더라. (생각하다 가) 아, 맞아, 난 땡길 때 딱 먹는 거 좋아해.

우식 뭐⋯ 다 좋아하죠.

희원 좋아하지 마.

우식 네?

희원 다쳐. (혼자 웃다가 갑자기 정색하며 비밀스럽게 고개 돌리는)

아니야.

희원의 행동을 보고 고개를 갸웃하는 우식,

한편 벽 뒤에 기대서서 이 모든 대화를 듣고 있는 현수,

착잡한 표정으로 한숨을 푹 내쉰다.

S#5 낮, 공원

우식을 공원으로 불러낸 현수, 진지한 분위기가 흐른다.

우식　　무슨 일이시죠?

현수　　나랑 희원이… 무슨 사이인지 알고 있어?

우식　　썸 탄다면서요.

현수　　(경고하듯) 근데 왜 그래.

우식　　네?

현수　　(진지해지는) 나한테 되게 커… 희원이는….

우식　　아… 그러시구나…. 네… (할 말 없는) 에… 계속 키우세
　　　　요, 무럭무럭….

말을 한 뒤 자리를 뜨는 현수,

마치 경고하듯 우식의 어깨를 지그시 잡았다 놓는다.

떠나는 현수의 뒷모습을 쳐다보는 우식, 당황스럽다.

과실로 들어온 우식, 희원이 앉아 있다.

희원에게 말을 걸지 않고 의자에 앉아 휴대폰을 하는 우식,

그런 우식을 빤히 쳐다보는 희원.

우식, 문득 고개를 들었다가 희원과 눈이 마주친다.

희원   상처받은 거 아니지?

우식   네?

희원   아니, 내가 저번에 거절한 거 때문에.

우식   뭘요?

희원   (진지해지며) 요즘에는 나도 나를 잘 모르겠어. 미안. (눈
물 그렁그렁한)

우식   (당황한) 왜… 왜 그러세요….

희원   아니, 그냥… 계절이 바뀌니까 전남친 생각이 나는데,
근데… 걔가 생각나는 게 아니라 걔 옆에 있던 나만 생
각나더라고… 그게 너무… 이기적이야…. 슬프지?

우식   아…

희원   난 계절 바뀔 때 이 공기랑 온도가 주는 뭔가… 그 오
묘한 느낌이 너무 좋아.

우식   아… 네… 오묘하죠. 저도 좋아해요.

희원   좋아하지 마. 너가 좋아하는 것들은 너를 아프게 해.

우식   선배님.

희원   웅?

우식, 물끄러미 희원을 쳐다본다.

희원도 눈을 피하지 않고 더 뚫어져라 우식을 쳐다본다.

우식   사람들은, 생각보다 남한테 신경을 잘 안 써요. 저도
          그렇고.

희원   뭔 소리야?

우식   아니, 좀 너무 의식하는 거 같아서. (두리번거리며) 여기
          카메라 있나?

우식의 말에 벙 찌는 희원.

S#7   낮, 공원

허공에 주먹질 중인 우식, 화를 억누르고 있는 표정이다.

민아   무슨 일 있어?

우식   (참으며) 아니요.

민아   우식아… 나 희원이가 거슬린다? (생각하다가) 왜지?

우식   (고개를 끄덕이며) 그럴 수 있어요.

민아   걔 약간 외동 같아.

211

우식   선배도 외동이잖아요.

민아   난 다르지, 특이 케이스라.

우식   (생각하다가) 선배님, 근데 그거 아세요? 내가 싫어하는
       내 모습이 다른 사람한테 비쳤을 때, 그거 되게 거슬리
       는 거.

민아   뭐? 하, 참나.

우식   자신의 결함마저 사랑하는 게 진짜 자기를 사랑할 줄
       아는 겁니다.

민아   뭐래.

       혼자서 자신을 껴안고 뽀뽀하는 척하다가
       갑자기 종이를 꺼내 드는 우식.
       [자의식 과잉 예방하고 건강한 삶을 되찾자!
       하나, 내가 어떤 사람인지 설명하지 않기
       둘, 모두가 나에게 신경 쓰지 않는다는 점을 깨닫기]

       우식을 의식하지 않은 채 생각에 잠기는 민아.

우식   나 좀 말 잘하는 거 같았어, 방금.

카페에서 각자 휴대폰을 하고 있는 희원과 민아.

희원, 갑자기 민아를 쳐다보는데, 못 본 척 휴대폰 계속하는 민아.

희원   근데… (쳐다보며) 너 나 싫어해?

민아   응? 아니, 왜?

희원   솔직하게 말해도 돼, 상처 안 받으니까. 모든 사람들이
      날 좋아할 순 없잖아, 상관 없음.

민아   그렇게 느끼지 마, 그냥 내 스타일이 원래 좀 털털해서.
      여자애들이 나한테 좀 서운해할 때가 있…

희원   근데 그거 알지, 내 스타일이 원래 마음을 천천히 주는
      편인 거.

민아   너… 스타일…?

희원   혹시 내가 아직 마음 안 준 거에 대해 섭섭해서 그런가
      해서.

민아   내가 왜 섭섭해?

희원   나 그래도 한번 마음 주면 되게 잘 챙겨, 의리파라.

과실에 있는 희원, 민아, 현수.

희원을 멀리서 쳐다보고 있는 민아, 셀카를 찍는 희원.

희원   와, 희원이 오늘 사진빨 괜찮은데?

현수   희원아, 넌 항상 예뻐.

희원   현뚜, 날 위한 좀 더 참신한 칭찬 없어?

현수   예쁘다는 말은 너무 뻔한가?

희원   나는 예쁘다는 말이 그렇게 기분 좋진 않더라.

현수   왜?

희원   되게 외적으로만 평가하는 말이잖아.

현수   진짜 특이해. 보통 예쁘다고 하면 좋아하잖아.

희원   나 특이한가? 왜 자꾸 사람들이 그렇게 말하지?

그렇게 말하는 희원을 쳐다보는 민아, 잠시 생각에 잠긴다.

아까 우식이 보여준 종이가 떠오른다.

민아(N)   하나, 내가 어떤 사람인지 설명하지 않기.

현수   특이하지. 유니크해, 넌.

희원   근데 사람들은 뭔가 특이한 걸 싫어하면서도 좋아하
         는 거 같지 않아? 뭔가 특이하면 더 신경 쓰는 거 같아.

현수   희원아,

희원   응?

214

둘의 대화가 들리지만 희원을 보지 않으려고 노력하는 민아,

휴대폰으로 인스타그램에 들어간다.

스토리 목록에 떠 있는 희원의 스토리.

민아(N)   둘, 모두가 나에게 신경 쓰지 않는다는 점을 깨닫기.

현수   다시 한번 말해줄래? 나 이해를 못 했어.

희원   내가 하는 말이 좀 어렵지? 고차원적이라.

현수   응… 조금.

희원의 스토리를 클릭하는 민아,

본인의 셀카 위에 '무엇이든 물어보세요'를

올려놓은 희원의 스토리.

[나한테 궁금한 거 있어?

오늘이 바로 물어볼 찬스]

희원의 스토리 다음으로 나오는 민아의 스토리,

민아 역시 올렸던 '무엇이든 물어보세요'.

[무엇이든 물어보세요!

슈퍼프리티민아에게 궁금한 거 있음?]

자신의 스토리를 내리는 민아.

민아(N) 알겠다,

암전

민아(N) 자꾸 거슬리는 이유.

*

그거 아세요?

———————

내가 싫어하는
내 모습이 다른 사람한테 비쳤을 때,
그거 되게 거슬리는 거.

#16

「남자가 여자에게 심쿵할 때」

S#1 낮, 과실 안

과실에서 이야기 중인 연희, 현수, 정우.

현수   남자를 심쿵하게 하는 법?

연희   네.

정우   그거야 뭐… 간단하지. (으쓱대며) 알고 싶어?

연희   (고개 끄덕끄덕하며) 네.

현수   뭐야~ 누구야?

타이틀 <남자를 심쿵하게 하는 방법>

218

정우   그러니까, 지금 너가 우식이를 좋아한다는 거잖아.

현수   헐….

연희   네.

정우   근데 우식이가 너를 좋아하는지는 잘 모르겠다는 거고.

연희   (끄덕끄덕)

정우   그리고 너가 안 움직이면 딱히 걔가 먼저 다가올 것 같
       지는 않고.

연희   (끄덕끄덕)

정우   그럼 답은 하나네, 너가 걜 움직이게 해야지.

연희   아!

정우   남잔 단순해. 맞지, 현수야?

현수   맞아.

연희   아, 제가 일단 약속을 잡긴 했는데…

       연희, 현수와 정우에게 우식과 나눈 카톡을 보여준다.

현수   영화 뭐 보러 가기로 했어?

연희   아직 안 정했는데.

정우   그럼 안 되지, 뭘 볼지 결정하는 것부터가 전략인데.

219

낮, 영화관 입구

영화 「캔디맨」 포스터와 팝콘을 들고 걸어가는 우식과 연희.

정우(E)   영화는 무조건 무서운 영화야, 알지?

현수(E)   맞아, 국룰이지.

「캔디맨」 포스터를 보는 우식.

우식   이거 너무 무서울 거 같은데….

연희   아니야, (우식을 끌고 가며) 안 무섭대! 가자!

낮, 영화관 안

현수(E)   아, 팝콘은 꼭 먹어야 하는 거 알지? 팝콘 먹다가 손끝

이 닿았을 때 찌릿!한 그 텐션!

정우(E)   하아~

연희, 들고 있던 팝콘을 본인과 우식 사이에 둔다.

영화에 집중하는 우식,

침을 꿀꺽 삼키는 연희, 손가락을 꼼지락거린다.

우식이 팝콘을 집으려는 순간을 옆에서 유심히 보고 있다가

재빨리 손을 넣는 연희,

연희가 팝콘 통에 손을 넣자 바로 손을 빼는 우식.

우식   먹어~

연희   아… 응.

멋쩍은 표정으로 팝콘을 하나 집어먹는 연희.

Cut To

영화가 시작되고, 잔뜩 겁먹은 표정의 우식.

우식의 눈치를 살짝 보는 연희.

현수(E)   그리고…! 무서운 장면 나오면 알지! 자연스럽게 팔을
           탁! 낚아채는 거야.

그때 무서운 장면이 나오고…

연희, 우식의 팔을 낚아챌 준비하는데…!

우식   (눈 가리며) 꺅!

연희   (깜짝 놀라서) 아, X발.

우식   아… 미안. 무서운 걸 잘 못 봐, 내가.

연희   아… 아니야….

손가락으로 얼굴을 가리고 그 사이로 영화를 보는 우식.

놀란 마음을 진정시키는 연희.

Cut To

영화가 끝나고 극장 밖으로 빠져나오는 우식과 연희.

우식   너무 무서웠어….

연희   아… 그치….

S#5   낮, 식당 안

Insert#1.

현수   그다음에 밥 먹을 때, 그거 알지?

연희   뭐… 뭐요?

현수   이거 클래식한데 진짜 무조건이야. 머리끈 입에
          물고 머리 묶는 거.

정우   국룰이지. 무조건 먹혀, 가자.

연희와 우식의 앞에 시킨 음식이 나온다.

우식의 눈치를 보며 머리끈을 꺼내 입에 무는 연희.

연희   맛있겠다.

우식의 눈에 들어오는,

연희가 입에 물고 있는 머리끈에 끼인 머리카락.

우식   머리끈… 들어줘?

연희   괜찮아~

최대한 고혹적으로 보이게 애쓰며 머리를 묶는 연희,

들어올린 양팔의 겨드랑이 부분이 땀에 젖어 있다.

이를 못 본 척하며 눈길을 돌리는 우식.

Cut To

음식이 많이 남아 있는 연희의 그릇.

우식   왜 이렇게 남겼어.

연희   응? 아니야! 많이 먹었어.

바로 입술에 틴트부터 바르는 연희.

Insert#2.

현수   연희야, 그리고 일단 무조건 웃어. 뻔한 말 같아

연희, 환하게 웃는데 치아에 묻어 있는 틴트가 보인다.

우식, 자신의 치아에 손가락을 가져다 대며 알려주려 하지만…

연희   왜?

알아채지 못한 연희, 더 밝게 웃는다.

연희의 환한 웃음에 억지로 미소를 짓는 우식.

우식   아, 나, 아까 영화 보다가 진짜 지릴 뻔했잖아.

빵 터지는 연희.

연희   (크게 웃으며) 진짜? 어떡해, 지릴 뻔했대! 우식아 너 진

짜 웃기다!!

우식   웃기라고 한 말은 아닌데….

연희, 우식의 어깨를 때리며 웃는다.

연희의 손짓에 몸이 밀리는 우식.

정우(E)   그리고 동시에 살짝 터~치~

우식   아, 여기 백신 맞은 곳인데….

S#6 저녁, 술집 안

정우(E) 그리고 단둘이 술.

현수(E) 무조건이지.

정우(E) 역시.

우식   맥주? 소맥?

연희   (해맑게) 난 참이슬 후레쉬.

우식   오… 그래~ 이모, 여기 후레쉬 한 병 주세요.

현수(E) 아, 그리고 그거 알지? 사람 사이에 친밀감을 느끼는
        거리, 45센티미터.

        의자를 땡겨 우식의 옆으로 가는 연희,

        그러나 우식은 살짝 거리를 둔다.

현수(E) 그 안에 들어가잖아? 그럼 뇌가 착각을 한대. 아, 내가
        애랑 연인 사이구나.

        살짝 거리를 두는 우식에게 다시 바짝 붙는 연희,

225

다시 거리를 두는 우식,

연희가 우식의 표정을 살피는데, 우식, 조금 부담스러워 보인다.

정우(E) 엥, 그건 아닌 거 같은데. 부담스러운데?

현수(E) 아, 맞아! 내가 어디서 봤어~ 아휴 뭘 모르는구만….

그때 소주가 나온다.

우식 아유, 감사합니다.

소주를 받아서 테이블에 올리는 우식,

자연스럽게 소주를 집어 바닥을 팔꿈치로 툭툭 치고

뚜껑을 여는 연희.

우식 오~

우식의 잔에 소주를 따라주는 연희,

우식도 연희의 잔에 소주를 따라준다. 짠 하는 두 사람.

정우   너, 술 마시는 게 왜 중요한지 알아?

연희   왜요?

정우   급격하게 친해지니까.

현수   맞아, 취하면 못했던 말도 하게 되고 그렇지.

우식을 바라보는 연희.

연희   우식아, 넌 왜 연애 안 해?

우식   어… 음… 나 좋다는 사람이 없어서?

연희   (표정 밝아지며) 아, 왜 없어~ 주변을 잘~ 찾아 봐~

두리번거리는 우식.

우식   없는데….

연희   (얼굴에 대고 손바닥으로 꽃받침 자세를 취하며) 여깄다!

그때 우식에게 카톡이 온다.

꽃받침을 한 연희를 보지 못하고 카톡에 답장하는 우식.

갑자기 자신이 한 일이 부끄러워져서

얼굴이 빨개져 소주를 마시는 연희.

우식   (웃으며) 소현아, 아니, 아니, 연희야.

           순간 자신을 소현이라 부른 우식 때문에 놀라는 연희의 표정.

우식   한 병 더 시킬까?

연희   어? 응….

           남은 소주를 따라서 한잔 마시는 연희.

연희   (술 마시며) 우식아,

우식   응?

연희   넌 지금 좋아하는 사람 있어?

우식   (카톡을 하는) 나? 지금?

           카톡을 하는 우식을 쳐다보는 연희,

           살짝 서운해진 표정으로 술을 마신다.

우식   음… 지금은… (뜸 들이다) 없어.

연희   그럼 연애는? 하고 싶어?

우식   연애? 뭐… 하고 싶지…? 근데 너, 너무 많이 마시는 거 아니야?

연희   (취해서 발음 꼬인) 아닌뒈?

우식   아니, 많이 마셨어~

연희   아니~ 아니라고~

우식   많이 마셨구만 뭘 아니래.

연희   아니이~~ 아니라고….

테이블 위로 퍽 하고 쓰러지는 연희.

연희   (술주정하는) 너, 좋아하는 사람 있잖아….

아무 말없이 가만히 있는 우식.

과실로 들어오는 정우, 테이블에 연희가 앉아 있다.

정우   (연희에게) 어떻게 됐어!

연희   아… 제 예상이 맞았어요.

정우   오오, 진짜? 이열~

연희   (씁쓸한 미소 지으며) 우식이, 좋아하는 사람 있더라고요.

정우   응? 누구?

연희의 대답을 기다리는 정우, 침을 꿀꺽 삼킨다.

그리고 나오는 의외의 대답.

연희   소현이요.

        연희의 말을 듣고 벙 찐 정우의 표정.

S#8 저녁, 술집 안 (S#6 연결)

        취해서 테이블에 쓰러져 있는 연희,

        흐릿한 시야 사이로 보이는 통화 중인 우식의 모습.

우식   (웃으며) 아니야, 내가 널 얼마나 좋아하는데. (정우를 만

        나러 간다는 소현에게) 아, 그래… 소현아! 정우 형이랑 싸

        우지 좀 말고… 진짜로.

        끊긴 전화.

        씁쓸한 표정으로 휴대폰을 바라보는 우식,

        그런 우식을 엎드린 채 바라보는 연희.

        두 사람, 서로 비슷한 표정을 짓고 있다.

        암전

연희(N) 거짓말.

왜 어떤 사람은
이유 없이 미울까

누군가의 말과 행동에 불편한 감정이 불쑥 올라올 때는 한번 되돌아봐야 한다. 도대체 왜 저 말과 행동이 나를 기분 나쁘게 만든 걸까. 분명 누군가는 아무렇지 않았을 수도 있는데 나에게만 거슬리는 건 이유가 뭘까. 결국 상대의 말과 행동이 나의 '결핍'을 건드렸기 때문이다. 그렇기에 거슬리는 것이다. 유독 크게 느끼고 있는 어떤 빈틈이나 상처가 툭 건드려지니 부정적 감정이 스멀스멀 올라온다. 그러니까 내가 진짜 싫었던 건, 그 사람에게서 보여지는 '또 다른 나'인 셈이다.

과거 내가 했던 실수를 똑같이 하며 주변을 불편하게 하는 상대를 보다가 문득 미성숙했던 나 자신을 마주하게 된다. 사실은 실수하는 그 사람이 싫은 게 아니라, 실수로 보게 되는 과거의 내가 싫은 것이다. 혹은 그토록 해내고 싶었지만 끝끝내 이뤄내지 못한 일을 (나 대신) 멋지게 이뤄낸 상대가 이상하게 꼴 보기 싫은 것이다. 마찬가지로 무언갈 멋지게 이뤄내고 잘난 척하는 모습이 싫은 게 아니라, 거기에서 느낄 수밖에 없었던 내 열등감이 끔찍하게 싫은 것이다. 나의 부족함을 건드리는 말과 행동을 하는 상대를 보고 느껴지는 다양한 감정들을 돌아보는 대신 그냥 그 상대를 싫어하며 상황을 끝내곤 했다.

"누굴 싫어하는 거 사실 다 내가 싫은 거야.
걔가 부러운 내가 싫은 거고,
걔보다 못난 내가 싫은 거고,
걔랑 닮은 내가 싫은 거고."
-<과잉 보호 받고 자란 사람 특징>

그런데 이런 생각이 들었다. 싫은 사람이 좀 적었으면 좋겠다, 내 결핍이 건드려지는 상황이 없었으면 좋겠다, 그러려면 내가 나 스스로를 좀 더 채워봐야겠지. 미운 나를 이해하고 받아들이는 연습이 필요하겠지. 나를 예민하게 만드는 모든 것들과 화해하고 싶어졌고, 그래서 상대를 미워하는 데 에너지를 쓰기보다 나를 좀 더 좋아하는 데 힘을 쏟고 싶었다.

그렇게 내 행동을 점검해보기로 했다. 미운 사람이 생기면 미워하기보다 그의 미운 점이 내게 있지 않은지 돌아봤다. 그렇게 '모난 나 자신'을 마주하게 되면 부정하기보다는 그냥 예뻐해주자고, 조금 부끄럽지만 누가 알겠냐고, '좀 못났으니까 그게 귀여운 거지, 뭐'라고 생각하자고 마음먹었다. 게다가 타인을 무작정 미워하지 않게 되자 마음이 조금은 가벼워졌다. 남을 미워한다는 건 사실 에너지도 많이 소모되는 일이니 말이다.

때론 미움받을 용기만큼 누군가를 미워하지 않을 용기도 필요하다. 타인을 미워하지 않을 용기란, 결국 나 자신을 인정할 줄 아는 용기인 것이니까. 있는 그대로의 나 자신을 마주하고 인정한다는 것, 정말 큰 결심을 필요로 하는 일이다.

"내 모든 게 좋으면
누굴 싫어할 필요도 없잖아."
-<과잉 보호 받고 자란 사람 특징>

Part
3

「　　불안한 미래가 두려운
　　　　　　너에게　　　　　　」

17

「 연인 사이에 자주 하는 거짓말 특징」

밤, 정우의 집 안

소현과 카톡 중인 정우.

[정우 : 어제 늦게 잤더니 피곤하다ㅠㅠㅋㅋ]

[소현 : 나동ㅋㅋㅋㅋ완전ㅋㅋㅋ 아 이제 자야겠다]

[정우 : 나도 이제 자야겠다 잘자~]

[소현 : 잘자(하트)]

소현에게 카톡을 보내자마자 유튜브에 접속하는 정우,

말똥말똥해지는 정우의 눈.

타이틀 <연인 사이 거짓말 특징>

237

소현   하… 진짜 완전 자기 맘대로야. 짜증나….

나은과 카톡 중인 소현.

[나은 : 미안 ㅠㅠ 다른 날 보자]

[소현 : 괜춘ㅋㅋㅋㅋㅋㅋㅋㅋ오히려 좋알ㅋㅋㅋㅋㅋ]

[나은 : ㅠㅠ 다행이다]

[소현 : 나도 가족 행사 있어섴ㅋㅋㅋ애매했음ㅋㅋㅋㅋ]

무표정하게 'ㅋㅋㅋㅋㅋ'를 남발하는 소현의 얼굴을 쳐다보는 정우.

정우   내일 가족 행사 있어?

소현   없지.

정우   근데 왜 있다고 해?

소현   아, 나은이가 미안해할까 봐 그렇지. 아, 짜증나….

정우   티를 내~ 이렇게 보내면 앤 너 화난 거 절대 모른다.

소현   어떻게 그래. 하, 앤 맨날 이래. 진짜 짜증나….

한숨 한 번 쉬고 하품을 쩌억 하는 정우.

소현   왜? 피곤해?

정우   아. 어제 영상 보느라 밤샜더니.

소현   오빠 어제 11시에 잤잖아?

정우	4시에 잤는데?
소현	아니, 나한텐 11시에 잔다고 했잖아….
정우	아, 자려고 했는데 뭐 좀 보다 보니까.

생각에 잠긴 소현, 정우한테서 몸을 살짝 돌린다.

정우	우리 이따 밥 맛있는 거 먹자.
소현	(대답하는 둥 마는 둥) 응.
정우	왜 그래?
소현	뭐가?
정우	너 지금 기분 안 좋은 거 같아서.
소현	응? 아니~ 갑자기 왜?
정우	아니야.
소현	아, 갑자기 궁금한 거 생겼다.
정우	뭔데?
소현	오빠도 혹시 야동 본 적 있어?
정우	나? (흔들리는 동공) 뭐, 그냥 어렸을 때.
소현	몇 번?
정우	왜, 왜…? 그냥 뭐 한… (목소리 작아지며) 두 번…? 너는?
소현	나? (땀 삐질 흘리며) 아니…? 난 별로 그런 거 좀 내 취향이 아니라….
정우	보긴 봤다는 거야?
소현	아니….

239

식당에 온 소현과 정우.

소현   (어깨춤 추며) 냉면 좋아.

정우   (의심) 너 냉면 좋아해?

소현   (국물 마시며) 응, 너무 좋아.

정우   예전엔 싫다며?

소현   응? 내가? 나 냉면 킬러인데.

정우   그때, 육쌈 갈까 했더니 냉면 안 먹는다며.

소현   아~ 그땐 겨울이여서 그랬지~

정우   여름이었어.

소현   아닌데?

정우   여름이었어.

소현   내가 그때 에어컨이 빵빵해서 착각했나? 나 아닌 거
            아니야?

정우   아니, 너 냉면 먹으면 이 시려서 싫다고 했었잖아….

소현   (「오징어 게임」 속 조일남 캐릭터처럼) 내가 뭐라고 했드
            라….

정우   소현아!

소현   (국물 마시며) 이 냉면집은 처음 오는데 진짜 맛있다! 오
            빠, 이런 맛집은 누구랑 와 봤어?

정우   (두 눈 동공 지진) 어? 그냥 애들이랑….

공원 벤치에 앉아 있는 소현과 정우.

정우   그, 현수 썸 타는 애가 있는데.

소현   (고개 끄덕이며 아는 척) 아아, 어어~ 맞아~ 썸 잘 타고
      있대?

정우   (살짝 맥 끊기고) 어… 내가 이 얘기했었나?

소현   응?

정우   너, 현수 알아?

소현   어? 아, 내가 아는 사람이 아닌가?

정우   아무튼 그 현수가 썸 타는 애가 있는데, 걔가,

소현   아, 어어! 그분!

정우   그러니까, 너 알아? 썸 타는 사람 누군지?

소현   응응.

정우   그래? 넌 모를 텐데?

소현   아니, 저번에 말해줬던 거 같기도 한데… 아닌가? 아,
      내가 착각했나 보네~

정우   너무 리액션 안 해줘도 돼~

소현   (상처받은) 아… 어….

정우   (친절하게 설명해주듯) 그러니까 현수랑 썸 타는 애 이름
      이 희원이라고, 근데 걔가 저번에 과실에 슬리퍼를 신
      고 온 거야. 진짜 이따만한 챙 모자를 쓰고.

뚱한 표정의 소현과 그런 소현을 바라보는 정우,

둘 사이에 정적이 흐른다.

정우   왜?

소현   아니… 난 그냥 공감해준 건데… 아니야.

낮, 공원

나란히 손잡고 걷는 정우와 소현,

정우가 잡고 있는 소현의 손에 힘이 하나도 없다.

소현의 표정을 살피는 정우.

정우   아까 기분 나빴어?

소현   (부정하듯 고개 흔드며) 아니? 안 나빴는데?

정우   그래? (자신의 손 제대로 안 잡고 있는 소현을 보며) 알았어.

한숨 푹 내쉬는 정우,

소현, 그 소리를 듣고 정우의 눈치를 살핀다.

정우   저녁에 친구들이랑 술 마시기로 했는데, 오늘 좀 일찍
       들어갈까?

소현   그러자. 나도 오늘 피곤했는데 잘됐다.

정우   괜찮아?

소현   응, 괜찮지.

S#6 밤, 술집 안

술 마시는 중인 민아와 정우.

정우, 소현과 카톡 중이다.

[정우 : 친구들이랑 술 마시러 왔어 ㅎㅎㅎ]

[소현 : 나는 책 읽는 중]

[정우 : 무슨 책?]

[소현 : 자본론 ㅎㅎㅎ 재밌다!!]

정우   집에서 자본론을 읽는대. 심지어 재밌대. 그래, 뭐 읽
       을 수도 있지~ 재밌을 수도 있고. 근데 그냥, 이런 사
       소한 것까지 의심하는 내가 짜증나.

민아   그 정도는 뭐, 잘 보이려고 하는 귀여운 거짓말 아냐?

정우   잘 보이려는 거 좋지. 근데 왜 이런 쓸데없는 걸 해서
       괜히 연인 사이에 신뢰를 잃게 하냐고.

다시 울리는 정우의 휴대폰.

[소현 : 먼저 잘게! 나 신경쓰지 말고 재밌게 놀아~

들어가서 카톡 하나 남겨줘!]

정우   생각해보면 그냥 별거 아닌 거짓말이긴 한데… 가끔은 너무 구체적으로 해서 좀 소름 돋는달까, 그냥 잔다는 말인데도 애가 진짜 자는 거 맞나? 내가 재밌게 놀면 되는 건가? 오만 가지 생각이 다 든다니까.

민아   아… 음… 근데, 넌 그럼 얼마나 솔직한데?

정우   나? 적어도 거짓말은 안 하지.

민아   그래~ 나도 내가 진짜 솔직한 사람이라고 생각했거든? 근데 아닌 거 같아.

정우   왜?

민아   내가 하는 말이 어디까지가 진실인지 나도 잘 모를 때가 있어. 그거 알아? 사람이 하루에 거짓말을 200번을 한대.

정우   누가 그래?

민아   그냥 어디서 봤어. 연인 사이에 어떻게 진실만 말하고 사냐?

정우   아니, 그게 아니라~

S#7   밤, 소현의 집 안

대화 중인 소현과 나은.

244

소현   미리 말도 안 해주고 데이트 하는 날 약속 잡고, 친구
      들이랑 마신다고. 누구랑? 누구랑 마시는 건진 왜 말
      안 해?

나은   소현아, 그런 건 그냥 솔직하게 물어 봐. 말을 해야 상
      대방도 안다니까?

소현   근데 사람들은 내 솔직한 모습 싫어하잖아.

      자신의 다이어리에 '내 성격 왜 이럴까'라고 끄적이는 소현.

소현   하루 종일 내 솔직한 생각들 다 털어놓고 집에 들어가
      잖아? 자꾸 하나하나 곱씹어 보게 돼….

Insert#1.

소현(E)   이 말은 내가 실수했나? 그렇게 말하지 말걸….

소현   어제 오랜만에 내 일기장을 쭉 읽어 봤거든? 근데 내
      가 너무 안쓰러운 거야.

Insert#2.

집에서 혼자 자신이 쓴 일기장을 읽는 소현,

우식에게 전화를 건다.

245

> 소현   우식… 너도 내가 싫지, 사실?
>
> 우식(E)   아니야, 내가 널 얼마나 좋아하는데….

나은   넌 자아 성찰 좀 그만해. 일기장도 갖다 버리고. 괜찮아, 사람이 실수할 수도 있고 그런 거지.

소현   그런 거야? 넌 내가 그러면 안 싫어?

나은   여기 뭐 빌런이 한두 명이냐? 다 하자 있어. 그냥 실수하더라도 너답게 행동해, 괜찮으니까. 누구인 척하는 거, 그거 어차피 다 들통나.

S#8   밤, 소현의 집 안 & 술집 안(정우, 민아)

소현(N)   (다짐한 듯) 나답게….

정우에게 전화를 거는 소현, 그리고 소현의 전화를 받는 정우.
소현은 집에서, 정우는 술집에서, 각자 있는 장소에서 통화하는 모습.

소현   오빠, 친구들이랑 술 마시는데 방해해서 미안.

정우   아직 안 잤어?

소현   안 잤어… 내가 생각이 좀 많아서… 오빠, 술 마시고 있다고 하면 좀 걱정돼…. 그…. 민아 선배가 좀 신경

쓰여서. 오빠랑 아무 사이도 아닌 거 아는데, 믿는데,
그냥… 내가 부족해서 그런 생각이 드나 봐.

술집에 있는 정우, 민아와 함께 있다.
과자를 집어 먹으려다 멈칫하고 멈추는 민아.

정우   그랬구나.

소현   …

정우   (생각하다가) 미안해.

소현   뭐가?

정우   내가, 너 그런 생각 들게 해서.

소현   아니야… 미안하라고 하는 말은 아니었어.

정우   아니야… 내가 미안해.

소현   알아줘서 고마워, 오빠. 그럼 집 들어갈 때 전화해줄
        수 있어? 걱정돼서….

정우   어, 알았어. 아, 그리고 나… (거짓말하는) 현수랑 마시
        고 있어.

정우, 민아를 슬쩍 쳐다보고,
휴대폰을 보던 민아, 행동을 멈추고
조금 놀란 듯 정우를 쳐다본다.

소현   아… 오해해서 미안해.

247

정우　아니야, 너무 걱정하지 말고. 이제 들어갈 거니까 가는
　　　길에 전화할게~

　　　전화가 끊기고 한결 마음이 편안해진 듯한 소현의 표정,

　　　반면 불편해 보이는 정우의 표정.

　　　암전

　　　민아의 목소리가 울려퍼진다.

민아(N)　넌 그럼 얼마나 솔직한데?

*

여기 뭐 빌런이 한두 명이냐?

다 하자 있어.

그냥 실수하더라도 너답게 행동해,

괜찮으니까.

...

누구인 척하는 거,

그거 어차피 다 들통나.

18

「 게으른 완벽주의자 특징 」

S#1 낮. 공원

읽지 않은 카톡이 잔뜩 쌓인 정우의 휴대폰.

소현   왜 씹어?

정우   씹는 게 아니라 고민 중이야. 어떻게 보낼지. 근데 오
      빠는 왜 맨날 배터리가 빨간색이야? 있어 봐, 내가 보
      조 배터리 줄게.

정우   아니야, 아니야, 이따 할게. (여유 있는 척) 빨간색이어도
      한참 가~

소현의 눈에 들어온 정우의 휴대폰 화면 속 앱들,

250

온갖 알림 표시로 빨갛고 정리도 하나도 안 되어 있다.

소현   오빠, 이거 정리 좀 해야 할 거 같아. 좀 읽어….

정우   어어, 나중에 날 잡고 해야지.

소현   그냥 지금 내가 해줄까?

정우   아니, 나중에 날 잡고 제대로 할 거야, 내가.

소현   (고개 옆으로 돌리다가, 문득 생각난 듯) 아, 오빠, 우리 곧
       300일이다~

정우   어, 300일 때 갖고 싶은 거 있어?

소현   응, 나 편지! 손 편지!

정우   손 편지? (미묘한 표정으로) 몇 자?

기대하는 소현의 표정, 반대로 부담스러워하는 정우의 표정.

소현(E) 오빠가 나 사랑하는 만큼?

타이틀 <게으른 완벽주의자 특징>

S#2   낮, 정우의 집 안

이곳저곳에 너저분하게 쌓여 있는 옷가지들, 안 뜯은 택배 상자들,
그리고 배달 음식 쓰레기도 쌓여 있다.

그런 방 안 침대에 누워 있는 정우,

쌓인 옷 때문에 자세가 불편해서 일어나고

옷을 물끄러미 바라본다.

정우(N)   나중에 날 좋을 때 맘 잡고 제대로 치우자.

다시 눕는 정우, 휴대폰을 보다가

문득 눈에 들어오는 테이블 위에 올려진 편지지와 펜.

정우(N)   아 편지…

네이버에 '여자친구 편지 감동적으로 쓰는 법' 검색하는 정우.

정우(N)   어떻게 써야 울리지? 첫 문장이 중요한데…

편지를 읽고 감동하는 소현을 상상한다.

Insert#1. (상상)

소현   오빠~ 진짜 너무 고마워, 감동이야. 나, 눈물 날
       것 같아….

상상하며 즐거워하는 정우. 그러다가,

정우　　아 오줌 마려… 귀찮아… 좀만 이따 가야지….

S#3　낮, 과실 안

과실 테이블 위에 올려져 있는 편지지,

열심히 쿠팡으로 선물 찾아보고 있는 정우 그리고 혁, 현수.

정우　　소현이랑 곧 300일인데 선물 뭐 센스 있는 거 없나?

현수　　꽃이랑 케이크 사줘!

정우　　그거 쓸데없잖아. 안 좋아할걸.

혁　　　목걸이 같은 거는? 커플링이나.

정우　　뻔하다. 그리고 너무 비싸지 않나….

혁　　　넌 알바 좀 해라.

정우　　알바 지금 구하고 있는데 마음에 드는 데가 없어.

혁　　　무슨 몇 달째 구하고 있대… (한숨 쉬는) 에휴.

정우　　너네 과제는 다했냐?

현수　　다했지.

혁　　　난 어제 냈지. 오늘까지잖아.

현수　　너 설마 아직도 안 했냐? 그 교수님 깐깐해서 시간 개
　　　념 칼이야.

정우   아… 영감이 좀처럼 안 오네.

현수   영감? (농담하는) 혹부리 영감?

정우   (현수의 농담에 정색하며) 그냥 계속 생각 중이야. 뭐라고 쓸지.

현수   그냥 쓰면 되지, 뭘 그렇게 생각해?

정우   생각만 나면 금방 쓰는데… 쓰는 걸 시작하는 게 너무 괴로워.

혁   나 같으면 괴로워할 시간에 썼다.

포털 사이트에 '여자친구 선물'이라고 검색한 정우의 휴대폰 화면,

그때 소현에게 카톡이 온다.

[소현 : 내일 어디로 갈까???]

정우에게 여러 음식점 주소 링크를 보낸 소현.

사이트에 접속해서 음식점을 하나하나 확인해보는 정우.

정우   근데 여기 분위기가 괜찮으려나… 리뷰가 좀 적은데. 창가 자리도 있나… 아, 편지도 써야 되는데….

혁   (그런 정우가 답답한) 아, 쫌, 해야 되는데, 해야 되는데 하지 말고, 지금 그냥 해!

정우   어떻게 쓸지 고민 중이야.

현수   결정 장애냐?

정우   내가 좀 완벽주의라 그래….

현수   애가 근데 은근 벼락치기로 성적 A 받잖아.

혁   이 새끼 대가리가 똑똑한 건가?

현수   아, 좋겠다… 난 개빡세게 해야 겨우 A인데….

정우   등신.

혁의 말에 내색은 안 하지만 은근 기분이 좋은 정우.

S#4 밤, 정우의 집 안

침대에 쌓여 있는 옷들, 방이 여전히 지저분하다.

침대에 누웠지만 양말도 벗지 않은 정우.

정우(N) 그냥 쓰면 되는데, 또 대충 쓰긴 싫은 이 마음…

여전히 테이블 위에 올려져 있는 노트북과 편지지,

그리고 침대에 누워 휴대폰으로 유튜브 하는 중인 정우,

시간을 한번 확인한다.

정우(N) 그래, 지금이 9시 11분이니까… 딱 30분까지만 보고

         하자. 그리고 난 노는 게 아니야. 과제에 필요한 모든

         정보들을 축적 중인 거야.

Cut To

유튜브를 하다가 9시 32분이 되고,

정우(N)　헐, 32분? 시작하기 애매한데? 그래, 또 삘 받으면 두 시간이면 쓸텐데… 딱 10시 정각에 시작하자, 정우야.

테이블 위에 있던 노트북을 침대로 가져와서
옆으로 세워두고 보는 정우,
유튜브를 보다가 결국 스르륵 잠이 든다.

Cut To

눈이 번쩍 떠진 정우,
휴대폰으로 재빨리 시간 확인해보는데… 11시 42분이다.

정우(N)　와씨, 좆됐다. 18분 남았다고?

벌떡 일어나 워드 프로그램을 켜고 과제를 시작하는 정우,
정신없는 타자 소리, 괴로워 보이는 얼굴.

정우(N)　개망했네. 좆됐다.

대충 끝낸 후, 아래한글에서 워드프로세서로 내용을 옮기고
글씨체 변경, 행간 넓히기, 머리말, 꼬릿말 등을 넣어

한 페이지를 꽉 채운다.

어느덧 11시 59분.

손을 벌벌 떨며 메일함을 켜서 메일을 보내는 정우,

그러나 과제 파일 첨부를 깜빡 잊고

정우(N) 아, 파일 첨부! 진짜, 씨…

과제를 첨부 파일로 등록하고 나니 시간은 이미 12시 1분,

메일은 아직 보내지도 않았는데 이미 12시가 지났다.

정우(N) 좆됐다….

S#5 낮, 과실 안

교수님께 장문의 문자를 보내는 정우.

[정우 : 교수님 안녕하세요. 웹드라마 스토리텔링 수업

듣고 있는 19학번 이정우입니다.

다름이 아니라 제가 자정에 맞춰서 메일을 보냈는데

파일 첨부를 못해서 다시 보냈는데요.

혹시 이런 경우에는 점수 처리가 어떻게 되는지

여쭤보고 싶습니다…!]

교수님에게 바로 답장이 온다.

[교수님 : 이정우 학생 12시 이후 과제 제출은

0점 처리입니다.]

한숨 깊게 내쉬고 좌절하는 정우,

과실로 들어오는 현수와 혁.

혁   뭐야, 이 새끼.

현수   (정우에게) 너 오늘 수업 왜 안 왔어.

정우   (쿨한 척) 아… 그냥 쨌어.

현수   이 교수님 출석 개중요한데?

정우   됐어. 어차피 학점, 취업할 때 되면 필요없어. 너네는
      청춘을 좀 즐겨라. 맨날 학점에 목 메고… 아주 그냥.

'왜 저래' 하는 듯한 혁의 표정.

현수   너, 여자친구 선물은 샀냐?

정우   (선물은 잊은 듯, 탄식하는) 아, 맞다.

현수   (쯧쯧거리며) 그러니까 미리 하면 될 거를… 너 수업 끝
      나고 바로 만난다며?

정우   그냥 빨리 근처에서 대충 사야겠다….

혁   너 며칠 동안 고민했잖아.

정우   그치.

혁   근데 못 골랐어?

정우   더 좋은 걸 사주기 위해 계속 고민하는 거지.

        이제는 그런 정우가 안타깝다는 표정을 짓는 혁.

현수   애가 그래도 생각은 참 깊어.

        혁의 눈에 테이블 위에 놓인 깨끗한 새 편지지와 볼펜이 보인다.

현수   그래서 뭐 사려고?

S#6   낮, 카페 안

        소현에게 올리브영 봉투를 건네는 정우, 선물은 핸드크림이다.

정우   소현아, 짠.

소현   선물?

정우   아니, 이제 필요할 거 같아서. 이거 승무원들이 엄청
        많이 쓴대.

소현   와아아 예쁘다, 진짜 고마워.

정우   (뿌듯한 듯) 다행이다~

소현   나도 이거 선물!

정우에게 선물을 건네는 소현.

정우   오⋯ 고마워.

정우가 준 종이봉투 안을 뒤져 보는 소현.

소현   근데 오빠, 그⋯ 편지는⋯?
정우   (대답 못하고, '아차' 하는 표정)

소현이 준 선물이 담긴 봉투를 더 열어 보는 정우,
그 안에 소현이 쓴 편지가 들어 있다. 봉투 겉에 적힌 '정우 오빠♡'.

소현   왜 없지⋯?
정우   아, 맞다. 까먹었어. 소현아, 아씨⋯.
소현   아⋯ 까먹었어⋯?
정우   내가 요새 과제 때문에 너무 바빠서⋯ 아니, 내가 그걸
                까먹었네.
소현   써달라고 했잖아⋯ 나, 받고 싶다고 한 거 손 편지밖에
                없는데.
정우   아, 내가 진짜, 미안⋯ 나중에 꼭 써줄게⋯.
소현   아니야, 됐어⋯.

상처받은 표정의 소현.

정우   진짜로.

소현이 쓴 장문의 편지를 읽는 정우.

장문의 편지를 쓴 소현.

[나랑 300일 동안 만나줘서 너무 고맙고,

…

사랑해~ -소현이가]

미안하고 씁쓸한 표정의 정우,

편지지를 꺼내서 '소현아'라고 쓰지만 다음 말을 적지 못한다.

정우   아, 조금만 이따가 쓰자.

결국 뒤로 눕는 정우.

정우(N)   진짜 한심하다.

한숨 크게 내쉬는 정우,

여전히 침대에 옷가지들이 쌓여 있고 방 안이 어지럽다.

머릿속에 지난 오늘 하루가 떠오르는데,

과제를 하기 전 침대에 누워 잠드는 모습,

다급하게 과제를 제출하는 모습,

교수님에게 온 문자를 확인하는 모습,

누워서 소현에게 편지를 쓰는 상상을 하며 자신만만하던 모습,

그리고 정우에게 실망한 소현의 표정.

'소현아'까지 쓰여진 편지지가 보이고,

정우(N)   나는 진짜,

         암전

정우(N)   잘하고 싶었는데….

19

「남 눈 치 안 보 는 애 들 특 징」

S#1 낮, 공원

전공 서적 한 권 들고, 핑크색 롱패딩을 입은 채

맨발에 슬리퍼를 신은, 발을 끌며 걷고 있는 희원.

헤드셋으로 음악을 들으며 리듬을 타고 있다.

그때 뒤에서 나타나는 정우.

정우   (희원의 어깨를 툭 치며) 어이.

희원   (헤드셋 살짝 내리며) 어, 정우~

정우   오늘 영하 2도인데. 안 춥냐? 맨날 슬리퍼야~

희원   수족냉증이 있어서.

정우   뭐래, 앞뒤가 안 맞잖아. 근데 넌 왜 그렇게 걸어? (작게

263

말하는) 사람들이 이상하게 쳐다 봐. 남 시선 신경 좀 쓰고 살자.

희원   슬리퍼 신고 이렇게 걷는 게 남한테 피해주는 거야?

정우   아니, 그건 아닌데. 특이한 척하지 말라고. 평범하면서.

희원   특이한 척 아니라 그냥 슬리퍼 신은 거야. 하여간 우리나라 사람들은 너무 타인을 신경 써서 정작 중요한 자기 자신을 잘 못 챙긴다니까.

설렁설렁 걸어가버리는 희원.

그런 희원의 뒷모습을 쳐다보는 정우.

타이틀 <눈치 안 보는 애들 특징>

S#2   낮, 과실 앞 소파

소파 옆으로 지나가던 현수, 누워 있는 희원을 발견한다.

롱패딩을 얼굴까지 덮은 희원,

맞은편 소파에 앉아 희원을 바라보는 현수.

그때 지나가던 혁과 정우가 희원을 발견한다.

정우   얜 뭐 이런 데서 자?

264

정우의 말에 잠에서 깬 희원, 몸을 일으켜 자리에 앉는다.

희원   뭐야?

정우   야, 여기 사람들 지나다니는데 졸리면 과실에 가서 자.

희원   **난 여기가 편한데? 신경 쓰지 말고 가던 길 가세요~**

다시 패딩을 덮고 소파에 눕는 희원.

정우   **아휴… 눈치를 안 보고 살아요, 아주 그냥.** (소파에 앉아 있는 현수를 가볍게 건드리며) **야, 가자.**

현수, 희원의 맨발을 물끄러미 쳐다보다가 자리에서 일어난다.

S#3 밤, 희원의 집 안

인스타그램 스토리를 올리는 희원.

[누구에게나 쿨하게 살고 싶다는 생각을 하는 시절이 있다.
나는 마음속의 생각을 절반만
입 밖에 내야겠다고 결심했다.
어느 날, 나는 나 자신이 생각한 것을
절반밖에 얘기하지 못하는 인간이
되어버린 사실을 발견했다. -하루키]

265

희원의 스토리에 답장이 온다.

[혁 : 너 되게 쿨하다?]

혁에게 온 답장에 웃으며 답하는 희원.

[희원 : 그런 의미 아닌데ㅋㅋㅋ

되게 1차원적으로 본 거 아니얔ㅋㅋㅋ?]

그리고 희원의 답장에 회신이 없는 혁.

희원, 셀카를 찍다가 다시 한번 확인해보지만

여전히 답은 오지 않았다.

S#4 **낮, 강의실 안**

희원, 인스타그램을 켜 보지만 여전히 혁의 답장은 오지 않는다.

그때 강의실로 들어오는 혁, 희원의 옆자리에 앉는다.

혁   희원아 하이~

희원   하이.

혁   너 과제 점수 확인했어?

희원   응? 어~

혁   서로 점수 말해주기 할까?

희원   아니~ 별로 말해주고 싶지 않은데.

혁   오~ 비밀~

            희원을 손가락으로 가리키며 능글맞은 표정을 짓는 혁.
            그런 혁을 바라보는 희원.

희원   비밀? 비밀 하나 말해줄까?
혁   뭔데?
희원   여자들, 너처럼 여기저기 찔러보면서 인스타 스토리
            답장하고 그러는 거 별로 안 좋아해.
혁   갑자기 왜, 뭔 소리야?
희원   너무 팩폭인가? 근데 말해주고 싶었어.

            혁, 앉았던 자리에서 다시 일어난다.

혁   내 자리가 어디 있더라~

            그런 혁을 곱지 않은 눈으로 바라보는 희원.

S#5   낮, 옥상 계단

            혁, 정우, 현수, 계단쪽에 있는 세 사람.
            특히 혁과 정우가 딱 붙어 앉아 있다.

267

혁   희원이 좀, 자꾸 시비 튼다?

정우   야, 너두?

혁   (가볍게 끄덕이는)

정우   야, 나두. 그리고 너무 컨셉충이야. 수족냉증인데 겨울
       에 슬리퍼를 신고 다니냐?

혁   그러니까, 약간 좀 비논리적인데?

정우   그리고 좀 막말을 하는 게….

Insert#1. (과거) 낮, 과실 안

소현과의 연애 문제로 희원에게 고민 상담을 하는 정우.

희원   헤어져, 그냥~

정우   헤어지는 게 쉽냐?

희원   어려울 게 뭐 있어? 어차피 남남이었잖아. 너도
       좀 쿨해져라.

정우   (발끈하는) 남남이라니, 벌써 300일이나 됐어.

희원   난 2년 사귀고 헤어졌는데 아무렇지도 않던데?
       안 맞는 사람이랑 연애 그렇게 질질 끄는 거, 그
       거 아니다.

정우   와… 너 진짜 냉정하다. 그리고 너무 막말하는 거

아냐?

희원 솔직히 감정적인 위로는 그냥 위로일 뿐이라고 생각해. 현실적인 조언이 나중에 시간 지나고 생각해보면 '아, 그게 맞는 말이었구나' 싶어서 되게 고맙다?

정우 야, 나도 현실적인 조언 하나 해줄까?

희원 뭔데? 해 봐~

정우 너 이러면… 사람들이 싫어해.

희원 (가운뎃손가락 들고 웃으며) 응, 괜찮아~ 나 싫다는 사람? 나도 싫어~

정우 되게 쿨한 척.

혁 야, 나도. 난 저번에…

Insert#2. (과거) 밤, 혁의 집 안

희원과 통화 중인 혁.

혁 과제하기 싫다….

희원(E) 하기 싫으면 하지 마~

혁 요즘 왜 이렇게 아무것도 하기 싫지? 겨울이라 그런가.

희원(E) 아무것도 하기 싫어? 그럼 그냥 뛰어내려~

혁, 귓가에서 휴대폰을 떼어내고, 좀 어이없다는 표정이다.

혁   말을, 너무 막 해. 약간, 사회성이 없어 보인달까?
정우   아, 그러니까.

뒤에서 조용히 있던 현수가 보인다.

혁과 정우, 현수를 쳐다보며,

정우   **이제 네 차례.**

아무 말도 하지 못하는 현수.

S#6 낮, 공원

희원, 롱패딩에 슬리퍼, 헤드셋을 낀 상태 그대로다.
혼자서 조금 걷다가, 뒤로 다시 갔다가 앞으로 걸으며
본인의 걸음걸이를 체크하는 희원.
유리문에 비친 자신의 모습을 보며 생각에 잠긴다.

270

희원   진짜 이상한가?

희원, 이번에는 슬리퍼를 벗고 벤치에 누워 눈을 감는다.

그러다가 슬며시 눈을 뜨고,

Insert#3. (회상) 낮, 과실 안

우식   사람들은, 생각보다 남한테 신경을 잘 안 써요.

희원   뭔 소리야?

우식   아니, 좀 너무 의식하는 거 같아서.

누운 상태 그대로, 무언갈 생각하는 듯

눈만 깜박거리는 희원.

Insert#4. (회상) 낮, 공원

정우   근데 넌 왜 그렇게 걸어? 사람들이 이상하게 쳐
        다 봐. 남 시선 신경 좀 쓰고 살자.

희원의 귓가에 '생각보다 남한테 신경을 잘 안 써요',

'남 시선 신경 좀 쓰고 살자' 하는

우식과 정우의 목소리가 겹쳐서 들린다.

희원(N)   잠깐만, (정면 카메라를 쳐다보고)

암전

희원(N)   그럼 나는 남을 의식하는 거야? 의식하지 않는 거야?

S#7   낮, 과실

헤드셋을 낀 채 과실에 들어가려다가 멈춰서는 희원,

문득 귓가에 정우의 목소리가 들리는 듯하다.

정우(E)   넌 왜 그렇게 걸어? 사람들이 이상하게 쳐다 봐.

헤드셋을 빼고 주머니에 넣는 희원,

밝은 얼굴로 과실 문을 연다.

과실로 들어가자 수다를 떨던 혁과 정우가 희원을 쳐다본다.

자신을 빤히 쳐다보는 혁과 정우의 시선이 느껴지는데…

희원   어… 여기가 아닌가?

눈을 돌리며 다시 문을 닫고 나가는 희원,

문 너머로 들리는 소리.

정우(E) 재 또 왜 저래.

혁(E) 지독한 컨셉충. 핑크색 패딩 봤냐?

헤드셋으로 노래를 들으며 벤치에 앉아 혼자 생각 중인 희원,

자신의 발을 쳐다본다. 발가락을 꼼지락거리는데,

그때 희원의 옆에 앉는 현수.

현수 (웃으며) 희원아, 내가 웃긴 얘기 하나 해줄까?

희원 그… 현수야.

현수 어.

희원 얘기하기 전에 웃긴 얘기라고 서두를 좀 붙이지 말아
      줄래?

현수 (고개 끄덕이며) 아? 어….

희원 그리고 말하기 전에 혼자 먼저 막 웃지 말고.

현수 왜?

희원 전자는 기대치가 올라가서 그렇고, 후자는 저 새끼가
      왜 혼자 처 웃지, 싶어서 영문을 모르겠으니까.

굳은 표정의 현수,

웃다가 그런 현수를 보고 눈치를 살피는 희원.

273

| 희원 | 아, 미안. 내가 또 팩트로 조졌나? |

잠시 생각하다가 고개를 끄덕이는 현수.

현수	오… (웃으며) 피드백 고마워.
희원	응?
현수	그럼 내가 어떻게 해야 돼?

순간, 현수가 다시 보이는 희원.

희원	어떻게…?
현수	응, 어떻게 고치면 돼?
희원	글쎄… 근데 너 기분 안 나빠?
현수	뭐가?
희원	내가 방금 말을 좀 안 좋게 했잖아.
현수	아~ 뭐, 듣고 고치면 되잖아.
희원	아….

현수의 말에 뭔가 깨달은 듯한 희원.

희원	오, 너 좀 쿨하다.
현수	나 빨리 피드백 좀.
희원	어어, 드립은 타이밍이야. 서론 없이 짧게 치고 들어갔

다가 최대한 담담하게, 아무렇지 않은 듯 말해야 웃긴
거야. 알았지?

현수   아~ 타이밍, 나 이해했어.

희원   (웃음이 터지는) 왜 이렇게 진지한 건데.

그때 주머니에서 수면양말을 꺼내는 현수, 희원에게 건넨다.

희원   양말?

현수   너 슬리퍼 신는 거 좋아하니까, 또 수족냉증 있다며.

희원   어…떻게 알았대?

현수   애들이.

희원   근데 나 수족냉증이라 수면양말 신으면 땀 차.

정우   (웃는) 그래도 신어~

희원   고마워….

Cut To

도란도란 이야기를 나누며 걸어가는 현수와 희원의 뒷모습.

현수   그리고 나 또 피드백 좀.

희원   너는 그냥 웃기려고 하지 마. 그게 오히려 나아.

현수   아 그래?

희원   근데, 나 걷는 거 진짜 이상해?

현수   (웃으며) 어, 한량 같아.

희원   뭐? (현수를 가볍게 때리며) 아, 진짜 짜증나. 몰라, 그냥
        걸을래.

현수   그래, 그냥 걸어. 자연스럽게. 아~ 천고나비의 계절이다.

암전

울려퍼지는 희원의 밝은 웃음소리.

#20

「 인 간 관 계 에 서 현 타 오 는 순 간 」

S#1 밤, 혁의 집 안

대학교 동기 남자 단톡방에 카톡을 보내는 혁.

[혁 : 내일 뒤풀이 가는 사람 손]

'읽음'을 나타내는 숫자 1만 사라지고 아무도 답이 없다.

혁   뭐야, 왜 보고 답장이 없어.

인스타에 들어가보는 혁,

정우가 스토리에 올린 단톡방 캡처 사진을 발견한다.

[현수 : 여행 계획 언제 짬]

277

[태현 : 짜자]

[현수 : 가긴 갈 거냐]

[정우 : 가야지]

[현수 : 어디]

[동규 : 어딘가?]

[현수 : 이 새끼가?]

혁   뭐야 이 새끼들… 나 빼고 단톡 따로 있네?

타이틀 <인간관계 현타 올 때>

S#2   낮, 과실 안

노트북 켜고 과실에서 과제 중인 현수,

혁이 과실에 들어온다.

혁   야, 너 학과 뒤풀이 가냐?

현수   안 가, 다음 주 시험이잖아.

혁   네 것만 챙기지 말고 인간관계도 좀 챙겨라. 솔직히 대학 와서 남는 게 인맥 말고 더 있냐?

현수   글쎄?

혁   야, 저번에 술자리에서 고학번 선배가 그랬는데 학연이라는 말이 괜히 있는 게 아니래. 사회 나가면 끌어주고 밀어주고 하는 게 다 대학 선후배라더라. 관리하면서 살아야지. 술자리 가는 것도 다 투자라고.

현수   잘 모르겠네. 그렇게 애쓸 필요가 있나?

혁   사회를 아직 잘 모르네.

현수   그냥 그럴 시간에 내 삶에 집중하는 게 나을 거 같은데, 내가 잘나면 주변에 좋은 사람들이 모이지 않을까?

혁   야, 너 혼자 잘 나면 될 거 같냐, 인생이? 그렇게 쉬워? 암튼, 너 안 간다는 거지?

현수   응.

혁   나, 말했어.

S#3   밤, 술집 앞(거리)

술집을 나오고 있는 혁.

혁   네, 먼저 들어가보겠습니다. 죄송합니다.

거리에서 전화 중인 혁, 술에 취한 듯 비틀거린다.

혁   아, 죄송합니다.

선배(E)   (비웃듯이) 아까 보니까 많이 취한 거 같은데 선 넘지 말고… 어?

혁   네, 알겠습니다! 네!

        술에 잔뜩 취한 채, 버스 정류장에 앉아 버스 시간을 확인하는 혁,

        고개 푹 숙인 상태로 숨을 들이쉬는데

        아까의 술자리가 머릿속에 맴돈다.

혁(N)   고학번 선배들 많았는데… 뭐 실수한 거 없겠지?

        그러다가 헛구역질을 하는 혁.

S#4   낮, 건물 옥상

        통화 중인 혁.

혁   어, 정우~ 공강이라며. 나와. 뭐 하루 종일 누워 있냐?
        아씨… 알았어.

        이번엔 현수에게 전화를 건다.

혁   도서관? 시험 아직 안 끝났냐? 불쌍한 새끼, 월요일까
        지 시험을 보게 시간표를 짰냐. 알았어~ 열공.

Cut To

혁, 카톡에 보이는 사람들의 프로필만

이리저리 올렸다 내렸다 하는 중이다.

혁(N)   아, 뭐 다들 바빠, 아주… 민아…?

그러다가 민아의 프로필에서 멈추는 혁,

민아의 사진을 보다가 카톡을 보낸다.

[혁 : 뭐해?]

[민아 : 뭐냐 ㅋㅋ 그냥 있잖ㅋㅋㅋㅋ]

[혁 : 시험 끝났어?]

S#5   저녁, 술집 안

술을 마시고 있는 혁과 민아.

혁   오랜만이다, 같이 술 마시는 거.

민아   그러게.

혁   그때, 처음 여기서 만났잖아, 우리.

민아   (별로 신경 쓰지 않는 듯, 휴대폰 보는) 아~ 그랬나?

혁   아직 안 바꼈네?

민아   뭐가?

혁   (민아의 휴대폰을 손으로 건드리는) 액정. 그때도 꺼져 있었잖아.

민아   아, 어.

손에 쥔 휴대폰을 뒤집고 내려놓는 민아,

그때 민아에게 가까이 다가가며 눈을 바라보는 혁.

혁   오늘은 렌즈 안 꼈네?

무표정하게 혁을 바라보는 민아, 몸을 살짝 뒤로 젖힌다.

민아   끼면 뻑뻑하더라고, 좀.

혁   나 요즘 운동한다? (팔에 힘 주며) 봐 봐.

민아   (건조하게) 어… 와, 대박. 너 원래 나보다 얇았었잖아.

혁   에이, 그건 아니다. 내가 너보다 얇았다고? 너 힘줘 봐.

민아의 팔뚝을 만지는 혁.

혁   힘 빡 줘야지. (자신의 팔뚝에 힘을 주며) 이렇게. 만져 봐. 여기가 이두, 여긴 삼두. (본인의 머리를 가리키며) 여긴 그냥 두.

알 듯 말 듯한 표정으로 혁을 쳐다보다가 술을 마시는 민아.

혁   혼자 마시기? 짠~ 우리 술 게임할까? (혼자 말하는) 술
      도 마셨는데, 좋아 게임할까~ 민아 좋아.

      대답 없이 그냥 혁을 쳐다보는 민아,
      무안한 듯한 표정의 혁, 애써 괜찮은 척하며 술을 마신다.

S#6   밤, 거리

      술집에서 나와 길을 걷는 혁과 민아, 잔뜩 취했다.
      민아와 혁의 손, 닿을 듯 말 듯한데,
      민아의 손끝을 살짝 건드리는 혁.

민아   (헛기침하고 옷깃 여미며) 후~
혁   (갑자기 입고 있던 카디건을 벗으며 민아에게 건네고) 이제 진
      짜 날씨 추워진다.
민아   괜찮아.
혁   나 진짜 괜찮아.
민아   나도 진짜 괜찮아서.
혁   아, 너 걱정돼서.
민아   아니야, 아니야. 아! 괜찮아! (짜증난 듯 카디건을 확 밀어버
      리며)
혁   (갑자기 딴소리하는) 어? 저기 공원 생겼다. 가볼까?

민아   (혁에게서 떨어지며) 아니. 빨리 가자, 이제.

혁   그럼 그냥 좀 걷자.

민아   뭘 걸어, 이제 집에 가야지.

혁   아, 잠깐만, 막차…

민아   (휴대폰 재빨리 확인하며 짜증 내는) 아씨…

혁   어떡하지? 날씨도 추운데… PC방 갈까?

민아   나 게임 안 하는데.

혁   그럼 가서 영화 보자, 그냥 가기 아쉽다. (약간 취한 듯,
        느끼한 눈으로) 더 놀다 가면 안 돼?

        혁을 빤히 바라보는 민아.

민아   혁아.

혁   맥주 딱 한 캔만 하자~ 딱~ 한 캔.

민아   ('나 너랑 잘 생각 없어'라는 표정으로) 집 가야지.

혁   어?

민아   나 택시 잡아서 먼저 갈게. (가버리는) 너도 빨리 집에
        가고. 빠이~

        민아의 말에 당황하는 혁, 택시 잡으러 가는 민아.
        혁, 거리에 혼자 남는다.

        Cut To

284

집으로 가는 혁,

누군가에게 전화를 건다. '유진'이다.

혁, 같은 자리에서 정신없게 빙빙 돌며 통화한다.

유진(E)   어, 혀쿠짱~

혁   오늘은 바로 받네?

유진(E)   왜왜왜?

혁   왜라니… 그냥 집 가는 길에 연락했지.

유진(E)   (영혼 없이) 아, 그래?

혁   야, 근데… 아… 이거 말해도 되나?

유진(E)   뭔데, 뭔데?

혁   내가 그, 친하게 지내는 여자애가 있는데… 둘이서 술
          마시다 막차가 끊겼는데, 갑자기 "집 가야지"라고 하
          는 거야. 이거 무슨 의미야?

유진(E)   어… (고민하다가) 아… 근데 혁아.

혁   어?

유진(E)   나 지금 오빠랑 있어서.

혁   아, 남자친구? 어, 알았어.

유진(E)   응, 나중에 연락할게.

전화가 끊긴다. 한숨을 내쉬는 혁.

그러다가 다시 휴대폰을 보고 정우에게 전화하지만

신호음만 갈 뿐이다.

[연결이 되지 않아 음성 사서함으로…]

혁   아씨, 이 새끼 전화를 제대로 받은 적이 한 번도 없어.

혁이 휴대폰으로 시간을 확인하는데 딱 12시다.

아침, 혁의 집 안

아침에 눈을 뜬 혁,

휴대폰으로 네이버에 들어갔는데

검색 창 위에 떠 있는 알림이 보인다.

[권혁님 생일 축하합니다]

누워 있는 혁, 헛헛해 보이는 표정이다.

카톡도 확인하는데 아무한테도 연락이 오지 않았다.

아무렇지 않은 듯 덤덤한 표정을 짓는 혁,

그러다가 카톡의 남자 동기 단톡방에 들어간다.

[혁 : 오늘 저녁 시간 되는 새끼 손]

읽었다는 표시를 나타내는 숫자는 빠르게 줄어드는데…

아무도 답이 없다.

혁   보고 왜 답장이 없어.

그때 유진에게 오는 카톡.

[유진 : 너 그때 성과 심리학 교양 들었다 했나?

그 수업 족보 좀ㅋㅋㅋ]

혁   얘는 지 필요할 때만 연락하네.

(S#8) 낮. 라운지 안

현수   아~ 그래가지고 이제, 고백을 이제 슬슬해 봐야 하지

않을까 싶더라고. 어떻게 생각해?

혁   넌 걔가 왜 좋냐?

현수   왜? (혼자 웃으며) 귀엽잖아.

혁   걔가?

그때 혁의 휴대폰, 진동이 울린다.

테이블에 두고 확인하는 혁. 쇼핑몰에서 온 문자다.

[생일 축하드립니다.

5천원 쿠폰 발급! 특별한 혜택 확인! 거부 080…]

현수   뭐야, 너 오늘 생일이야?

혁   아니? 아닌데.

현수   아니야?

혁   (아무 말 하는) 응, 나 생일 같은 거 없어.

      그때, 카톡이 온다.

      이번엔 휴대폰 들어서 혼자 확인하는 혁.

      [엄마 : 아들. 생일축하.

      시간나면 전화하고 집에도 오고 그레라.]

현수   아무튼, 여자한테 고백은 어떻게 해야 되냐?

혁   근데, 넌 왜 여자 얘기할 때만 나한테 연락하냐?

현수   네가 잘 아니까?

혁   이 새끼 나 이용하네? 됐어, 새끼야. 아휴.

S#9   해 질 녘, 공원

      족보를 들고 유진을 기다리고 있는 혁,

      유진이 안 오자 유진에게 전화를 건다.

혁   왜 안 와~

유진(E) 아, 맞다.

혁   아, 맞다?

288

유진(E)   나 미쳤나 봐~

혁   어딘데, 지금. 내가 거기로 갈게.

유진(E)   (장난치듯) 어, 나 지금 학교 아닌데.

혁   아…

유진(E)   쏘리~ (웃으며) 나중에 전화할게!

혁   아, 오늘 왜 이래. 존나 이용당하네…

        그때 갑자기 뒤에서 등장하는 유진.

유진   이용? 이용당했어?

혁   아, 깜짝이야.

유진   누구야, 누가 우리 혁이 이용했어. 뒷담 오지네.

혁   뭐야.

유진   너 나 없을 때 내 뒷담 까냐?

혁   (족보 건네며) 아, 됐어. 이거나 받아.

유진   아, 됐고, 이거나 받아.

        혁에게 선물을 건네는 유진.

혁   …?

유진   너 생일이잖아. 나 아니면 너 또 누가 챙기냐. 나한테
        잘해.

혁   어, 고맙다.

유진   감동받았냐?

혁   아니.

유진   받았는데?

S#10 해 질 녘, 공원

벤치에 앉은 혁과 유진.

혁   아~ 이런 거 주지 말라니까, 진짜. 나도 똑같이 줘야
       되잖아.

그렇게 말하면서도 유진이 준 선물을 써보는 혁.

유진   (능청스럽게) 내 선물은 내 위시리스트 확인해줘~

혁   생일 선물 SNS로 주고받는 거, 그거 다 자본주의 상술
       이야.

유진   그래도, 그런 기프티콘 같은 거 받으면 기분 좋지 않나.
       특별한 날인데.

혁   너, 그거 주는 애가 무슨 생각하면서 주는지 생각해봤
       어? 주면서도 나중에 어떻게 돌려받을지, 앤 나한테
       뭘 줬는지, 얼마짜리 기프티콘 보낼지, 이런 계산적인

생각들. 극혐. 으으….

유진　(왜 저래 하는 눈빛으로) 너 선물 못 받았냐?

혁　안 받았거든? 나도 똑같이 줘야 되니까? 인간관계 그 거 다 기브 앤 테이크잖아.

유진　(헛웃음 치다 갑자기 화제 전환하며) 아! 나 얼마 전에 지수 만났다? 우리랑 같은 고등학교 나왔는데, 바로 취업한 애 알지?

혁　아~ 어. 무슨 얘기 했는데?

유진　그냥 뭐 담임 욕하고, 추억 팔이했지. 고1 때 걔랑 진짜 친했었는데, 이번에 만나니까 이상하게 거리감 느껴 지더라. 걔 회사 얘기하는 거 리액션만 해주다 왔어.

혁　나도 저번에 내려가서 친구들 만났는데 옛날처럼 막 재밌진 않더라, 대화가. 이제 굳이 안 만나려고.

유진　그렇게 친구가 다 사라지는 건가. 그러고 보면 유치원, 초등학교, 중학교, 고등학교… 우리, 친구 얼마나 많았 냐. 근데 이젠 다 어디서 뭐 하는지도 모르겠어.

혁　그러게~ 언젠가 우리도 멀어지겠지?

유진　에이~ 우리가 멀어질 게 있어? 애초에 가깝지 않은데.

혁　감성 확 깨네.

유진　무슨 감성이야, 내 생일 때 기대할게. 어? 내가 오늘 너 챙겼으니까. 기브 앤 테이크 알지?

Cut To

장난을 치며 걸어가는 혁과 유진의 모습.

혁   이런 걸 줘 가지고~

유진   이거 비싸거든?

혁   얼마짜린데, 어휴, 진짜.

유진   내놔, 내놔~

혁(N)   인간관계는 기브 앤 테이크.

       내가 준 만큼 돌려받는 게 인간관계라면…

       가끔, 그런 생각이 든다.

       암전

혁(N)   내가 잘살고 있는 게 맞나?

292

*

그렇게 친구가 다 사라지는 건가.
그러고 보면 유치원, 초등학교, 중학교, 고등학교…
우리, 친구 얼마나 많았냐.

근데 이젠 다 어디서 뭐 하는지도 모르겠어.

21

「 공 감 능 력 과 잉 」

낮, 거리

윤석   안녕하세요~ 인상이 진짜 좋아 보이셔서 그러는데,
        혹시 학생이세요?

소현   네? 아… 네… 대학생이에요.

종혁   저희가 마음 공부를 하고 있는데 보니까 인복이 되게
        좋아 보이세요.

소현   네? 제가요? 아, 감사합니다….

윤석   네, 근데 지금 목에 있는 주름 세 개가 본인 복을 막고
        있거든요.

소현   아~ 저, 원래 주름이 좀 많아가지고.

종혁   아, 그러시구나. 저희랑 얘기 좀 해보실래요?

소현	지금요?
윤석	네네네, 롯데리아 들어갈까요?
종혁	정말 얼마 안 걸려요.
소현	아, 얼마나….
윤석	한 네 시간 정도면 얘기가 끝날 거거든요. 치즈 버거 먹으면서 얘기를….

Cut To

공원에서 소현, 종혁과 윤석에게 열심히 대답한다.

소현	그러니까요, 저도 그런 적 있어가지고. 아, 근데 이렇게 신도들 모으는 것도 되게 쉽지 않으실 거 같아요.
종혁	맞죠… 저희에게도 늘 할당량이라는 게 있거든요. 근데 그걸 못 채우면 풍산개님이 으르렁하세요.
소현	(걱정하는) 어떡해… 그래도 오늘 저 있으니까 할당량 괜찮은 거예요?
윤석	그래도 한 명이 더 부족하긴 한데….

때마침 도착한 정우.

정우	뭐해?
소현	오빠, 마침 잘 왔다. 이분들 진짜 불쌍하신 분들인데 한 명이 더 필요하다고 그래가지고.

윤석·종혁 **안녕하세요~**

정우   (고개 끄덕이는)

윤석   **인상이 되게 좋아 보이셔서 그런데, 혹시 학생이세요?**

타이틀 <프로 공감러>

S#2 밤, 소현의 집 안

유튜브 '부정적인 사람 특징' 영상을 보며 과몰입 중인 소현.

소현   **아니, 말을 왜 이딴 식으로 해. 친구들한테 이러면 안 되지. 왜 저래, 진짜. 미친 거 아니야? 개킹받네.**

감정 이입하다가 급 생각에 잠기는 소현.

소현(N) **나도 저런 적 있진 않겠지? 에이~ 나는 저 정도는 아니지. 부정적인 이야기하는 거 진짜 별로다. 나는 절대 그러지 말아야지.**

이번에는 강아지가 나오는 영상을 보는 소현.
눈물이 그렁그렁해진다.

소현(N)　우리 집 초코 생각나네… 초코야, 누나 두고 무지개 다리 건너면 안 돼….

눈물을 주르륵 흘리는 소현.

소현(N)　또 뭐 슬픈 거 없나? 오늘은 감성에 젖는 밤이야….

그때 연희에게 전화가 온다.

소현　무슨 일이야. 뭐가 힘들어….

연희(E)　나, 이번 생은 틀렸나 봐….

소현　아, 안 틀렸어. 뭐가 틀려. 너가 틀렸으면 내 인생은 그냥 나락 가야 돼. 난 그냥 다시 태어나야 돼.

연희(E)　아니양… 소현아,

소현　응, 연희. 힘내고~

휴대폰에 보이는 시간, 어느새 새벽 3시 55분.

연희(E)　(목이 쉰 상태) 나는 깨달았어, 나는 나를 너무 고통스럽게 만들어.

소현　(역시 목이 쉰) 이렇게 고민하면서 우리가 더 성장하는 거야.

연희(E)　고마워… 너한테 전화하길 잘했다.

소현	그럼, 그럼. 이렇게 치열하게 고민한 날들이 너를 더 성장시킬 거야.
연희(E)	고마워, 넌 내 자존감 지킴이야. 우리 열심히 고민하자!
소현	응. 연희야, 나는 너가 어떤 선택을 하든, 뭘 하든, 우리 연희를 응원해. 우리 연희는 존재 자체로 너~무 소중해.
연희(E)	자세한 얘기는 만나서 하자~
소현	그래, 그래. 잘 자고.

전화 끊고 나니, 새벽 4시다.

소현(N)	새벽 4시네. 내일 1교시인데… 세 시간밖에 못자겠네.

(S#3) 낮, 키친 안

이야기 중인 정우와 소현.

정우	고민 상담?
소현	응. 어제 연희 고민 상담 들어주느라 잠을 못 잤어.
정우	고민? 무슨 고민을 그렇게…
소현	오빠는 고민 없어?
정우	고민? 밥 뭐 먹지, 그런 고민은 있지. 나한테는 애들이 고민 상담 안 하던데, 넌 신기하다.

소현	난 친구들이 고민 있으면 다 나한테 전화하더라고….
정우	친구들한테 되게 힘이 되어주는 존재네. 아, 나 이번에 장학금 못 받을 거 같아.
소현	왜?
정우	수업 하나, 과제 제출을 실수로 늦었는데… 그게 C 나올 거 같아서.
소현	어우, 그 교수님 너무 인간미가 없다. 어떻게 그거 조금 늦었다고 C를 줘? 나였으면 오빠 바로 만점 줬지. 아, 어떡해… 오빠 완벽주의인데 많이 속상하겠다, 그치?
정우	별로 속상하진 않은데, 그냥 짜증 나.
소현	(머쓱해지는) 짜증 나는 게 속상한 거 아닌가? 속상하면 속상하다고 말해도 돼. 그거 속상한 거 맞아, 괜찮아~
정우	아니, 속상하지 않다고. 그냥 짜증 난다고.
소현	(당황한) 나…는 속상하면 짜증 나던데, 오빠는 아닌가 보네.
정우	뭐, 그냥, 장학금 메꿀 수 있는 방법을 찾아 봐야지.
소현	아, 그럼 내가 같이 찾아 봐줄게.
정우	그래서 알바를 알아보고 있는데 좀처럼 마음에 드는 데가 없어.

과실에서 이야기 중인 정우와 현수.

정우　소현이 잠깐 여기 온다네.

현수　여자친구분?

정우　응.

소현이 문을 열고 등장한다.

소현　안녕하세요~

현수　안녕하세요~ 여자친구분 되게 예쁘시다~

소현　아~ 아니에요. 화장 완전 떡칠한 거예요.

정우　에이, 아냐. 소현이 쌩얼이랑 똑같아.

소현　아우, 뭔 소리야. 오빠 내 쌩얼 본 적 없잖아. 저 세수하
　　　면 완전 다른 사람 돼가지고.

현수　(웃으며) 설마 아수라 백작? 하하하하!

정우　(현수에게) 노잼충.

소현　(가짜 웃음) 아, 아수라 백작! 뭐예요, 진짜 너무 웃겨.

현수　(웃으며) 어어, 배꼽 굴러간다, 배꼽!

소현　제 배꼽이요?

현수　배꼽 주으러 가야겠다~ (줍는 척, 동전 건네는) 여기요.

소현　(동전 받으며) 으아, 웃짜. 감사합니다. 배꼽, 탈칵!

현수   (신나서) 오, 배꼽이 탈부착되네요? 나돈데~ 바꿀래
       요? 전 참외 배꼽이라.

소현   아, 뭐야. 왜 이렇게 웃겨요, 완전 개그맨보다 더 웃겨요.

       그런 둘을 이상하게 바라보는 정우.

현수   (웃다가) 아, 수업 가야겠다. 다음에 같이 술 한번 마셔요.
       내가 재밌는 얘기 많이 해줄게.

소현   아, 네. 좋아요~

현수   나오지 마, 나오지 마~

       과실에서 나가는 현수.

현수   (문 열기 전, 갑자기) 아 그리고, 천고나비의 계절이니까
       다들 옷 따뜻하게 입으시고~

소현   네~ 안녕히 가세요~

       밖으로 나간 현수. 정우, 한숨을 쉬다 소현을 바라본다.

정우   웃겼어?

소현   아니? 안 웃긴데….

정우   근데 왜 웃어?

소현   아… 웃으면서 친해지는 거지 뭐. 힘들게 개그 쳤는데

안 웃어주면 속상하잖아. 그래서 내가 조금 웃어드렸지. 내가 또 웃음이 헤프기도 하고.

정우   우리 소현이, 진짜 착하다.

소현   내가 또 착한 거 빼면 시체지~ 하하~

S#5 낮, 옥상 계단

같이 웃으며 장난치는 소현, 나은, 연희.

나은   아니, 내가 순살만 먹는 거 뻔히 아는데 뼈를 시킨 거야. 내가 몇 번이나 얘기했는데 기억을 못하잖아. 나한테 관심이 없나 봐, 걔.

소현   진짜 완전 서운해… 그런 거 기억 못해주면 완전, 광광 눈물 나지. 나은, 속상했겠다. 진짜~ 토닥토닥.

나은   (웃으며) 뭐 눈물까지 나~ 너, 너무 리액션 과잉이야.

소현   그런가? 난 그런 거 기억 못해주면 진짜 서운했어서.

연희   에이, 나은아, 소현이가 원래 리액션이 좋잖아.

나은   난 눈물 난다기보단 화가 나던데.

소현   어우~ 그래, 화나지. 그런 거 기억 못 해주면, 그냥 머리끝까지 화가 나지. 그냥 주먹으로, 어우 그냥.

연희   (엄지 척 올리며) 소현아, 리액션 최고! 눈물 났다가 갑자기 화내주는 거 봐~ 역시.

소현   내가 원래 좀 오락가락해~

연희   소현아, 근데 요즘 왜 네 이야기는 안 해?

        말 꺼내려다 잠시 생각하는 소현.

소현   나? 어… 별일이 없네. 난 괜찮아!

나은   진짜?

S#6 낮. 거리

        집에 가는 길인 소현, 힘없이 걷고 있다.

소현(N) 부정적인 이야기 안 하려다 보니까, 딱히 할 말이 없어
        서 들어주기만 했더니 기 빨리네….

        친구들과 나눈 대화를 곰곰히 생각한다.

나은(E) 너, 너무 리액션 과잉이야~

연희(E) 리액션 최고! 눈물 났다가 갑자기 화내주는 거 봐~

        갑자기 짜증이 치밀어 오르는 소현.

소현(N) 도대체 나 보고 어쩌라는 거야.

그러다가 다친 듯 발을 절뚝이는 비둘기를 발견한 소현.

소현(N)   헉! 저 비둘기 다쳤나 봐. 아, 불쌍해….

신경이 쓰이고, 마음이 아프다.

소현(N)   어떡해… 도와주고 싶은데….

S#7   낮, 카페 안

카페에서 통화 중인 소현.

소현   아 진짜요? 전 좋죠, 좋죠! 아, 네. 전 돼요. 그러면 제
        가 그날, 네, 6시에 갈게요. 네~ 알겠습니다! 넵!

테이블에 앉아서 소현을 바라보는 정우,
전화를 끊는 소현, 한숨을 푹 내쉰다.

정우   뭐야, 또 대타해주기로 했어?
소현   응. 알바생이 상을 당했다고 해서….
정우   그 개구라를 믿냐? 1년에 한 번 일어나기도 어려운 일
        인데. (답답한 듯) 내가 아는 것만 해도 지금, 여섯 번째

다, 여섯 번째.

소현   그래도 설마 이런 걸로 거짓말을 칠까….

정우   하… 휴대폰 줘 봐.

소현   왜?

정우   빨리 줘 봐.

정우에게 휴대폰을 건네는 소현.

정우   이런 건 한마디 해줘야 돼. 이름이 뭐라고?

소현   예지.

소현 대신 카톡을 쓰는 정우.

[안녕하세요. 벌써 여섯 번째 상 당하셨다고요.

한 번만 더 개구라쳐서 대타 맡기면

그쪽 내 손으로 죽이고 조의금 입금 드리겠습니다.]

카톡을 보내고 소현에게 휴대폰을 주는 정우.

정우가 보낸 카톡을 확인하고는 기겁해서 삭제하는 소현.

소현   으악! 어떡해. 살려주세요… 저 이런 사람 아니에요.

정우   아, 소현아 됐어~ 어차피 알바 끝나면 안 볼 사이인데.

소현   아, 진짜면 어떡해.

정우   앞으로 너 귀찮게 안 하려면 이런 거 한마디 해줘야 돼.

소현   아, 지웠다, 지웠다. 제발, 제발 안 봤길.

정우   너 이러면 애 계속 거짓말 쳐가지고 너 대타 계속 나간
              다니까.

소현   아, 대타해주면 되지, 뭐가 문제야. 내가 안 되면 안 된
              다고 하지.

_S#8_ 낮, 공원

소현   아, 이쪽으로 가면 또 마주치는데…

정우   뭐?

소현   아, 풍산개교… 이번 주만 벌써 세 번 마주쳤어. 앞으
              로 이 길로는 아예 안 가려고… 자꾸 잡히니까.

정우   에휴, 소현아, 너 험상궂은 표정 지어 봐.

소현, 나름대로 험상궂은 표정을 짓는다.

정우   좀 더 무섭게.

이를 물고 '이씨' 하는 표정을 짓지만,

정우   허를, (볼 쪽을 가리키며) 이쪽으로 넣어 봐.

소현   (정우가 시키는 대로 하며, 겁주듯) 악!

306

정우　그렇지, 이 표정으로 거절 한 번만 해 봐.

소현　어떻게 그래… 너무 미안하잖아. 나 말고도 지나가는
　　　사람들한테 다 거절당할 텐데, 나까지 어떻게 거절해.
　　　아, 못해. 못해.

정우　거기 잡혀서 그 이야기 들어주고 있는 넌? 너 자신한
　　　텐 안 미안해?

　　　S#9　낮, 공원

　　　혼자서 길을 걸어가는 소현, 재빨리 지나가려고 하는데…
　　　바로 눈앞에 나타난 윤석과 종혁.

윤석·종혁　안녕하세요~ 이렇게 또 뵙게 되네요~ 이 정도면 우리
　　　가족이다, 그렇죠?

윤석　이렇게 또 된 거, 수다타임 한번 가져야죠.

소현　(난감한 표정으로) 아뇨, 괜찮아요….

윤석　아, 근데 저희가 밖에 오래 서 있어서 좀 추운데 실내
　　　로 들어갈까요?

소현　아뇨, 괜찮아요.

　　　갈등하는 소현, 그때 머릿속에 울려퍼지는 목소리.

정우(E)   거절해도 돼.

소현(N)   아니, 너무 미안해.

정우(E)   너 자신한텐 안 미안해?

소현(N)   거절. 거절. 거절. 거절!

소현   진짜 죄송한데요, 오늘은 제가 가볼 데가 있어서요.

소현, 가방에서 따뜻한 두유를 꺼내서 윤석과 종혁에게 건넨다.

소현   이거 드시고요, 진짜 죄송해요! 안녕히 계세요!

윤석·종혁   어, 잠시만요! 이거는 저희의 허기를 채울 수가 없거
든요.

재빨리 도망치는 소현.

소현(N)   그래도 오늘은…

암전

소현(N)   거절했다!

22

「 본인 힘들 때만 연락하는 친구 특징 」

S#1   낮, 카페 안

테이블 위에 놓인 책을 펴는 소현과 나은.

소현   나은, 오늘은 우리 절대로 떠들지 않기.

나은   오늘까지 떠들면 진짜 미친 거지, 내일 시험인데.

소현   그럼 우리, 내기 고?

나은   고!

소현   이따가 먼저 말 거는 사람이 저녁 쏘기.

나은   콜!

그때 울리는 소현의 휴대폰, '연희' 이름이 보인다.

마주 보는 소현과 나은,

나은이 받지 말라는 듯 고개를 젓지만

천천히 휴대폰으로 향하는 소현의 손.

나은   (소리 작게, 입모양으로) 받지 마, 받지 말라고.

소현, 결국 통화 버튼을 누른다.

소현   으아앗…! 응, 연희야, 무슨 일이야. 뭐가 힘들어.

전화 끊으라고 손짓하는 나은

타이틀 <힘들 때만 연락하는 친구 특징>

소현(E)   (연희와 계속 통화하는) 왜 울어, 우리 아기 참새~

S#2   밤, 공원
_____

벤치에 앉아 소주를 마시며 대화 중인 소현과 연희.

연희   (훌쩍이며) 소현아, 고마워….
소현   연희, 힘내. 너 충분히 잘하고 있으니까.

연희	나 이런 얘기 너한테 처음이야. 다른 사람한테는 말할 수 없는거 너한테 얘기할 수 있어서 너무 좋아.
소현	야, 당연하지. 너 힘든 거 있으면 나한테 꼭 얘기해. 내가 해결은 못 해줘도 들어줄 순 있으니까.
연희	내 진짜 친구… 너는 내 장례식장에도 와줄 거지?
소현	검은 머리 파뿌리 될 때까지 친구하는 거야, 오케이?
연희	좋아!

Cut To

길을 지그재그로 달려가며 소리치는 연희와 소현.

소현·연희	우리는! 진짜! 친구다아아아~

(S#3) 낮, 라운지 안

대화를 나누는 중인 소현와 나은.

나은	그걸 다 들어줬다고?
소현	응… 이번 시험 망했어….
나은	그거 들어주다 보면 끝도 없어~ 넌 안 지쳐?
소현	아니, 뭐, 원래 내가 상담을 잘 해주는 편이기도 하고. 내가 해주는 말로 위로받으면 내가 더 좋지.

그때 울리는 소현의 휴대폰.

화면 위로 보이는 이름, '연희'

난감한 표정의 소현, 나은을 살짝 쳐다본다.

나은   근데… 얜 맨날 자기 힘들 때만 연락 오고 괜찮아지면
       또 잠수 타잖아. 난 몇 번 안 받으니까 이제 나한텐 안
       하더라.

전화가 끊어졌다가 이내 다시 걸려온다.

나은   받지 마.

소현   (고개 젓는)

나은   받지 말라니까~

고민하다가 결국 전화를 받는 소현.

소현   어, 연희~ 무슨 일이야~

S#4   낮, 공원

앉아서 이야기 중인 나은, 소현, 연희.

연희는 힘이 없는 듯, 소현의 무릎을 베고 누워 있다.

나은   (사진 보여주며) 나 이번에 성실이랑 여기 갔다 왔는데 분위기 진짜 좋더라. 너도 크리스마스 때 다녀와.

소현   (나은의 휴대폰 사진 보며) 너무 예쁘다. 여기 어디야?

나은   내가 주소 보내줄게.

소현   예약하고 가야 돼?

나은   블로그 보내줄게. 거기 다 나와 있어.

친구들의 이야기를 들으며 입을 삐쭉 내미는 연희.

연희   아아~ 나도 너네처럼 연애하고 싶다아. 난 같이 갈 사람도 없고, 커플 다 뒤져버렸으면 좋겠다.

나은   성실이한테 물어볼까? 소개해줄 사람 있는지.

연희   아니~ 소개는 너무 인위적이야. 나는 자만추~

나은   너는 맨날 입으로만 연애하고 싶다고 그러더라. 연애하고 싶으면 노력을 해~

두 사람 사이에서 눈치를 보는 소현.

연희   몰라… 나는 이번 생은 틀렸어. 크리스마스 때 집에서 혼자 「나홀로 집에」 봐야지. 와, 신난다~

나은   봐 봐. 결국 하면 되는데 안 하는 거잖아.

그렇게 말하는 나은을 곱지 않은 눈으로 쳐다보는 연희.

나은은 가고, 둘이서 대화 중인 연희, 소현.

Insert#1. (상상)

연희　야, 그래, 너 잘났다. 너는 하면 다 되고, 실패도 한 적이 없었나 보네. 근데 사람마다 다 다른 거고, 누군가는 실패도 두렵고, 다시 일어날 시간도 필요하고 그런 거거든! (소리 지르며)

연희　아… 이렇게 말했어야 되는데, 나 아무 말도 못 했어. 다음에도 걔 또 그러면 나 진짜 한마디 할 거야. 그렇게 말로 툭 상처주는 사람들, 제일 싫어.

소현　근데 나은이도 나쁜 의도로 말한 건 아닐 거야….

연희　엥, 아니야~ 걔 나 기분 나쁘게 하려고 그렇게 말한 거 맞아. 소현아, 그런 거 있잖아. 가짜 친구, 나은이 보면 딱 그런 거 같아. 힘들 때 힘들다고 얘기할 수 있는 친구가 진짜 친구 아니야?

소현　(불편한 표정으로) 아, 근데 가짜 친구는 좀… 나은이 말투가 좀 툭툭, 그럴 때가 있긴 한데, 그래도 가짜 친구는 말이 좀 그렇지.

연희　아니, 그런 거 있잖아. 그냥 하하호호, 즐거운 얘기만

오가는 겉으로만 친구인 애들. 나는 딱 그런 느낌이라는 거야, 걔한테는 무슨 고민 이야기 같은 거 진심으로 말 못하겠어.

소현   근데 나는, 나은이한테 고민 이야기하고 위로받은 적 있어서….

연희   아, 너한테만?

소현   그러니까 나한테만 그랬다는 게 아니라… 서로 다른 게 틀린 건 아니잖아.

연희   아니, 틀렸다는 게 아니라 난 그냥 나은이가 가짜 친구 같다는 거야.

소현   아, 나는 가짜 친구라는 말이 조금 그렇다….

연희   (정색하는) 그런 얘기 들으려고 너한테 말한 거 아닌데.

소현   아, 진짜? 미안해. 내가 눈치가 없었나 보다… 미안….

연희   (갑자기 음료를 보며) 다 마셨어?

소현   아직 뚜껑 안 깠는데?

연희   너, 마셔.

차갑게 말하며 가방을 집어드는 연희.

소현   그럼 연희야, 난 오늘 저기로…

연희   그럼 이제 가자.

소현에게 대충 손을 흔들고,

자리에서 일어나자마자 누군가에게 전화를 거는 연희.

연희   여보세요~ 뭐 해?

소현   (통화 중인 연희에게) 난 이쪽으로…

연희는 소현의 말을 듣지 않고 가버리고,

소현은 손에 캔 음료 두 개 쥔 채로 한숨을 쉬며 반대쪽으로 간다.

S#6   저녁, 소현의 집 안

연희에게 장문의 카톡을 보내는 소현.

[소현 : 연희야 너는 사실 나은이에게

상처받은 말들로 인해 상처받았던 일을 말하려 했던 건데

내가 오히려 가짜친구라는 말은

좀 아니냐고 해서 서운했지…

(…)

상처가 되었다면 진심으로 사과할게 용서해줘 ㅠㅠ]

답답하기도 하고, 화도 나는 소현.

침대에 눕는다.

소현(N)   하, 짜증 나… 진짜 다 부질없다….

대화 중인 소현과 나은 그리고 혁.

소현   나는 솔직히 내가 친구들 고민 들어주고 그걸로 애들
       이 위로받으면 그걸로 됐다고 생각한단 말이야? 근데
       그걸 진심으로 고마워하는 애가 있는 반면에, 자기가
       원하는 대답이 안 나왔다고 나를 쓰레기 취급하는 친
       구도 있더라고. 그럼 나는 이렇게 쓰레기 취급받으려
       고 내 시간 써 가면서 위로해줬나… 현타가 세게 와,
       나은.

혁   (소현의 말을 엿듣고는 혼잣말로) 친구가 많아도 현타가 오
       는구나….

나은   걔가 원래 그런다니까, 그래서 다 받아주지 말랬잖아.

소현   알지, 근데 안 받아주는 게 쉽지가 않다니까.

나은   그리고, 너가 뭘 잘못했다고 먼저 사과를 해?

소현   그냥 나는 좋게, 좋게 풀려는 거지. 나중에 또 그러면,
       그땐 그냥 좋게 말하면서 슬슬 멀어지고 그러면 되는
       거잖아. 그치? 그럼 결국 걔만 손해인 거네. 나 같은 친
       구 잃고. 그런 거잖아. (갑자기 목소리 작아지는) 그렇게
       생각하려고….

혁   (엿듣고는 또 혼잣말로) 역시 인간관계 피곤해.

소현   (혁을 보며) 저 사람 누군데 자꾸 중얼거려?

나은　누구?

소현　아, 어,

그때 소현의 휴대폰이 울린다. 보니 또 '연희'다.

받을까 말까 고민하는 소현.

나은　받지 마.

혁·나은　설마 받게?

고민하다가 받아버리는 소현.

소현　어, 연희, 무슨 일이야. 뭐가 힘들어~

테이블 위에 올려져 있는 소주들,

소현과 이야기 중인 연희.

소현　아무튼 걱정하지 마, 너. 무조건 잘될 거니까.

연희　고마워… 소현아… 근데 너는 뭐 힘든 거 없어?

소현　난 뭐, 그냥.

연희　요즘 정우 오빠랑은 (걱정스러운 표정으로) 괜찮아?

마치 소현의 불행을 바라는 듯한 연희의 표정.

소현   응. 요새 오빠가 잘해주려고 노력해~

연희   (실망한 듯) 아, 그래? 다행이네. 그래도 혹시 힘든 거 생
        기면 나한테 꼭 이야기해. 내가 다 들어줄게. 난, 남자
        는 만나기 틀린 거 같아.

소현   왜, 무슨 소리야. 세상에 널린 게 남잔데.

연희   널린 게 남자면 뭐 해. 날 좋아해주는 남자가 없는데.

소현   왜? 너 우식이랑 잘 안 됐어?

        소현을 빤히 바라보는 연희.

연희   우식이랑 너, 진짜 친구 맞아?

소현   진짜 친구지. 왜?

연희   아니… 어느 한쪽은 아닐 수도 있으니까.

        소현과 연희 사이에 잠시 흐르는 정적.
        그러다가 테이블에 엎드리는 연희, 얼굴이 붉어졌다.
        소현도 테이블에 엎드린다.
        엎드린 채 서로 바라보는 둘.

연희   소현아… 너는 행복해?

소현   행복? 글쎄, 근데 굳이 행복하려고 애써야 되나.

연희   근데 있잖아…

눈을 감는 연희.

연희   나는… 너가 혼자 너무 행복하진 않았으면 좋겠어.

그렇게 말하는 연희를 쳐다보는 소현.

소현   …왜?

연희   우리, 서로 먼저 행복해지지 말자…

소현   그게 무슨 소리야.

연희   같이 행복해지자. 어느 누구 하나가 먼저 행복해지면, 그땐 행복한 거 비밀로 하자.

소현   넌 내가 먼저 행복해지는 게 싫어?

연희   그런가 봐.

소현   그래, (약간 울먹거리는 듯한 표정) 네가 원하면 그렇게 해줄게. (연희의 대답 없이 생각하다가) 근데 연희야, 나는 너가 먼저 행복해져도 나한테 비밀로 안 했으면 좋겠어. 나는 너가 행복해서 나도 행복해지고 싶고, 네 행복을 진심으로 축하해주고 싶거든. 나도 네 부탁 들어줄 테니까 너도 내 부탁 들어주라.

그렇게 말하는 소현을 바라보는 연희의 눈에 눈물이 맺힌다.

암전

소현(N) 그게 진짜 친구잖아.

#23

「 흙수저 특징 」

낮, 강의실 안

강의실 안에 앉아 있는 보라, 현수, 유진, 민아.

현수   어, 오늘 국장 들어왔다! 나이스~

유진   어? 너 국장 나와?

현수   얼마 안 들어오긴 하는데 통장으로 바로 들어와서 개
꿀~ 엄마한테 말 안 해야지~

휴대폰으로 문자 확인하는 보라.

[[한국장학재단] 고객님의

21-2학기 국가장학금 신청 결과가 발표되었으니

322

확인해주시기 바랍니다.]

유진   헐, 부럽다. 쏠쏠하네. 우리 집은 재산도 얼마 없는데
           집 있다고 안 주더라. 아, 치사해~

민아   그거 소득 분위 기준 있을걸?

유진   아, 그래? (보라에게) 너도 나와?

보라   응.

유진   얼마? 근데 그거 통장으로 들어오면 완전 용돈이네?

보라   근데 나는 학자금 있어서 통장으로는 안 들어와.

유진   응? 왜?

보라   장학금으로 바로 대출금 갚아져서.

민아   우와, 찐어른이다. 대출이래~

보라   (웃으며) 무슨 어른이야, 빚쟁이지.

유진   헐, 야, 이거 봐. 금수저, 흙수저 계급 기준 종결.

유진의 휴대폰을 가져가서 내용을 읽는 민아.

민아   대한민국 상위 1퍼센트 이상, 금수저. 자산 30억 이상.

유진   30억? 100억은 있어야 금수저 아닌가?

민아   아~ 19년도 기준이네. 헐, 쇠수저도 있어. 흙수저는
           뭐지 그럼?

타이틀 <흙수저 특징>

카페 카운터 앞에 선 보라와 유진.

보라   나 좀만 있다 바로 알바 가야 돼서, 난 안 먹어도 돼.

유진   (카드 꺼내며) 아냐, 됐어. 내가 살게. 여기 1인 1음료야.

보라   아 진짜? 나 음료 방금 마셨는데… 우리 그냥 4층 휴게
실 갈까?

유진   아냐, 내가 오자고 했으니까 내가 살게. 먹고 싶은 거
말해.

보라   아냐, 됐어.

유진   말해~ 너 민트초코 프라푸치노 좋아하지?

보라   아… 그럼 잠깐만, 쿠폰 있는지 찾아볼게.

휴대폰으로 쿠폰 앱을 찾아보는 보라.

유진   됐어, 됐어.

보라   잠깐만,

유진   여기 아이스 아메리카노 하나랑 민트초코 프라푸치노
하나 주세요. 쿠폰 없어요~

보라   아, 데이터 왜 안 돼. (카페 카운터에 말하려다) 여기 와이파
이, (와이파이 비밀번호 적힌 안내문 발견하고는) 아, 쿠폰….

Cut To

의자에 전공책이 들어 있는 쇼핑백을 내려놓는 보라,

반대로 테이블 위에 핸드백을 올려놓는 유진.

보라   요즘에 막 쿠폰 같은 거 다 모아놓은 앱 되게 편하더라

고. 알려줄까?

유진   아니야, 나 귀차니즘 있어서 그런거 잘 못 챙겨.

보라   (휴대폰으로 시간 확인하며) 나 한 30분 후에 출발해야겠

다. 알바 가기 전에 거래할 게 있어서.

유진   거래?

보라   어, 휴대폰 케이스 안 쓰는 거 팔려고.

유진   근데 요즘 알바 빡세게 하네~ (가방에서 틴트 꺼내 바르

며) 뭐 사려고?

유진의 가방을 잠시 쳐다보는 보라,

전공책이 들어 있는 쇼핑백을 의자 아래로 슬쩍 내려놓는다.

보라   뭘 사… 알바해서 월세 내고, 휴대폰 요금 내고, 그러

면 끝이지….

유진   (궁금한 듯) 휴대폰 요금, 네가 직접 내? 부모님이 안 내

주셔?

보라   성인인데 내가 내야지.

유진   그걸 어떻게 다 내?

보라 그냥 알바하고, 부족하면 생활비 대출 받고.

유진 생활비 대출? 그런 게 있어? 그거 하면 신용 등급 깎이고 막 그러는 거 아니야?

보라 아, 그거 갚으면 다시 올라간대~

유진 그 정도는 부모님이 진짜 좀 도와주시면 좋을 텐데. 보라 부모님이 약간 미국 스타일이시네. (엄지손가락 들어 보이는) 멋있어~

보라 (쓴웃음 지으며) 뭔 소리야~

유진 되게 독립적이잖아. 난 완전 의존적이라…

보라(N) 던지지 않은 돌에 맞고, 아파한다.

유진 엄마한테 잘해야겠다.

보라 그래, 잘해라….

유진 넌 진짜 대단한 거야, 보라야.

보라 대단? 어쩔 수 없이 하는 거지….

유진 아니, 너 대단한 거 맞아. 재수도 너 알바하면서 했잖아. 남들은 재수학원 들어가서 죽어라 공부만 해도 성적 떨어진다던데, 넌 악착같이 해서 우리 학교 왔잖아. 넌 잘될 거야, 보라야. 뭐랄까, 네 눈엔 독기가 있어. 아무튼 갓생 살자, 우리.

보라(N) 갓생?

쇼핑백을 들고 찜닭 가게로 바쁘게 들어가는 보라.

Cut To

배달이 왔다는 알림이 울린다.

포스기를 확인하는 보라,

포장 용기를 미리 준비하고

용기에 붙일 포스트잇에 정성스럽게 글씨를 쓴다.

[맛있게 드세요 –달]

보라   사장님, 여기 바로 앞이니까 제가 배달 갈게요.

Cut To

음식을 챙겨 가게에서 나오는 보라.

과실 문을 열고 들어오는 보라,

찜닭을 주문한 현수, 민아, 유진, 소현.

보라 외   어? 보라야!

327

보라   배달 주소가 과실이길래, 내가 배달 왔어.

민아   너 여기서 알바해?

보라   (테이블에 찜닭 내려놓으며) 응.

현수   (용기에 붙어 있는 포스트잇을 발견한) 이거 너가 그린 거야?

보라   어.

민아   (비닐에서 달걀찜 꺼내며) 아싸, 달걀찜~

소현   언니, 비닐도 있어요. 대박~

유진   (뚜껑 열며) 우와~ 여기 양 완전 혜자야.

소현   (민아를 보고 침샘쪽 만지며) 언니, 저 침샘 요동쳐요, 지금.
           (보라에게) 어떻게 먹어야 맛있어요?

보라   그거 파채에 싸 먹으면 진짜 맛있는데.

다들 맛있게 먹는데,

소현   언니, 언니도 한 입하고 가세요.

찜닭을 집어 보라의 입에 넣어주는 소현.

맛있게 먹는 보라.

보라   땡큐.

현수   교내 알바에 여기 알바까지 하는 거야?

보라   여긴 화, 목요일만.

민아   알바 빡세게 하네, 방학 때 해외 여행 가려고?

보라 아니, 무슨 여행~

소현 저 휴학하고 세계 여행 가고 싶어요.

현수 그러려면 한 반년은 잡고 알바해야 할 텐데.

유진 엄마한테 보내달라고 졸라 봐.

소현 근데 저 혼자 가고 싶은데, 엄마가 허락 안 해주겠죠?

아이들이 대화 나누는 모습을 물끄러미 바라보던 보라,

자리에서 일어난다.

보라 나, 배달 온 거라서 이제 가 봐야겠다. 맛있게 먹어!

소현 언니 조심히 가요~

민아 고마워~

자리에서 일어나 밖으로 나가는 보라,

그리고 맛있게 찜닭을 먹는 아이들.

S#5 낮, 찜닭 가게 안

설거지를 하는 보라, 그러다가 운동화에 물이 튄다.

Cut To

냉장고에 음료수를 채워 넣는 보라.

329

Cut To

일이 끝난 보라, 겉옷 챙겨 입으며 사장님께 인사한다.

사장   수고했다, 가~

보라   네! 아, 사장님. 저번에 전공 시험 때문에 대타 부탁드린 거…

사장   그때 내가 대타 알아보니까, 안 구해지더라.

보라   혹시, 사장님도… 좀 어려우시겠죠?

사장   그날 나도 시간이 안 돼서, 안 될 것 같네.

보라   아… 네. 어쩔 수 없죠. (미소 짓는) 가볼게요~

S#6 〉 밤, 거리

쇼핑백을 들고 절뚝거리며 걸어가는 보라,

색이 까매지고, 끈이 풀린 운동화가 보인다.

S#7 〉 밤, 보라의 집 안

늦은 밤, 소현에게 카톡이 온다.

[소현 : 언니 ㅠㅠ 나 발표 대본 빨리 써야 하는데

피피티 언제까지 보내줄 수 있을까?? ㅠㅠㅠ]

[보라 : 미안 미안 ㅠㅠ

오늘 밤까지 꼭 보내줄게ㅠㅠㅠㅠㅠ]

잠깐 엎드리는 보라, 한숨을 푹 내쉰다.

보라(N)   누군가는 가만히 누워 있어도 가능한 것들이 나는 죽
         어라 뛰어야 얻어낼 수 있는 것들이다.

물기가 어린 보라의 눈.

S#8   낮, 강의실 안

강의실 안에 있는 보라, 소현, 민아, 현수.

보라, 발표 중인 소현을 본다.

소현   (떨리는 목소리로) 안녕하십니까. 저는 일등이조의 발표
       를 맡은 박.소.현입니다.

미소 지으며 기분 좋게 박수 쳐주는 보라, 현수, 민아.

소현   먼저 발표에 앞서, 교수님, 혹시 질문 하나만 드려도

되겠습니까?

교수(E)   소현아, 그런 잡다한 거 하지 말고 그냥 진행해.

소현   네? 뭐 일단, 좋은 딴지? 지적? 아무튼 감사합니다⋯.
저희는 원래 질문이 있어야 하는 구성으로 준비를 해
왔는데 (목소리 작아지며 대본을 든 손이 덜덜 떨리는, 긴장한
모습) 아니라고 하시면, 흙수저, 흙수저에 대해서 저희
가 한번 얘기를 해보겠습니다. (이야기가 길어지고, 아무
말 대잔치 수준으로 말하는 소현)

교수(E)   그래서 요점이 뭐야, 요점 파악이 하나도 안 된 거 같아.

소현   아, 요점, (울 것 같은) 요점을 말씀하시면 저는, 잠시만,
(작은 목소리로) 내가 안 한다 했었는데⋯ 나한테 시켜가
지고⋯ 저 못하겠어요⋯.

결국 밖으로 뛰쳐나가는 소현.

S#9　낮, 휴게실 안

우는 소현과, 소현을 달래주는 현수와 민아 그리고 보라.

현수   어쩔 수 없지~ 소현아 울지 마.

민아   그래, 괜찮아~ 이 수업은 그냥 버리면 되지, 뭐. 응?

소현   진짜 죄송해요⋯.

현수 (농담하는) 소현이 흙수저야? 흑흑, 울게?

소현 (현수를 치는 시늉하며) 뭐예요, 진짜. 왜 이렇게 웃겨~
(기분 조금 풀린)

보라 (심각하게) 소현아, 연습 안 했어?

소현 저 진짜 연습 많이 했는데… 근데 제가 자료도 너무 늦게 받고 그래가지고….

보라 (휴대폰으로 학교 홈페이지에 접속하며) 이거 수업에서 팀플이 몇 퍼센트지?

현수 아, 됐어. 뭐~ 점수 안 나올 때도 있고 그런 거지.

민아 그래, 보라야~ 끝나고 술이나 한잔하러 가자!

현수 그래, 술 한잔하자. 내가 재밌는 얘기 많이 해줄게.

여전히 차가운 보라, 싸해지는 분위기.

보라 내가 교수님께 메일 보내서 다시 한번 할 수 있는지 여쭤볼게. 그리고 된다고 하면, 내가 할게. (소현에게) 소현아 미안, 나 이거 점수 잘 받아야 해서.

민아 야, 뭐 이렇게 심각해. 학점 안 나온다고 인생 망하는 것도 아니고… 그치~

보라 (그런 민아를 보다가 짐을 챙기고는) 그래… 나 알바 때문에 먼저 갈게.

자리에서 일어나는 보라.

발표 자료를 만들며 우유를 마시는 보라,

구글에 '흙수저'라고 검색해본다.

'요즘 흙수저 집안에서 애 낳으면 생기는 일'이라는

글을 클릭해보는데,

보라(N)   우리 집도 흙수저인가?

스크롤을 쭉 내리며 글을 읽는 보라,

그때 휴대폰 진동이 울린다. 문자가 와 있다.

[한국장학재단-2021.1학기 원금(이자포함)

납입일이 12월 06일, 농협은행입니다]

깊은 한숨을 내쉬는 보라,

'엄마'에게 전화가 왔다가 금방 끊어진다.

한국장학재단 문자 메시지를 한 번 더 보는 보라.

밖에서 어슬렁거리며 엄마와 통화 중인 보라.

보라   어, 엄마. 왜?

엄마(E) 공부하느라 바쁜 거 같아서 끊었어~

보라   아니야, 괜찮아~ 왜?

엄마(E) 보라야, 엄마가 미안해.

보라   (덤덤한 말투로) 뭐가 미안해. 그런 소리 좀 하지 마.

엄마(E) 아, 우리 딸 공부해야 하니까 빨리 끊어야겠다. 너무
         무리하지 말고.

보라   …알겠어. 응.

         끊어지는 전화,

         그리고 보라의 한숨 소리.

보라(N) 우리 엄마도,

         암전

보라(N) 흙수저라는 말을 알고 있을까?

335

#24

「 수능 끝나면 고백 」

(현재) 낮, 라운지 안

테이블에 앉아 있는 민아와 우식.

민아   야, 오늘 수능 날이다. 지금 1시 몇 분이지?

우식   네.

민아   너 그거 알아? 영어 듣기 평가 시간에 하늘에서 비행기

       들이 이착륙 못 하고 빙빙 돌고 있는 거.

우식   진짜요? 그거 되게 감동이다~

민아   너 버킷리스트 같은 거 없었어? 대학 가면 하고 싶은 거.

       뭐 여행, 클럽, 미팅, 엠티, 학교 축제….

우식   생각해보니까 아무것도 못 했네요?

민아   수능 끝나면 뭘 제일 하고 싶었어?

우식   음… 저는…

타이틀 <수능 끝나면 고백>

S#2   (과거) 오후, 공원

겨울, 코트를 입은 우식이 보인다.

멀리서 문제집을 들고 안경을 쓴 채 뛰어오는 교복 차림의 소현.

소현   쏘리, 쏘리!

우식   야, 수능 끝난 지가 언젠데 이제 와.

소현   아, 쏘리. 빨리 답 맞춰 보자.

벤치에 앉은 채로 각자 무릎 위에 시험지 올려놓고

정답을 확인하는 소현과 우식.

소현   내 것도 네가 맞춰주면 안 되냐? 나 심장이 너무 떨려.

우식   싫어~ 네가 해.

소현   아, 제발. 내가 치킨 사줄게. 나 진짜 손이 너무 얼어서
      그래.

우식의 눈에 들어오는 소현의 손,

우식, 시험지를 내려놓고

주머니에서 손난로를 꺼내서 소현에게 건넨다.

자신이 하고 있던 목도리도 소현에게 둘러준다.

소현 오, 뭐야. 땡큐~

우식 (목도리 둘러주며) 하고 있어.

소현 (장난하듯) 목도리 뭐야~ 헝겊이세요?

소현의 시험지를 대신 채점하는 우식.

소현 아, 너무 떨려… 까악, 난 못 보겠어.

우식 야, 켜 봐.

소현이 휴대폰으로 수능 답을 켜서 보여준다.

수리 영역부터 답을 점검하는 우식.

우식 너 진짜 치킨 사주기로 한 거다, 채점 끝나고 바로 고?

소현 나 오늘 안 돼, 오늘 끝나고 바로 들어가야 돼.

우식 (수능 답 계속 확인하며) 그래? 나 할 말 있는데….

소현 무슨 할 말?

우식 아냐, 나중에. 잠깐만…

답과 소현의 문제지를 번갈아 보는 우식.

소현   왜, 왜, 틀렸어?

틀린 문제 옆에 작게 선을 긋는 우식, 절망하는 소현.

우식   괜찮아, 계속 보자….

S#3 (과거) 낮, 학교 쓰레기장

쪼그리고 앉아서 여러 문제집과 교과서를 정리 중인 소현,
그런 소현의 등 뒤로 가는 우식.

우식   야!

소현   아, 송우식 땀 냄새 나. 저리로 가.

우식   (냄새 맡으며) 땀 냄새 나?

소현   어! 수능 끝났다고 맨날 공만 차고 다니지?

우식   (소현의 옆에 다가가서 여러 권의 문제집을 보고) 야, 넌 이걸
        아직도 안 버렸냐?

소현   필기한 거 너무 아까워서 못 버리겠어.

우식   아깝긴 뭐가 아까워. 어차피 수능도 끝났는데.

소현   끝난 거 아는데, 내 노력이 너무 아까워.

우식   아~ 빨리 갖다 버려.

소현   기념으로 이거 하나만 갖고 있을까?

우식   어차피 갖고 있어도 펴 볼 일이 없다니까.

소현   나 이거 다 버려도 되겠지? 진짜 다시 볼 일 없겠지?
        살 일 없겠지?

우식   사게 되면 그때 가서 사면 되고, 그리고 봤던 책으로
        어떻게 공부를 하냐.

소현   말을 왜 이렇게 매정하게 해.

우식   뭐가 매정해, 빨리 버려.

소현   너 꼭 내 재수를 바라는 사람 같다? 재수 없는 새끼.
        (쌓인 문제집을 바라보더니) 너무 무거워.

우식   (어쩔 수 없다는 듯, 문제집 들어주는) 아씨~

소현   오~ 우식~

사이좋게 투덕거리며 쓰레기통에 문제집을 버리는 우식과 소현.

S#4   (과거) 낮, 치킨 가게 안

치킨 가게 테이블에 앉은 우식과 소현.

우식   나 오늘 먹고 싶은 거 다 시킨다?

소현   어, 누나가 오늘 기분 좋으니까 쏜다.

우식   역시~

　　　　　주문한 메뉴들이 나온다. 치킨을 하나씩 집어먹는 소현과 우식.

소현   넌 대학 어디 어디 쓸거야?

우식   고민 중. 넌? 서대?

소현   당연하지. 나 가채점 제대로 했겠지? 마킹 틀린 거 없
　　　　　겠지?

우식   (놀리듯) 바보가 아니면?

소현   바보? 바보?

우식   그러니까 바보가 아니면. 귀 좀 파고 다녀라, 좀.

소현   나 진짜 예민하다. 건들지 마라.

우식   (소현의 말 따라 하는) 예민하다~ 건들지 마라~

소현   아씨, 짜증나게.

우식   아, 맞다. 소현, (휴대폰 보여주며) 나 스마트폰 샀다.

소현   에? 뭐야? 왠일!

우식   맞다, 나, 그, 사진 올리는 거, 그것 좀 다운받아줘 봐.

소현   인스타그램? 몇 년도 사람이야, 진짜.

　　　　　우식의 휴대폰을 가져가는 소현,

　　　　　인스타그램 앱을 다운로드받고 계정을 생성한다.

소현   야, 너 팔로우 내가 처음이다? 진짜 영광인 줄 알아~

341

우식   줘 봐.

휴대폰을 우식에게 건네는 소현,

인스타그램에 올라와 있는 소현의 사진을 확인하는 우식.

우식   한번 봐 볼까~ (소현의 계정을 보고) 야, 박소현 너 진짜
              사진으로 사기 치지 마.

소현   개소리야, 그거 일반 카메라로 찍은 거야.

우식   (소현의 사진 확대해 보며) 눈이 왕눈이구만, 외계인 같아.

소현   내가 원래 안경을 벗으면 눈이 커요, 아저씨.

우식   땡땡이 셔츠, 이거 뭐냐?

소현   그거 요즘 완전 핫한 데서 산 거거든?

우식   넌 진짜 안되겠다~ (휴대폰 옆으로 밀어두며) 야, 그럼 이
              거 먹고 옷 보러 갈래?

소현   나 집에 가야 되는데?

우식   바로?

소현   응, 바로.

우식   …할 말 있는데.

소현   할 말? 뭔데, 그냥 해.

우식   됐어, 다음에 해.

소현   왜 저래, 뭔데!

우식   별거 아니야….

치킨을 집어먹는 우식.

Cut To

소현이 잠시 화장실 간 사이에 가게 카운터로 가는 우식.

우식   사장님, 혹시 여기 치킨 포장돼요?

Cut To

매장을 나오는 소현과 우식,

우식이 포장한 치킨을 소현에게 건넨다.

소현   뭐야?

우식   부모님 가져다 드려~ 야, 그리고 국내산 닭이라고 말
       씀드려라.

기분 좋은 듯한 표정의 소현.

S#5   (과거) 밤, 우식의 집 안

엎드려 누워서 진지한 표정으로

소현의 인스타그램을 보고 있는 우식,

소현의 사진을 천천히 확대해 보다가,

우식   (크게 미소 지으며) 아, 진짜 왜 이렇게 귀엽냐….

잠시 옆으로 누웠다가,

그러다가 재빨리 네이버에 '수능 끝나고 고백'을 검색해본다.

(과거) 밤, 우식의 집 안

테이블에 앉아 소현에게 편지를 쓰려는 우식,

편지에 쓸 말을 직접 말로 해보는데,

우식   소현아, 소현아 안녕. 나 우식이야. 나, (푸흐흐 소리내며
        웃어버리는) (부끄러운 듯 엎드리는) 나, 너 좋아해… 좋아
        한다고.

부끄럽지만 그래도 설레는 듯한 우식,

편지를 쓰기 시작한다.

[소현아, 안녕. 나 우식이야.]

(과거) 낮, 시내

주머니에 편지를 넣은 채 소현을 기다리는 우식.

멀리서 오는 소현, 안경을 벗은 모습이다.

소현   어이, 우식!

우식   너 빨리빨리 안… (렌즈를 낀 소현을 보고 말을 잇지 못하는)

멍하니 소현을 바라보는 우식.

우식(N) 정확히 언제부터인지 솔직히 잘 기억은 안 나지만,

소현   수능 끝난 기념 렌즈 껴 봤다~ 어떠냐!

우식(N) 언제부터인지가 그렇게 중요하지 않을 만큼

소현을 빤히 쳐다보는 우식, 환하게 웃는 소현의 얼굴.

우식(N) 너가 좋아졌어.

소현   (멍해진 우식을 놀래키며) 오! 왜? 안경 벗으니까 너무 예
       뻐서 놀랐어?

우식   (다시 정신 차리며) 여백이 좀 많네….

소현   진짜 뒤지고 싶냐?

우식   미안, 미안. 근데 안경 벗으니까 눈이 커지긴 한다.

소현   나 진짜 어때?

우식   둘 다 못생겼어….

으이구, 하는 표정으로 우식을 때리는 시늉을 하는 소현,

기분 좋게 웃는 우식, 장난치며 걸어가는 둘의 뒷모습.

(과거) 해 질 녘, 강가

강을 따라 걷고 있는 소현과 우식.

우식(N)   2019년도 얼마 남지 않았어, 우리도 곧 어른이 되네.

소현   링딩동, 링딩동~
우식   그만 불러. 노래방을 가든가.
소현   이 노래 수능 때 생각나면 진짜 수능 망할까 봐 생각
            안 하려고 하다가 생각 더 나서 뒤질 뻔했어.

계속 노래를 흥얼거리며 걷는 소현, 그런 소현을 보는 우식.

우식(N)   우리 함께 끝내주게 멋진 어른이 되자.

우식, 소현을 보다가 웃으며 따라 걷는다.

Cut To

강가 근처 담 위에 올라간 우식,

소현이 쉽게 올라올 수 있도록 손을 잡아준다.

우식(N) 이 편지를 전하면 우리는 어른이거나, 남보다 못한 친
       구가 되어 있겠지.

소현   우리도 이제 진짜 어른이다. 대학 가면 진짜 다 뒤졌
       어. 나 진짜 예뻐져서 서대 여신 소리 듣고 그럴 거다.
       대나무숲에 맨날 무슨 과 여신 박소현 너무 예뻐요~
       남자친구 있나요? 막 이러고!

우식   (귀엽게 쳐다보는) 아주 신났구만.

소현   당연하지, 내가 고3을 어떻게 버텼는데. (우식을 보며)
       너는?

우식   뭐?

소현   플래너 맨 앞장에 써놓은 거 없어? 과팅, 엠티, 잔디밭
       에서 술 먹기, 축제 때 다른 과 주점 가기, 세계 여행….

우식   소원 같은 거는 적긴 했지.

소현   그거 내가 맞춰볼게.

       우식을 쳐다보는 소현.

소현   모쏠 탈출! 맞지? (웃으며)

우식   아, 맞아, 맞아, 맞아.

소현   사실 그거 내 소원이야.

그렇게 말하는 소현을 쳐다보는 우식.

소현   우식아, 난 대학 가서 진짜 공유 같은 남자친구 만날
       거다. 키 크고 잘생긴.

우식   야, 뭐, 대학 가면 공유 같은 남자들만 있는 줄 아냐?
       그냥 우리 학교에 있는 남자애들이랑 똑같은 게 대학
       교야.

소현   그런 소리하지 마. 대학교 가도 너 같은 애들만 있으
       면, 어우, 안 돼.

소현의 말에 살짝 서운해지는 우식.

소현   아 근데, 우식, 너도 서대 쓸 거야? 네 성적엔 좀 하향
       지원인가?

우식   뭐, 서대도 나쁘지 않지.

소현   그럼 우리 4년 동안 또 같은 학교 다닐 수도 있는 거야?

우식   (입은 웃는데 싫은 척하며) 아~ 4년 동안 또 너를 봐야 돼?
       으, 징그럽다. 징그러워.

소현   근데, 같은 대학 가서 고등학교 때 친구 있으면 재밌긴
       하겠다. 서로 연애 상담도 해주고. 진짜 웃길 거 같아.

우식　　그건 싫거든?

소현　　죄송한데 저도 싫어요. 네가 여자친구 생겼다고 나한
　　　　테 막 조잘대면, 어우, 생각만 해도 토 나와.

우식　　야, 너 왜 이렇게 막말하냐? 서운하게?

소현　　소개시켜 주기, 우리 대학 가서 서로 소개시켜 주자.

우식　　됐어.

소현　　맞다, 그래서 너 할 말이 뭐야?

우식　　(소현을 쳐다보며, 주머니 속 편지 만지작거리다가) 대학 붙으
　　　　면 말해줄게.

소현　　뭐래….

S#9　(현재) 밤, 과실 안

　　　　치킨을 갖고 과실 안으로 들어오는 우식,
　　　　과실 안에 있는 민아와 연희.

우식　　치킨 왔습니다~

민아　　왔다, 왔다! 내가 진짜 좋아하는 치킨인데~

　　　　치킨을 테이블 위에 올려놓는 우식.

우식　　(주위 둘러보며) 박소현 어딨어요?

연희	소현이 집 들렀다 온다고.
우식	걔는 음식만 시키면 맨날 자리에 없어, 너무 싫어.

그때 문을 열고 들어오는 소현, 안경을 쓰고 후드티를 입은 상태다.

소현	하이, 하이~ 미친, 치킨이다. 아, 침샘 요동쳐요.
민아	소현아, 너 안경 뭐야~
소현	저 학교에서 밤새려고요.

소현의 얼굴을 보는 우식, 그런 우식을 지켜보는 연희.

우식	너 그 안경 아직도 쓰네?
소현	어, 맞으니까 놀리지 마.
민아	귀여워~ 산들 안경 같아.
소현	네, 제가 안경 쓰면 눈이 좀 콩알만 해져요.

치킨을 집어먹는 민아와 소현, 연희.

민아	밤샐 땐 치킨 파티를 해서 배를 두둑하게 채워줘야 돼.
소현	(우식에게) 아, 맞다. 우식, 우리 수능 끝나고 이 치킨 먹 었던 거 기억나냐?
우식	아, 기억나지. 내가 사줬잖아, 이거.
소현	뭔 소리지? 내가 사줬잖아, 너.

우식 무슨 소리야, 내가 계산한 기억이 있는데. 포장 3,000원 할인도 받아서.

소현 아니, 네가 나 대신 시험지 채점해줘서 내가 너 매장 데려가서 사줬잖아. 헛소리를 해~ 내 용돈 다 털어가 놓고서는?

우식 뭔 소리야, 그때 내가 샀지.

아웅다웅 싸우는 우식과 소현, 이를 말리는 민아.

민아 그만 좀 싸워, 이 치느님 앞에서.

연희 그럼 너네는 고등학교도 같이 나오고, 대학도 같은 대학이야? (치킨 하나 집어먹으며) 어, 누가 따라 쓴 거야?

소현 나는 여기 1지망이었지. 잠깐만, (우식 바라보며) 너 나 따라 썼냐?

우식 (당황한) 뭔 소리야. 아니, 아니, 저는 성적 맞춰서 가까운 데 온 거예요.

민아 아, 하긴~

소현 (치킨 계속 먹으며) 네 성적엔 여기 하향 지원 아니었나?

민아 (놀라는, '진짜?' 하는 표정)

우식 그렇긴 한데, 집이랑 가까우니까.

소현 아, 맞다. 그때 우리 합격자 발표 볼 때 같이 봤던 거 기억나?

우식 기억나지, 그거~

민아   너네 진짜 별걸 다 같이 했네.

S#10 (과거) 해 질 녘, 강가 (S#8 연결)

우식   야, 미친. 근데 이거를 같이 본다고?

소현   너라도 붙으면 축하해줘야지.

우식   나 붙고 너 떨어지면 그게 더 비참할 거 같은데….

소현   아니? 나는 너 붙으면 내가 떨어져도 진심으로 축하해
        줄 수 있는데.

우식   미안한데… 난 그렇게 못 해.

소현   저기요, 친구면 축하해줘야지.

우식   (웃으며) 내가 떨어졌는데?

우식(N) 우리가 같이 붙으면…

S#11 (현재) 밤, 과실 안 (S#9 연결)

다시 현재, 과실 안.

연희   그럼 그때 같이 붙은 거네?

352

소현을 바라보는 우식.

소현   아… 아니, 이 새끼만 붙었지. 나 추가 합격이잖아.

우식   (잠시 생각에 빠진 듯) 내가 좀, 똑똑하잖아.

S#12   (과거) 해 질 녘, 강가 (S#10 연결)

다시 과거,

해가 지는 모습을 바라보는 우식과

벤치에 앉아서 휴대폰을 보는 소현.

우식(N) 우리가 같이 붙었다면…

소현   미친, 합격자 발표 조회 떴대!

우식에게 다가가는 소현, 둘 다 들뜬 상태.

우식   오오, 발표! 합격자 발표! 수험번호…

결과 확인 후, 조용해진 분위기.

표정이 좋지 않은 소현, 그런 소현의 눈치를 보는 우식.

우식(N)   우리가 같이 붙었다면…

S#13 (과거) 해 질 녘, 강가

소현, 울면서 걸어가고,

우식은 어쩔 줄 몰라 하며 그 뒤를 쫓는다.

소현   아, 어떡해….

우식(N)   내가 그때 안아줄 용기가 있었다면… 이라는 말만큼

부질 없는 말이 또 있을까?

#25

「 낯 가 리 는 사 람 특 징 」

S#1 **낮, 강의실 안**

앞뒤로 앉아 있는 우영, 보라, 정우, 현수.

정우   우영이라고? 몇 년생이야?

우영   (수줍게) 공공.

정우   (빵 터지며) 별것도 아닌데 왜 이렇게 수줍게 얘기해. 난 구구, 그럼 내가 형이네?

우영   아… 그,

골똘히 생각하는 우영, 그런 우영을 바라보는 보라,

우영의 눈치를 보는 정우.

현수 (정적 깨며) 혹시 우영아, 기분 안 좋아? 재밌는 얘기해 줄까?

정우 야, 진지한 사람 앞에서 이상한 소리하지 마.

우영 (생각하다가) 아니, 그게 아니고….

보라 (도와주듯) 우영이 '빠른'이야.

정우 아, 왜 말을 안 했어~ 우리 그럼 동갑이네. 말 봐~

현수 우리 다 친구네~ 다 같이 말 놓을까?

우영 아… 제가,

말을 빨리 하지 않는 우영,

그런 우영의 눈치를 보는 정우와 현수.

정우 (우영이 입을 떼자마자) 나, 방금 숨넘어갈 뻔했어.

현수 혹시 기분 나빴어?

우영 어, 아뇨, 그건 아니고. (생각하는)

우영의 대답을 기다리는 아이들,

그런 우영을 가만히 바라보는 보라.

현수 우영이는 말이 없는 스타일이네.

정우 아 그런가, 그러네~ 그럼 같이 점심 먹으면서 얘기 좀 하자. 동기 애들 다 불러볼까?

현수 응, 근처에서 먹자.

356

점심 먹자는 현수의 말에 표정 굳는 보라.

정우   (그런 보라를 보며) 왜?

보라   난 싸왔어.

우영   아, 저도 싸와가지고.

현수   (정우에게) 그럼 우리 둘이 먹자.

강의실에서 나가는 정우와 현수.

정우   쟤 왜 이렇게 말을 안 하냐.

현수   MBTI가 I로 시작하나 보다.

타이틀 <내향적인 사람 특징>

S#2 낮, 옥상

삼각김밥을 먹는 우영과 옥수수를 먹는 보라.

보라   뭐야, 도시락 싸왔다면서.

우영   아, 그냥 좀 불편하기도 하고.

보라   내가 괜히 같이 먹자고 했나?

우영   아니야, 그런 거 아니야~

우영을 보는 보라.

보라(N)   어떻게 저렇게 자기 성격대로 살지, 되게 사랑받고 자랐나? 아, 이렇게 뒤에서 생각하는 거 좀 음침하다.

삼각김밥을 다 먹은 우영, 보라의 옥수수를 슥 쳐다본다.
그런 우영의 시선 눈치채고,
곧장 옥수수를 하나 꺼내 우영에게 건네는 보라.

보라   너 하나 먹을래?

S#3   낮, 강의실 안

뒷자리에서 헤드셋을 끼고 책을 읽는 우영,
우영을 힐끔 쳐다보며 조용히 자리에 앉는 보라,
그때 시끌시끌하게 강의실 안으로 들어오는 소현.

소현   (높은 텐션으로) 언니, 보라 언니!
보라   (높은 텐션 맞춰주며) 쏘현~~
소현   언니, 오늘 이따가 술자리 올 거죠?
보라   아~ 나 알바 때문에~
소현   아, 무슨 소리예요. 끝나고 와요. 맨날 안 오잖아요~

358

보라	나 시간 봐야 될 거 같은데.
소현	안 돼요! 언니 안 오면 나도 안 가~

시끄럽게 말하는 소현.

보라	그럼 내가 상황 한번 볼게.
소현	진짜죠, 진짜 약속. 무조건, 무조건~ (보라에게 손가락 거는)

그때 뒤를 돌아보는 소현.

소현	(목소리 한번 가다듬고) 흠! 오빠,
우영	(소현이 부르자 헤드셋을 빼고) 응?
소현	오빠도 이따가 술자리 올 거죠?
우영	(생각하다가) 아… 어.
소현	(오바하며) 진짜요? 대박, (보라에게) 당연히 안 온다고 할 줄 알았는데.
보라	(텐션 맞춰주며) 하하, 너무 좋아.
소현	오빠, 근데 술 마실 줄 알아요? 술자리 가본 적 있어요?

소현의 말에 입은 웃고 있지만 우영의 눈치를 보는 보라.

우영	어… 가끔?
소현	이번 기회에 술자리 분위기도 배워보고 그런 거죠. 술

자리가 그렇게 나쁘지 않아요. 괜찮아요, 재밌어요. 뭔지 알죠?

말을 하려다 끝내 하지 않는 우영.

S#4 밤, 고깃집 안

시끌시끌한 술자리 분위기, 묵묵히 고기를 굽는 우영

아이들　야~ 잘 굽는다.

우영　알바 해서.

아이들　아, 알바 했었어?

뒤늦게 오는 희원, 핑크색 패딩에 헬멧,
슬리퍼까지 착용한 상태로 등장한다.
이를 보고 수군거리는 아이들.

희원　하이, 하이.

정우　뭐야, 넌 또 삼뚝을 쓰고 왔어.

희원　아, 나 스쿠터 타고 오느라고.

정우　근데 삼뚝을 쓰고 들어오냐고, 고깃집에.

소현　삼뚝이 뭐야?

헬멧 쓴 희원을 신기하게 쳐다보는 소현,

정우는 눈을 동그랗게 뜨고 희원을 바라본다.

현수의 옆자리에 앉는 희원.

현수, 희원을 보고 웃는다.

현수   벗겨줄까?

희원   괜찮아, 내가 할게. 머리 눌렸어.

현수   아~

소현   (정우에게) 되게 특이하시다.

정우   관심 주지 마, 좋아하니까.

테이블의 가운데로 오는 정우.

정우   자, 여러분, 집중해주세요. 집중!

희원   노래해~ 노래해~

정우   노래? 오케이, 현수 나와! (현수를 잡아끌며)

정우에게 잡혀서 나오는 현수,

시끌시끌한 사람들 사이에서 반대로 조용한 우영,

신기한 듯, 사람들 한 명 한 명 관찰하고 있다.

현수   아, 제가 부를 곡은 (목을 푸는) 윤종신의…

정우   (현수의 말 자르고 우영을 가리키며) 야, 우영이 표정이 썩었

잖아! 야, 너 들어가~

우영, 웃으면서 아니라는 듯 손짓을 한다.

희원   (우영을 쳐다보다가 큰 소리로) 나 우영이 웃는 거 처음 봐,
       술 마시면 웃나 봐.

희원의 말에 우영에게 집중하는 아이들.

우영   (얼굴 살짝 빨개지는) 아니, 아니에요.
희원   성격이 많이 밝아졌네~
소현   오빠 웃을 때 볼에 보조개 생기네요, 웃는 거 완전 예
       뻐요~ 맨날 웃어줘!

여럿이 소현을 따라 "맨날 웃어줘!"를 외친다.

정우   (조용히) 나도 보조개 여기 있는데….

그때 뒤늦게 보라가 들어온다. 모두가 보라를 반기는데,

정우   아, 보라 또 늦게 왔어. 아~ 로그인샷~
현수   어, 보라 왔다.
희원   우와 보라다~

조용히 있던 우영, 술집에 들어오는 보라를 발견하고 손을 흔든다.

정우   (보라 곁으로 가서) 보라, 첫 술자리 참석이에요. 박수 한 번 주세요! 자, 입장~

따라서 박수를 치는 우영.

희원   보라, 여기로 와~ 가운데, 여기 앉아.

소현   여기 자리 맡아 놨어요~

모두의 환영에 어색하게 웃으며 우영의 옆쪽에 앉으려던 보라,
희원과 소현이 자신을 부르자 멈칫하고 다시 중앙쪽 자리로 간다.
보라는 희원의 옆자리에 앉고,
우영이 컵과 수저를 보라 앞에 놔준다.

정우   세상이 점점 개인주의적 사회로 변하고 있어요. 우리끼리 이렇게 다 같이 모여서 술 한잔할 수 있는 게 얼마나 기쁜 일입니까, 안 그래요? 안 그런가요?

술잔이 없는 보라를 발견한 우영,
테이블 벨을 찾다가 안 보이자
가게 사장이 자신을 볼 때까지 빤히 바라본다.

우영   (작은 목소리로) 사장님… 사…

그런 우영을 발견한 보라.

보라   (큰 목소리로) 사장님!

보라의 큰 목소리에 놀란 우영, 보라를 바라본다.

보라   (우영을 향해서) 우영아, 뭐?
우영   아… 그, 맥주잔 하나만 주세요.

맥주잔을 받고는 보라에게 주는 우영.

보라   아, 고마워.

웃는 보라와 우영,
그때 다시 중앙으로 나오는 정우.

소현   자 집중~
정우   오늘은 진짜 다 같이 친해지는 자리다. 알지? 그런 의
         미에서 우리 우영이가 노래 한 곡 하자!
아이들   노래해! 노래해!

정우, 노래하라는 식으로 소주병을 우영에게 건네는데,

난처해하는 우영.

그런 우영을 보고 덩달아 난감해진 보라.

우영   나 노래 못해, 진짜 못해.

소현   아, 한 박자 쉬고! 두 박자 쉬고! 세 박자마저 쉬고, 하

나 둘 셋 넷!

우영   제가… 술을 마실게요, 술.

술을 마시는 우영.

아이들   에이~

보라   (큰 목소리로) 그래, 너 술 먹어! 자, 여기 소주.

분위기를 전환하는 보라,

벌떡 일어나서 우영의 잔에 소주를 따라준다.

보라에게 소주를 받고 벌컥벌컥 마시는 우영.

우영과 보라, 눈이 마주친다.

아이들   원샷~

희원   우영이 멋있다!

소현   우영 오빠, 술 잘 마시네요!

술이 쓴 듯 인상을 찡그리는 우영,

그때 정우가 일어나는데

정우 우리 우영이가 건배사를 한다고 하네요~

아이들 건. 배. 사!

우영 (난감해하다가) …잘 부탁드립니다!

우영의 어색한 한마디에 일순간 조용해진 분위기,

몇 명은 다시해보라고 부추긴다.

우영을 보며 난감한 표정을 짓는 보라.

우영 자, (소리 지르듯) 열심히 해보자!

다 같이 (우영을 따라서) 열심히 해보자!

Cut To

어느새 가득 쌓인 맥주병과 소주병,

여전히 시끌시끌한 분위기.

조용히 눈치를 보다가 가방 들고 일어나는 보라,

희원이 그런 보라를 잡는다.

희원 어디 가?

보라 잠깐, 화장실 좀.

희원 화장실만 갔다가 와야 돼.

366

자리에서 빠져나오는 보라.

밤, 고깃집 앞

고깃집을 나온 보라,

마찬가지로 밖에 나와서 담배를 피는 우영이 보인다.

우영   뭐야, 집 가려고?

보라   어, 너도 가게?

우영   어.

우영을 바라보는 보라.

보라(N)   얜 같이 가는 거 불편해하겠지?

보라   너 어느 쪽으로 가?

우영   나는 딱히 상관없어서….

보라   난 이쪽에서 버스 타거든.

우영   그래? 그럼 같이 가자.

보라(N)   같이?

보라   그래, 뭐….

S#6 밤, 버스 정류장

버스 정류장으로 걸어가는 우영과 보라.

보라   여기서 좀만 더 가면 사람 없어가지고 앉아서 갈 수 있
      는데, 거기로 갈래?

우영   오? 나 맨날 거기서 타는데.

보라   아, 진짜?

Cut to

대화하며 걸어가는 두 사람.

보라   나? 안 해본 거 없을 걸? 찜닭집, 배달, 편의점, 인형탈,
      PC방, 전단지…

우영   나도 고깃집, 전단지, PC방 그리고 상하차, 이렇게 해
      봤다.

보라   (멈춰 서며) 진짜? 알바 안 해봤을 줄 알았는데.

우영   왜?

보라   그냥 되게…

우영   음, 소심해서?

보라   (약간 찔린) 아니, 아니 그게 아니고.

보라와 우영, 눈이 마주치고 둘 다 함께 소리내어 웃는다.

보라   그냥 좀, 솔직히… 나도 되게 내향적인 성격인데 밖에 선 막 억텐 올리려고 하거든. 근데 너는 되게 네 모습 그대로 사는 것 같아서.

버스 정류장 의자에 앉는 우영과 보라,

둘 다 신은 운동화가 까맣다.

보라   나는, 내 성격 고치고 싶어서 밖에 있을 때 내가 아닌 척하느라 에너지를 다 써.

우영   아, 알지. 그리고 집에 가서 바로 뻗잖아.

보라   오, 맞아, 맞아. 혼자 있어야 에너지 충전되는 느낌.

우영   맞아….

보라   너는 성격 고치고 싶었던 적 없어?

우영   있었지. 있었는데 뭐, 굳이 바꿀 필요가 있나. 남한테 피해주는 것도 아니고. 그냥… 나는, 나로 괜찮다.

우영을 바라보는 보라.

보라(N)   나는, 나로 괜찮다.

Cut to

버스가 달리는 장면 위로 이어지는 보라와 우영의 대화.

보라(E)   아, 내일도 알바 가야 돼.

우영(E)   보통 알바가 몇 시쯤 끝나?

보라(E)   마감 치고 나면 11시 반?

S#7   밤, 식당 앞

일하는 식당에서 인사하고 나오는 보라.

보라   고생하셨습니다!

S#8   밤, 거리

늦은 밤, 피곤이 가득한 표정으로 절뚝절뚝 걸어가는 보라.

그때 휴대폰이 울리는데, 우영의 전화다.

조심스럽게 전화를 받는다.

보라   여보세요?

우영(E)   (보라처럼 길을 걸으며 말하는 듯한) 알바 끝났어?

370

보라   어… 웬일이야?

우영(E)   아… (정적 흐르다가) 고생 많았다고.

우영의 말에 멈춰 서는 보라, 눈물이 날 것만 같다.

보라   뭐야, 갑자기.

우영(E)   아니… 뭐….

보라   (마음 가다듬으며) 너도 고생 많았다. (다시 웃으며) 너도
       힘들었겠다. (우영과 계속 통화하는) 아니, 나 아까 진상
       손님 와가지고… 나 잘못한 것도 없는데,

우영과 전화로 알바 이야기를 나누며 걸어가는 보라의 모습.

암전.

보라(N)   나는, 나로 괜찮다.

*

성격을 굳이 바꿀 필요가 있나.

남한테 피해주는 것도 아니고.

...

나는, 나로 괜찮다.

#26

「 자기중심적인 사람 특징 」

S#1   낮, 강의실 안

삼뚝을 쓰고 강의실에 등장하는 희원,

멀리서 그런 희원을 보는 민아, 우식, 현수.

희원   얘들아 희원이 등장~

우식   와 삼뚝이다. 우와, 처음 봐요.

불편하다는 표정의 민아, 고개를 돌려버린다.

현수의 옆자리에 앉는 희원,

삼뚝을 벗어서 테이블 위에 올려놓는다.

373

우식   선배 어디 파밍 하러 가세요?

희원   파밍? 아니~ 희원이 이거 쓰면 여포 같고 멋있지 않아?

희원을 보지 않으려는 민아, 휴대폰을 꺼내는 희원.

희원   얘들아~ 사진 찍자.

셀카를 찍는 희원 때문에 어쩔 수 없이

희원의 주변으로 모이는 민아, 현수, 우식.

도도한 표정을 지은 희원을 중심으로 포즈를 잡는 세 사람.

민아   아, 잠깐만.

우식   선배, 저 안 나와서…

사진을 여러 장 촬영하는데,

희원을 제외한 셋은 조금씩 이상한 표정에 흔들린 상태다.

희원만 잘 나온 사진 위로 들리는 희원의 목소리.

희원(E)   짱 잘 나왔다~ 인스타에 올려야지~

타이틀 <자기중심적인 사람 특징>

374

저녁 메뉴를 고민 중인 현수, 우식, 희원, 소현

현수   뭐 먹을래, 소현아?

소현   전 딱히 상관없어요. 다들 먹고 싶은 걸로 시키시면,

현수   우식아?

우식   한식, 양식, 중식, 우식 중에 하나요.

현수   우식? 야, 너는 발상 자체가 다르다. 먹고 싶은 거 없어?

희원   나! (손들며) 마라탕!

우식   (싫다는 듯 애매하게) 마라탕…?

소현   (애매하다는 듯) 어…

희원   싫은 분?

소현   마라탕 (머뭇거리며) 좋은, 좋은 거 같아요.

희원   좋고!

현수   (희원이 쳐다보자 바로 대답하는) 나도.

희원   좋지?

희원, 마지막으로 우식을 바라보는데,

우식   (머뭇거리는) 마라탕…

희원   좋아~ 싫은 사람 없으면 마라탕 시키자. 아싸! 마라탕 개좋아~

소현	근데 제가 지금 빈속이라서, 매운 거 먹으면 조금…
희원	아, 안 맵게, 안 맵게.

메뉴가 내키지 않는 듯한 소현과 우식.

S#3 저녁, 키친 안

주문한 마라탕이 도착하고,
소현, 우식, 현수는 식사를 할 준비를 한다.
본격적으로 먹을 준비가 끝난 상황.
반대로 이들과 달리 휴대폰을 하는 희원.

소현	잘 먹겠습니다!

여전히 휴대폰 중인 희원, 현수를 쳐다보는 우식과 소현.

현수	(일부러 동작 크게) 자, 먹자~

그제서야 마라탕을 발견한 희원.

희원	헐, 마라탕 영롱해. 사진 좀 찍을게~

사진을 찍기 시작하는 희원,

희원이 사진 찍는 것을 기다려주는 소현과 우식.

현수   애들아, 얘들아, 내가 재밌는 얘기해줄게.

소현   진짜요? 기대돼, 기대돼! 웃음 장전~

희원   현수야, 말하자마자 벌써 재미없어~

위축된 현수의 표정.

희원   그리고 소현아, 안 웃긴 얘기에 억지로 리액션 안 해줘
        도 돼, 뭘 그렇게 웃어줘~

소현   (머쓱해하며) 아, 죄송해요. 저는 원래 웃음이 많아서…

희원   아닌데, 너 방금 완전 억지 리액션이었어. 나한테 딱
        들켰지.

중간에서 눈치를 보는 우식, 땅콩소스 뚜껑을 여는 희원.

희원   애들아, 마라탕 먹을 땐 고기부터 꺼내 먹어~ 그리고
        땅콩소스에 꼭 찍어 먹어야 돼. 이게 제일 맛있어.

야채부터 집어서 입에 넣는 우식을 본 희원.

희원   아니, 땅콩소스에 찍어 먹어 보라니까?

377

우식   (고개 저으며) 싫은데용~

희원   찍어 먹어 봐~ 내 말 믿고. 나 마라탕 고수야.

우식   아뇨, 선배님. 전 이렇게 먹는 게 좋아요.

희원   아~ 먹을 줄 모르네. 찍어 먹는 게 싫으면 땅콩소스를
       아예 마라탕 안에 넣어서 먹으면 더 맛있는데. 약간 고
       소한 맛이 나서 대박이야. 한 번만 넣어서 먹어 봐.

       우식의 마라탕에 땅콩소스를 넣어주려고 하는 희원.

소현   (손으로 말리며) 아니요, 아니요. 우식이 땅콩 알레르기
       있어서 땅콩을 못 먹어요.

희원   아 그래? 말을 하지. 맛있는 땅콩을 못 먹어? 안타깝다.

(S#4) 저녁, 라운지 안

       함께 테이블에 앉아서 휴대폰으로
       배틀그라운드 게임을 하고 있는 소현과 우식.

소현   내 스킨 졸귀지? 내 캐릭이지만 반할 거 같아.

우식   우웅, 아니야~ 우식이 캐릭터가 더 귀여워~

소현   야, 너 아까 마라탕 땡겼어?

우식   아니.

378

소현   근데 어떻게 무시하고 그냥 시킨 거지?

우식   자기가 먹고 싶으니까?

소현   와, 난 남이 좋아하는 거 먹는 게 편하던데. 참 인간은 다 달라, 그치? 하긴 뭐, 자기가 좋아하는 거 확실한 사람들 부럽긴 하더라.

그때 현수가 온다.

현수   애들아, 뭐 해?

현수에게 인사를 하다가 총에 맞은 게임 속 소현의 캐릭터.

소현   아악! 죽었어.

우식   헤헤, 멍청이, 멍청이. (현수에게) 오셨어요?

소현과 마찬가지로 총을 맞고 죽은 우식의 캐릭터.

우식   아앗, 죽었…

소현   멍청이, (게임 계속하며) 소현이 물에 퐁당쓰~

현수   뭐야, 이거 희원이가 하는 거 아니야? 나도 알려줘.

강의실 뒤쪽에 앉은 민아, 우식, 희원.

젤리를 먹는 민아, 옆에 앉은 우식에게도 건넨다.

잠시 고민하다가 앞에 앉은 희원에게도 물어보는데,

민아   (젤리 주며) 먹을래?

희원   아니~ 나 젤리 완전 싫어해.

민아, 희원에게 주려던 젤리를 바로 본인의 입에 넣는다.

그때 강의실에 들어와서 희원의 옆에 앉는 현수.

현수   다들 크리스마스에 뭐 해?

우식   전 아직 잘 모르겠어요.

현수   (민아에게) 너는?

민아   나? (비밀스럽게) 뭐… 글쎄~

현수가 이번에는 희원에게 물어본다.

거울로 자신의 얼굴을 보는 희원.

현수   희원아, 너는?

희원   난 그냥 집에 있을 건데?

현수   아, 진짜? 어, 그러면… (뜸 들이다) 나랑 같이 놀래?

현수와 마찬가지로 희원의 대답을 기다리는 우식과 민아.

희원   음… (고민하다가 살짝 웃더니) 아니~ 나 모배 해야 돼.
현수   모배?
희원   배틀그라운드 모바일~ 너랑 둘이 노는 것보다 혼자서
       모배하는 게 더 꿀잼.

       희원의 대답을 듣고 중간에서 눈치 보는 민아.

현수   (실망한 표정으로) 아… 그래?
희원   그래~ 너 노잼이잖아~

       우식과 민아, 웃음이 터져 나오려 하지만 참는다.

현수   (풀 죽어서) 나 노잼 아니야.
희원   (웃으며) 현수는 노잼~ 모배는 꿀잼~

S#6   낮, 과실 안

       테이블에 앉아 있는 우식과 희원,
       희원은 테이블에 엎드려서 거울을 보고 있다.

희원	내가 나를 사랑하는데, 남이 상처를 받는다고?
우식	선배 아까 말할 때, 현수 선배 표정 기억나요?
희원	(놀라며) 아니! 기억 안 나.
우식	거 봐~ 완전 자기 중심적이잖아.
희원	옛날에 게임하다 보면 몹들이 내가 볼 때만 움직이잖아. 던전에서 나가면 다 멈춰 있고…. 우식이 네가 이상하게 생각할 수도 있는데 난 현실이 그 게임 같이 느껴질 때가 있다?
우식	뭐, 저도 옛날에는 막, 길거리의 사람들이 내가 안 볼 때 멈춰 있고, 그런 거 아닐까 하고 생각해본 적 있어요.
희원	(반가워하며) 너도?
우식	네, 근데 사람마다 감정도 다르고, 생각도 다르고. 내가 좋아하는 사람이 날 안 좋아할 수도 있는 거고, 마음대로 안 되더라고요.
희원	게임이랑 현실은 다른 건가.
우식	그렇죠….

(S#7) 낮, 옥상

현수와 통화 중인 희원.

희원	현수야, 너 내가 했던 말과 행동으로 인해서 기분 나빴

던 적 있었어?

현수(E) 음…

희원 솔직하게 말해도 돼. 나 상처 안 받아.

현수(E) 솔직하게? (생각하다가 조심스레) 뭐, 없지는 않지.

희원 진짜로?

현수(E) 뭐, 조금…

현수의 말에 충격받는 희원.

희원 왜? 너 쿨하잖아.

현수(E) 그냥… 너가 하는 말이라 더 신경 쓰이고, 상처가 되고
       그렇더라고….

희원 아… 어… 그렇구나….

S#8 밤, 희원의 집 안

크리스마스 날, 집에 누워 있는 희원,

전에 민아, 우식, 현수와 함께 찍은,

자신의 인스타그램에 올렸던 사진을 본다.

희원 빼고는 아무도 잘 나오지 않은 사진.

그리고 머릿속에 파노라마처럼 스쳐가는

사람들의 선명한 표정들.

383

희원(N)　각자의 표정이 있었는데, 난 왜 안 보였을까.

현수에게 카톡이 온다.

[현수 : 너 지금 모배하지? 크리스마스인데 같이 고?

나 이제 좀 함ㅋㅋㅋㅋㅋ]

Cut To

게임 중인 현수와 희원, 현수와 희원의 캐릭터가

커플룩을 입고서 낙하산에서 떨어진다.

희원　　너 배틀그라운드 좋아해?

현수(E)　아니, 어제 처음 해봤어.

희원　　진짜로?

현수(E)　사람 없는 데로 가서 파밍 해야 하는 거 아냐?

희원　　노노. 사람 많은 데 가서 빨리 죽이고 시작해야지.

구급상자를 현수의 캐릭터 앞에 놔주는 희원.

희원　　**일단 이거 챙겨.**

바위 뒤에 숨어 있는 희원의 캐릭터.

돌아다니던 현수 캐릭터, 어디선가 날아온 총알에 맞는다.

치명상을 입은 현수 캐릭터.

현수(E)   악! 나 총 맞았어. 너무 아파.

희원   (차분하게) **누구야, 뒤질라고.**

현수 캐릭터 쪽으로 연막탄을 뿌리는 희원,

현수 캐릭터에게 총을 쏜 사람들을

모두 헤드샷으로 날려 복수한다.

현수(E)   와, 대박.

희원   야, 이리로 와 봐.

절뚝절뚝 거리며 희원에게 기어오는 현수 캐릭터.

현수 캐릭터를 업고 안전한 곳으로 피하는 희원의 캐릭터.

그리고 현수 캐릭터를 치료해준다.

희원   현수야, 아까 노잼이라 했던 거 미안.

현수(E)   갑자기?

희원   너 표정 안 좋았던 거 같아서.

현수(E)   아… 너랑 크리스마스 같이 보내서 좋다.

그때 적이 뒤에서 나타나 프라이팬으로 현수 캐릭터를 때린다.

현수(E)   악! 아, 나 기절했다.

희원   야, 너 지금 뚝배기 맞았냐?

현수(E) 아, 나 죽었어….

다시 쓰러지는 현수의 캐릭터.

희원 기껏 살려났더니 또 죽냐?

희원(N) 결국 우리 인생도 배틀그라운드처럼

암전

희원(N) 상처를 주고받으며 배우는 거 아닐까?

＊

근데 사람마다 감정도 다르고,
생각도 다르고.

──────────

내가 좋아하는 사람이 날 안 좋아할 수도 있는 거고,
마음대로 안 되더라고요.

단점을 대하는
가장 똑똑한 자세

누군가와 처음 관계를 맺게 되는 경우를 떠올려보자. 어떤 사
람의 매사 신중하고 허점 없는 모습이 처음엔 좋아 보
인다. 근데 그 사람과 오랜 시간을 보내다 보면 때때로
결정을 할 때마다 우물쭈물 하며 우유부단한 모습에
답답함을 느끼는 순간이 오기도 한다. 세심하고 배려
심 있는 모습을 가진 다른 누군가는 사람들을 의식하
고 눈치를 보는 자기 자신을 싫어할 수도 있다. 이렇듯
모든 사람의 어떤 특성은 양면성을 가지고 있다. '왜
나는 사람들을 의식하고 눈치를 볼까' 하는 생각도 들
지만 사실 그런 모습이 있기 때문에 세심하고 배려심
이 있는 것이다. 단점은 단점으로만 남지 않고, 반대로
장점은 장점이기만 할 수도 없다.

그런 생각을 한 뒤로 나는 나의 싫은 점을 보게 되면 이렇게 생
각하기로 했다. "아 이런 단점이 있기 때문에 그런 장
점을 가진 거구나" 누군가의 단점을 발견한 순간엔 이
런 식으로 생각했다. "그래, 저 사람의 단점이 또 어떤

순간엔 장점이 되기도 하지." 그저 나는 언제나 이런 사람이었고, 단지 상황에 따라서 어떤 모습이 못난 면으로 나타나거나 잘난 면으로 보이는 것뿐이니까, 그냥 그 모든 모습을 갖고 있는 게 바로 나라고 인정하고 나니 마음이 편안해졌다. 가끔 스스로에게 질타를 하게 되는 그 순간, 이제는 이렇게 생각한다. 그래 이게 나야. 그리고 나는, 이런 나로도 충분히 괜찮아.

"굳이 성격을 바꿀 필요가 있나,
남한테 피해주는 것도 아니고.
나는, 나로 괜찮다."

- <낯가리는 사람 특징>

「　그래도 결국은 웃게 될
너에게　　　　　」

27

「 극한의 효율충 」

S#1 낮, 신호등 앞

신호등 앞에 선 현수.

현수(N)　아까 저기서 건넜으니까 1분 뒤에 신호 바뀌겠네.

SNS로 글 하나 읽으면 딱 맞겠다.

S#2 낮, 회전문 앞

현수, 유리 회전문 제일 안쪽에 딱 붙어 총총 걸어온다.

그런 현수를 쳐다보는, 이해 안 간다는 표정의 민아.

민아   뭐 하냐? 위험하게.

현수   이렇게 가는 게 최단 거리야.

       엘리베이터를 타기 위해서 기다리는 현수와 민아,

       바로 앞에 있는 엘리베이터가 11층에서 내려오고 있다.

현수   저기, 다른 거 타자.

       반대쪽으로 가는 현수, 따라가는 민아,

       이번엔 엘리베이터가 2층에서 올라가고 있다.

현수   (더 빨리 올 엘리베이터를 계산하는) 아니다, 저기서 타자.

       또 다른 엘리베이터로 가는 현수, 따라가는 민아.

       가 보니 이번엔 고장 난 엘리베이터다.

현수   아, 이거 고장 났다. 빨리, 빨리, 빨리.

       처음에 본, 11층에서 내려오는 엘리베이터로 재빠르게 가는 현수,

       그러다 민아의 어깨를 치게 되는데

394

민아	아!
현수	아, 쏘리, 쏘리. (말하면서도 가기 바쁜)
민아	왜 저러는 거야… 뭐 하냐, 쓸데없이.
현수	쏘리, 실수했어. (엘리베이터 가리키며) 여기가 제일 빠르다.

엘리베이터를 타는 민아와 현수.

현수, '닫힘' 버튼을 빠르게, 연속으로 누른다.

그런 현수를 어이없다는 표정으로 바라보는 민아.

'문이 닫힙니다' 안내 방송이 들리고, 닫히는 엘리베이터 문.

타이틀 <극한의 효율충>

S#4 낮, 강의실 안

강의실 안에 있는 현수, 민아, 혁, 정우.

노트북을 하는 현수와 그 옆에 앉은 민아,

혁과 정우는 뒤에 앉아 있다.

민아	이거 뭐야, 노트북? 샀어?
현수	어.
민아	헐, 나도 노트북 알아보고 있는데, 동생 사주려고.
현수	동생, 고등학생?

민아	응.
현수	그럼 이거 사~ (노트북 설명해주며)
민아	기종이 뭐야?

그때 강의실에서 나가려고 짐을 싸는 정우와 혁,

뒤돌아서 정우와 혁을 보는 현수.

현수	다들 계획 짜야 되니까, 수업 끝나고 6시까지 4층 카페로 모여.
정우	아, 쟤 너무 무서운데.
혁	계획을 꼭… 짜야 돼?
현수	안 짜면 어떻게 가게?
민아	너네 어디 가냐?
현수	아, 우리 31일에 2021년 마지막 여행을 가려고.
민아	쟤네랑 너랑 여행을 간다고?

불안한 눈으로 현수를 바라보는 민아.

| 현수 | (강의실을 나가는 혁과 정우에게) 이따 꼭 와라! |

못 들은 척하며 나가는 혁과 정우.

| 현수 | 대답을 해야지? |

노트북으로 화상 미팅 프로그램을 켠 현수, 정우, 혁.

카메라 필터를 적용해 보고 있다.

정우   와우, 이렇게 보니까 존잘인데?

혁   나 뭔가 자신감 생겼어.

현수   근데 우식이 이 새끼는 왜 온다고 하고서 답이 없냐?

휴대폰을 보며 시간을 확인하는 현수,

반대로 노트북 카메라를 보며 포즈를 잡는 정우와 혁.

현수   그냥 우리끼리 시작하자.

파일에 제목 '2021년을 마무리하는 여행 계획'이라고 적는 현수.

혁/정우 이욜~

현수   자, 집중.

노트 앱에 시간표를 적는 현수.

[07:00 용산역 집합]

[07:30 용산역 빵집에서 빵 구매]

[07:52 정동진행 기차 탑승]

[09:40 정동진행 기차 하차]

현수　자, 그러면 아침 7시까지 기차역에 모여서 근처 빵집
　　에서 아침으로 먹을 빵을 산 다음에 기차에서 먹자. 빵
　　집이 몇 시에 열지? (휴대폰으로 검색해보는)

정우　난 반댈세. 현수야, 왜 자꾸 불안하게 계획을 짜.

혁　집합 시간이 7시인데 왜 빵 구매가 7시 반이야?

현수(N)　너네 또 늦을 거 대비하는 거야.

　　자기들끼리 떠드는 정우와 혁을 바라보며 고개를 젓는 현수,
　　그러다가 지도와 기차 예약 사이트, 블로그 후기 등
　　여러 인터넷 창을 켜 본다.

현수　아무튼, 9시 40분에 정동진을 도착하면 아침 먹는 곳
　　까지 거리가 100미터 정도 되니까 이동은 걸어서 하는
　　걸로 하고.

정우　아~ 그냥 택시 타고 가지, 100미터인데.

현수　(정우의 말에 대답하지 않고) 우리 아침 먹는 곳, 여기로 하
　　려고 하는데 괜찮아?

　　맛집 블로그 후기를 켜서 보여주는 현수,
　　블로그를 확인하는 정우와 혁.

398

혁	다 좋아.
정우	나도, 굿~
현수	(한숨 쉬고) 엑셀로 한 번 더 정리해서 보내줄 테니까 진짜 늦지만 마라.
정우	너 지난번처럼 계획을 1분 단위로 짜지는 말고, 숨 막히니까.
현수	야, 나 그렇게 빡빡한 사람 아니야. 한 10분 단위로 내가 짜볼게.
정우	(질색하는) 아, 10분 단위, 진짜.
혁	이 새끼, 그때 분 단위로 한다면서 초 단위도 있던 거 알지?

정우와 혁이 싫어하는 데도 아랑곳하지 않는 현수.

S#6   밤, 현수의 집 안

노트북을 하는 현수. 정우, 혁과 함께 있는 단톡방에

여행 계획을 짠 엑셀 파일과

찾아놓은 맛집 블로그 주소를 공유한다.

[정우 : 오 굿굿]

[혁 : ㄱㄱㄱㄱㄱㄱㄱㄱㄱㄱ]

[현수 : 늦지 말고 6시에 다들 알람 맞춰놔라]

1분 단위로 여러 개의 알람을 휴대폰에 맞춰놓는 현수.

현수(N) 여덟 시간 자려면 10시에는 취침해야 겠다. 그럼 한 시
간 동안 토익 듣고 자면 시간 딱이네.

인터넷으로 온라인 강의를 찾는 현수.

S#7 아침, 현수의 집 안

여행 당일, 아침 5시 반,
알람 울리기도 전에 번쩍 눈을 뜬 현수.
1분 단위로 맞춰둔 알람을 모두 끈다.

Cut To
씻고 머리 감은 뒤, 단톡방에 카톡을 보내는 현수,
시간은 아침 6시 10분이다.
[현수 : 일어났냐 다들?]

Cut To
6시 30분,
옷을 입고 침대에 앉아 정우와 혁에게 전화 거는 현수.
신호음 가는 소리만 들리고 둘 다 전화를 받지 않는다.

현수(N) 아… 이 새끼들 불안한데?

Cut To

휴대폰에 보이는 시간, 7시 44분.

옷을 입은 채 침대에 누워 있는 현수.

현수(N) 그래, 이럴 줄 알았어. 다 예상하고 예매 취소한 내가
진짜 대단하다. 이걸 다 참고 있는 내가 보살이다.

그때 혁에게 전화가 온다.

혁(E) (자다 깬 목소리로) 아… 이제 일어났어.

현수 그래, 예매 취소했어.

혁(E) (하품하며) 아, 미안. 야, 일단 과실에서 만나자.

현수 아, 싫어~ 계획도 이미 틀어졌는데 뭘 만나.

S#8 낮, 과실 안

과실에 모인 정우, 현수, 혁.

정우 미안하다, 현수야. 그래도 내가 좀 찾아봤는데, 여기
가 보자.

휴대폰으로 지도를 검색해보고 그걸 현수에게 보여주는 정우.

현수 (실망도 하고, 기운도 빠진) 거기 뭐가 있는데…

정우 바다에 노을 보러 가자고, 노을. 봐 봐, 해가 서쪽에서 뜨잖아?

혁 동쪽.

정우 어어어~ 해가 동쪽에서 떠서 서쪽으로 지잖아? 여기가 제일 서쪽에 있는 공원인데, 노을 보면 진짜 오질 거 같아. 어때?

현수 (한숨 쉬며) 그래, 검색 한번 해보자.

정우 아냐, 검색하면 나 오줌 마려워.

혁 그래~ 그럼 그냥 가자, 일단. 뭐든 있겠지.

현수 (놀란) 어떻게 갈 건데. 지금 연말이라 기차 예매 당일에 하면 입석으로 가거나, 자리 이미 꽉 차서 못 해.

정우 지하철이나 버스 타고 가면 되지~ 거기까지 안 가면 택시 타면 되고.

현수 뭔 소리야. 택시비가 얼만데.

혁 정우 순발력 보소? 렛츠 기릿!

현수(N) 와, 미친놈들이네? 난 이쯤에서 손절 치고 이 무리에 끼지 말아야겠다.

정우 야, 가자~ 여행 계획 끝!

현수   아니, 근데 우리 여행 계획 짠 내용이 이게 끝이야. 정
      말 괜찮겠어?

      '바다에 노을 보러가자'에서 시작해
      '여행 계획 끝'으로 끝나는 현수의 필기 내용, 짧고 굵다.

정우   당연히 괜찮지~ 야, 가 봐라. 멋진 풍경이 우리를 기다
      릴 거야.

S#9   낮, 수변공원

      정우, 혁, 현수가 도착한 곳엔 흙밖에 없다.

정우   와, 씨, 진짜 아무것도 없네, 대박이다.
혁   흙밭으로 여행 오는 미친놈들, 우리밖에 없을 거다!

      함께 웃으며 손바닥을 마주치는 정우와 혁,
      그에 비해 기분이 별로인 듯한 현수.

현수(N) 올해 마지막 날이라 의미 있게 보내야 하는데, 진짜 뭐
      하냐, 쟤네.

| 혁 | 일단 밥부터 먹자. |

혁	일단 밥부터 먹자.
정우	그래, 남들 다 가는 데 말고 현지인들 있는 데로 가자.
혁	당연하지, 여행 오면 현지인들 가는 데로 가야지.

| 현수(N) | 무슨 여기가 해외도 아니고 현지인 타령이야. |

앞서 가는 정우와 혁.

| 정우·혁 | (먼저 가며 현수에게) 야야, 빨리와~ |

짜증이 나는 현수.

S#10 해 질 녘, 한 대교 앞

갈대밭 사이로 낄낄대며 신나게 가는 혁과 정우,

그와 반대로 뒤에서 힘없이 걸어가는 현수.

| 현수(N) | 먹을 데도 없고, 그냥 걷기만 하는구만. 아, 이게 무슨 여행이냐. |

| 정우 | 어떻게 오는 내내 식당이 하나도 없냐? |
| 혁 | 야, 오히려 좋아. 헤매다 여기까지 왔잖아. (앞쪽을 가리 |

키며) 저 다리 너무 예쁘지 않냐?

다리 위로 보이는 노을이 지는 풍경.

정우 진짜 대박, 너무 예쁘다. 이런 데가 있을 줄이야. (현수에게) 야, 대박이지?

혁과 정우를 따라 고개를 돌리는 현수,
붉은빛의 예쁜 노을이 보인다.

혁 여기가 현지인 뷰 맛집인가?
정우 그러니까.

불만이 가득하던 아까 전과 달리
조금 달라진 표정으로 혁과 정우를 쳐다보는 현수.

정우 소원 빌자, 소원.
혁 2022년 드루와~~

소원을 빌기 시작하는 정우와 혁,
노을을 바라보다가 조용히 손을 모으는 현수.

현수(N) 해가 시작될 때면 나는 새해 계획을 세운다.

405

현수와 같이 두 손 모으고 소원을 비는 정우와 혁.

현수(N) 해가 마무리될 때면 그 계획이 얼마나 잘 지켜졌는지
         체크한다. 사실 인생이라는 게…

         노을을 배경으로 보이는 세 남자의 실루엣.

현수(N) 늘 계획대로 되지는 않았다. 그럼에도 불구하고,

         소원 빌다가 감았던 눈을 뜨는 현수,
         눈에 보이는 새빨간 노을 그리고 후련해 보이는 현수의 표정.

혁   (외치는) 세상아 덤벼라~!

         암전

현수(N) 오히려 좋아.

*

야, 오히려 좋아.

　헤매다 여기까지 왔잖아.

28

「 의존적인 친구 특징 」

낮, 슈퍼

걸어가며 소현과 통화 중인 연희.

연희　뭐 먹어? 라면? 어떤 거?

슈퍼로 가서 물건을 고르는데,

연희　나 아이스크림 먹을 건데 뭐 먹을까? 바? 샌드? 아, 샌
　　　드 퍽퍽할 거 같은데… 아, 잠깐만, 나 계산 좀.

아이스크림을 골라서 계산대로 가는 연희.

Cut to

연희, 계산을 하고 슈퍼 밖으로 나오며

다시 통화한다.

연희   에어팟 안 들고 와서, 아, 짜증나. 미쳤나 봐.

S#2 낮, 아파트 안

엘리베이터를 타는 연희.

연희   나, 집 도착~ 이제 엘리베이터 타서 내리면 다시 전화
            할게~

얼마 후, 엘리베이터에서 내리는 연희,

바로 소현에게 다시 전화를 걸지만 받지 않는다.

연희   아, 뭐야… 왜 안 받아….

타이틀 <의존적인 친구 특징>

409

소현에게 보낸 카톡을 확인하는 연희.

[연희 : 쏘허낭 버정에서 만나서 같이 가자ㅠㅠㅠ]

읽지 않은 표시 1이 남아 있다.

그때 과실로 들어오는 소현.

연희   어, 소현아!

소현   (연희를 발견하고 옆으로 오지만, 표정이 좋지는 않은) 어어…

연희   어제 바로 다시 전화 걸었는데 왜 안 받았어?

소현   나 어제 일찍 잠들어서, 미안해.

연희(N)   인스타는 했으면서…

카톡하는 소현의 휴대폰 화면을 들여다보는 연희,

연희가 보낸 카톡만 확인하지 않은 상태이다.

소현   어, 카톡… 카톡했었네. 확인 못했다!

연희의 카톡을 읽는 소현.

소현   나 오늘 지하철 타고 와서…

410

연희   그래? (다시 밝게) 아! 소현아, 우리 공강에 새로 생긴 카페 가자. 거기 티라미수 존맛이래.

소현   아, 근데 내가 공강 시간에 발표 준비해야 돼서.

연희   아, 카페에서 하자~ 나도 어차피 과제할 거야~

소현   도서관에서 프린트도 해야 돼서~

연희   그래? 그럼 나도 도서관이나 가야겠다~

소현   아… 너도?

연희   어차피 나도 책 읽을 거 있어서~ 같이 가자! (소현의 팔을 붙잡고 기대며) 아, 좋아!

소현   아… 그래.

그런 연희가 달갑지 않은 듯한 소현의 표정.

S#4   낮, 강의실 안

과제 중인 소현,

그런 소현을 바라보며 바로 옆에 엎드려 누워 있는 연희.

연희   요즘 공부 왜 이렇게 열심히 해?

소현   아니, 그냥 과제만 하는 거지.

연희   나랑 놀면서 하자~ 응?

그때 강의실 안으로 들어오는 보라.

소현   (연희와 대화할 때와는 정반대로, 활기차게) 어, 보라 언니~

반갑게 인사하는 소현의 모습,

이를 보고 보라를 경계하듯 쳐다보는 연희.

보라   쏘현~~

소현   언니, 그때 술 마시고 잘 들어갔어요? 언니 그때 갑자
            기 우영 오빠랑 둘이 사라져가지고.

보라   내가 그때 취해가지고~

신나게 대화하는 소현과 보라,

반대로 연희는 딴청을 피우며 소현의 틴트를 만지작거린다.

소현   화장실 간다해놓고 사라져서 얼마나 놀랬는데요~

보라   아, 미안, 미안~

소현   언니, 그럼 다음에는 저랑 같이…

연희   (끼어들며) 어, 소현아, 너 이거 틴트 언제 샀어? 내 거랑
            똑같아.

소현   응?

연희   우와, 진짜 신기하다. 틴트를 어떻게 똑같은 걸 샀지?
            역시 우리 같은 웜톤이라 겹치나 봐, 그치? 주변에 이

거 쓰는 사람 잘 없는데, 너무 신기해. 역시 우리 진짜 친군가 봐!

소현의 손을 잡고 흔드는 연희,

그런 두 사람을 보는 보라.

S#5 낮, 옥상

옥상 계단 옆에 함께 있는 소현, 보라, 연희.

소현과 보라 둘이 대화 중이고, 연희는 표정이 밝지 않다.

소현   언니, 그래서 우영 오빠랑 둘이 말은 해봤어요?

보라   우리 그때 처음 술 먹은 날, 그날 해봤어.

소현   말 많이 해요?

보라   말 진짜 많아. 야, 너만큼 많아.

연희는 못마땅하다는 표정으로 소현의 옷가지를 붙잡는데,

소현이 움직이며 대화하느라 손에서 옷이 자꾸만 빠진다.

소현   아, 뭔 소리예요!

보라   야, 다음에 우리 셋이 술 먹자.

소현   진짜? 나 낯가리는데.

보라   음, 구라, 구라~

소현   아, 뭐예요~ 언니, 지금 카페 갈래요?

보라   카페? 난 알바 가야 돼서.

소현   (아쉽다는 듯) 그럼 다음에 놀아요~

소현과 연희에게 인사를 하고 가는 보라,

밝게 인사하는 소현과 달리 대충 인사하고 마는 연희,

보라가 가자 소현에게 팔짱을 낀다.

연희   소현아~ 근데 너 보라 언니랑 친해?

소현   응, 조별 과제 같이하면서 친해졌어.

연희   같이 술도 마셨나 봐?

소현   응, 그때 다 같이.

말을 멈추고 소현을 빤히 바라보는 연희.

연희(N) 나보다 친한가?

소현   왜?

연희   너, 은근히 친구 많은 거 같아.

소현   내가?

연희   (다시 친근하게) 소현아~ 우리 집 가자!

소현   오늘? 갑자기?

414

연희   (소현을 꼭 끌어안으며) 우리 집 가서 맛있는 거 시켜 먹자~
       내가 치킨 사줄게~ 갈 거지?

       연희의 자취방에 들어온 소현.
       휑하니 아무것도 없는 방 안.

소현   아니, 뭔 집에 아무것도 없냐. 여태 침대도 안 샀어?
연희   응, 한 번도 안 사 봐서. 어떻게 해야 할지 잘 모르겠어.

       한숨을 쉬는 소현,
       대충 바닥에 깔려 있는 이불 위에 앉은 두 사람.

연희   치킨 시키자 치킨~
소현   아니, 너 이런 데서 어떻게 잤냐. 춥지도 않아?
연희   몰라, 패딩 입고 자서. 추워?
소현   입김이 나와, 봐 봐. (후 하고 숨을 불어보는) 보일러 좀 돌
       리지….

       소현, 연희를 물끄러미 바라본다.

소현	내가 침대 알아 봐줄까? 나도 최근에 매트리스 바꿔가 지고.
연희	응. 알아 봐줘.
소현	그러면 ○○ 브랜드 추천. 가격도 너무 비싸지 않고 자취생이 사기에 진짜 딱 합리적이야.
연희	근데, 침대 필요하긴 한데 내가 혼자 설치를 못할 거 같아서.
소현	아니야, 그냥 박스에서 꺼내면 끝이야. 진짜 간단해.
연희	그럼 설치할 때 네가 와서 도와주라.
소현	응?
소현	너 혼자서도 할 수 있어. 엄청 쉬워.
연희	나 못해~ 소현아 너가 해줘~ 맛있는 거 사줄게~
소현	아… (말 돌리고 집 둘러보며) 근데 너 뭐 해 먹고 사냐? 사람 사는 집 같지가 않아.
연희	(휴대폰을 하며) 치킨 뭐 시킬까?

Cut To

치맥 중인 연희와 소현.

연희	무작정 독립은 했는데, 혼자 있을 때 집이 너무 텅 빈 느낌이야.
소현	텅 빈 느낌이 아니라 텅 비었어, 연희야. 뭘 좀 채워.
연희	뭘로 채워야 할지 잘 모르겠어.

소현   그냥 너한테 필요한 것들이나, 네가 좋아하는 걸로 채
     우면 되지.

연희   필요한 거? 어렵네.

걱정스러운 눈으로 연희를 바라보는 소현.

소현   일단 침대부터 사자. 혼자 살 때 잠자리가 얼마나 중요
     한데, 휴대폰 줘 봐.

연희, 소현에게 자신의 휴대폰을 건넨다.

S#7   낮, 카페 안

카페에 앉아 있는 연희, 소현, 나은.

연희   소현아, 나 집에 침대 왔어~

소현   아 진짜? 어때? 좋지?

연희   몰라? 아직 안 풀어 봐서.

소현   왜? 왜 아직 안 풀었어?

연희   박스 보니까 너무 어려워 보여서.

소현   에이, 안 어려워. 빨리 해 봐~ 바닥에서 자지 말고.

연희   아니야, 어려워. 네가 해줘.

나은	왜, 뭐 샀어?
소현	아, 연희 자취 시작했잖아. 침대 샀어!
나은	올~ 어디 거?
소현	○○ 브랜드. 배송 왔대.
나은	아 그거, 설치 진짜 간단해~ 나도 그때 혼자 했어.
연희	그래? 근데 처음 하는 거라 혹시 실수할 수 있으니까, 소현이가 도와주기로 했어~
나은	(소현에게) 도와주기로 했어?

나은에게 고개를 살짝 젓는 소현.

연희	나 침대에서 빨리 자고 싶은데~ 설치 못해서 계속 바닥에서 자고 있어. 소현아, 너가 도와줘야 내가 푹신한 데서 잘 수 있어!
나은	에이, 너가 할 수 있어.
연희	아니야~ 소현이가 해줄 거야.
나은	너가 해, 그냥 상자에서 꺼내면 끝이라니까?
연희	아니, 소현이가 해줄 거라니까? 네가 해줄 것도 아니 잖아.
나은	야, 애도 아니고 어른인데 그런 것도 못해. 친구가 뭐 하나부터 열까지 다해주냐?
연희	야! 네가 뭔 상관이야? 소현이가 해줄 거라니까. 얘 진짜 이상하다, 너가 먼저 해준다고 한 거잖아.

소현을 바라보는 연희, 대답이 없는 소현.

연희   맞지, 소현아, 네가 먼저 해준다고 한 거잖아. 응?

소현   나 안 해줄 건데?

연희   …뭐라고?

소현   (단호한) 네가 해. 연희야, 너가 해달라는 거 내가 다해
줄 순 없어. 너도 내가 필요한 거 다해줄 건 아니잖아.

소현의 말을 듣고 충격받은 연희.

나은   그래, 송연희, 좀 적당히 해. 넌 애가 왜 이렇게 의존적
이야.

(S#8) 밤, 연희의 집 안

어두컴컴한 집 안,

바닥에 웅크리고 누워서 휴대폰을 하고 있는 연희,

벽에 기대져 있는, 뜯지 않은 침대 박스를 바라본다.

연희(N)   침대를 어떻게 나 혼자 설치하라고….

Cut To

패딩을 이불처럼 덮고 누워 있는 연희.

연희(N) 혼자 사는 사람들은 이런 걸 다 혼자 하는 건가?

잠시 생각에 잠긴 연희.

Cut To

침대를 박스에서 꺼내는 연희, 바닥에 매트리스를 설치한다.

설치한 침대를 잠시 바라보는데,

연희 뭐야, 진짜 생각보다 쉽네….

연희는 침대에 눕고, 천장을 바라보며

아까 카페 안에서 있었던 일들을 생각한다.

Insert#1. (회상) 낮, 카페 안

침대를 설치해달라고 말하는 연희에게 단호하게 말하는

소현의 모습.

소현 나 안 해줄 건데?

연희 …뭐라고?

여전히 침대에 누워 있는 연희, 눈물이 흐른다.

이번에는 자신을 다그치던 나은의 목소리가 들린다.

나은(E)   그래, 송연희, 좀 적당히 해. 넌 애가 왜 이렇게 의존적
         이야.

Insert#2. (회상) 낮, 카페 안

소현   연희야, 너가 해달라는 거 내가 다해줄 순 없어.
       너도 내가 필요한 거 다해줄 건 아니잖아.

연희(N)   미안해, 소현아… 나 버리지 마.

연희, 계속 눈물이 흐르는데,

휴대폰을 꺼내 소현과의 카톡방에 들어간다.

[연희 : 미안해 소현아… 나 버리지 마] 라고 적지만

전송을 누르지는 못한다.

연희(N)   내가 가까워지려고 하면 할수록,

암전

연희(N)　자꾸만 멀어지는 기분이다.

쿠키 영상 (밤, 연희의 집 안)

어느덧 코까지 골며 깊게 잠든 연희.

휴대폰 진동 소리가 들리기 시작한다. 소현에게 걸려온 전화.

소현　　뭐 해?

연희　　(눈 감은 채, 잠에 취한 목소리로) 어, 나 누워 있어.

소현　　침대 잘 설치했어?

연희　　응, 생각보다 간단하더라….

29

「 흙수저 콤플렉스 」

강의실에 앉아 있는 현수, 유진, 보라.

유진   꿈? 난 솔직히 취업해서 누구 밑에서 일하는 것도 싫고.
       졸업하고 취직 안 되면 엄마가 카페나 하나 차려준다
       고 해서.

현수   카페? 돈 많이 들지 않나?

유진   엄마가 나 결혼하라고 모아둔 자금은 있다고 하니까.

현수   와, 얼마나 모아두셨길래. 그럼 네 꿈은 카페 사장인
       거네?

유진   꿈? 그게 꿈인가.

423

현수	이열, 사장님이시네~ (보라를 보며) 보라 너는 꿈이 뭐야?
보라	(놀란 듯) 나? 그냥 뭐…

보라(E)	평범하게 사는 거?

타이틀 <흙수저 마인드>

S#2　낮, 거리

길을 걷고 있는 보라, 소현, 유진.

유진	카페 가까운 데, 스벅 갈까?
소현	어? 좋아요.
보라	조금만 더 가면 매머드 있는데, 거기 가자.
소현	좋아요!
유진	거긴 테이크 아웃밖에 안 되잖아.
보라	그런가?
유진	그냥 스벅 가자, 춥다~
보라	테이크 아웃 해서 공원 가자~ 바람도 쐬고.
소현	어우, 좋아요~
유진	오늘 영하인데 무슨 공원에서 커피를 마셔~

보라   아… 거기 스벅 사람 너무 많은데, 진짜. 공원 가자~

유진   (살짝 웃으며) 공원 왜 이렇게 좋아해~ 가자, 그럼.

S#3   낮, 공원

    공원에서 커피를 마시고 있는 유진, 보라, 소현.

    바람이 쌩쌩 불어 머리카락이 휘날린다.

소현   (기침하며) 오우… 바람 최고다.

    소현과 유진의 눈치를 보는 보라.

유진   보라야, 지금 너 입은 야상, 어디 브랜드야?

보라   이거? 옛날에 사서 잘 모르겠네?

소현   (농담하는) 야상 되게 야생적인 느낌쓰~

    그때 갑자기 보라의 야상 목 뒤쪽을 뒤집어서

    태그를 확인하는 유진.

유진   엥? 이게 뭐지, 완전 처음 보는데.

보라   (옷을 다시 걷어 올리며) 아, 뭐 해~

유진   아… 보통 태그에 다 써 있으니까.

보라   아, 이거 그냥 지하상가에서 산 거라 브랜드 없을 수도
        있어. (옷소매를 매만지며) 좀 후줄근하지.

소현   아뇨, 완전 예쁜데? 언니 나랑 커플룩~

유진   너 옷 보통 어디에서 사?

보라   그냥 아무 데서나 사. 옷에 별로 관심이 없어서.

유진   옷 잘 모르면 그냥 좋은 브랜드로 사. 그게 더 오래 입
        고 오히려 낫더라.

보라   아하.

유진   우리 엄마가 그랬는데 사람은 입고 다니는 옷이 진짜
        중요하대. 옷으로 어느 정도 이미지를 만들 수 있다고.

보라(N) 지금 나, 후진가.

유진   아우, 추워. 한겨울에 공원에서 아아가 웬말이야.

        보라, 괜히 자기 옷을 내려다보려고 고개를 돌리다
        유진이 입은 패딩의 브랜드 로고를 보게 된다.

유진   보라는 돈을 너무 아껴. 이러다 골병 나, 겨울에.

소현   이것도 추억이죠, 뭐~

보라   (소현에게 자신의 커피를 건네며) 따뜻한 거 마실래?

보라(N) 얘들아… 미안하다.

426

우편함에서 공과금 통지서를 꺼내는 보라, 가스비를 확인한다.

보라(N) 뭐야, 왜 이렇게 많이 나왔어? 얼어 죽을까 봐 몇 번
        돌린 게 이렇게 나오네… 아, 내일 술 약속 어떡하지.
        15,000원 선에서 끝내야 하는데.

반지하인 자신의 집으로 걸어 내려가는 보라.

자리에 앉는 소현, 보라, 우영.

소현   그래도 이번 겨울은 좀 덜 추운 거 같아요.
보라   그래?
소현   좀 따뜻한 거 같지 않아요?
보라   겨울은 항상 춥지 않나….
소현   (우영을 보며) 아니, 오빠, 보라 언니가 그러던데 오빠 말
        많다면서요~
우영   (보라를 보며) 그런 말을 했어?
보라   (당황하며) 아니, 우리 그때 집 가는 길에 이야기 많이

427

한 거….

우영   편한 사람이랑 있으면 뭐.

소현   (농담하는) 보라 언니는 편한 사람? 오케이, 선 긋기~
(메뉴판 보는) 뭐 시킬까요?

메뉴판 가격부터 확인하는 보라.

보라(N)   세 명이니까 45,000원 안으로 시켜야 하는데, 맥주는
2,000CC로 시키면, 마시다 부족해서 더 시키려나.

소현   언니 뭐 먹고 싶어요? 탕 하나 일단 시켜야 할 것 같은
데, 아 상큼한 과일도 먹고 싶다.

보라(N)   과일? 과일은 배도 안 차고 너무 비싼데.

보라   일단 다 같이 먹을 수 있는 탕 같은 거 하나랑 맥주
2,000CC 하나 시킬까?

소현   어… 근데 탕 말고 하나 더 시켜야 하지 않을까요? 배
안 고프세요?

보라   (손 흔들며) 아니! 나는 괜찮아. 나 아까 빵 먹고 와서.

우영   나도 뭐, 상관없어.

보라   그럼 일단 이렇게 주문하고 이따가 더 시키자!

소현   네! 좋아요.

보라(N)   18,900원에 14,900원이면,

            테이블 아래에서 휴대폰으로 술값을 계산해보는 보라.

보라(N)   11,200원 남네.

소현   저는 소맥 먹을래요! 소맥 드실 분?

보라(N)   소주? 소주는 얼마야. 아, 4,000원? 그러면 7,200원…
           안주는 이제 더 시키면 돈 오버되네. 술 한번 마시면
           돈이 엄청 깨지네. 어떡하지, 예산 오버되는데.

보라   사장님! (소현에게 메뉴 말하라는 듯) 뭐?

         Cut To
         다 먹은 해물탕에 물을 붓고 다시 끓이는 보라.

소현   언니, 언니는 연애 안 해요?
보라   어? 아, 그냥.
소현   안 하는 이유가 있어요?
보라   음… 나는 누가 날 좋아하는 걸 알게 되면 내가 좋아했
         던 사람도 싫어지더라고.

보라를 쳐다보는 우영.

| 소현 | 엥? 왜요? 전 저 좋아하는 사람이 좋던데. |

소현　엥? 왜요? 전 저 좋아하는 사람이 좋던데.

보라　모르겠어. 날 왜 좋아하지? 뭐 그런 생각.

우영　그럼 이상형 같은 건?

보라　이상형? 글쎄… 눈에 안 띄는 사람?

소현　눈에 안 띄는 사람? 존재감 없는? 딱 우영 오빠인데요?

우영　나, 존재감 완전 없지. 다들 나 있는지도 모르잖아.

소현　아니에요. 근데 오빠는 은근히 눈에 안 띄면서도 눈에 띄어요.

보라　(소현의 말에 동의하며) 어어, 맞아, 너는.

우영　왜?

소현　동기들이 오빠 잘생겼다고, 공명 닮았다고… 오빠도 알죠?

보라　모를 수가 없어~ 은근히 뒤에서 말 많이 나오는 스타일.

우영　(부끄러운) 놀리지 마.

소현　아! 입꼬리 올라가는 거 봐.

괜히 탕에 물을 붓는 우영.

소현　(탕을 보며) 아, 잠시만요. 맹물인데요? 더 시킬까요?

보라　근데 나는 배불러가지고….

소현　그렇지만 이대로 끝내긴 좀 아쉬운 그런 느낌.

보라	(젓가락으로 탕을 휘젓는데 집히는 정말 작은 해산물 조각) 여
	기, 건더기 좀 먹어.
소현	네?
우영	뭐 시키자, 우리. 먹고 싶은 거 있어?
소현	다 좋아요.
우영	그럼 닭강정, (보라에게) 괜찮아?
소현	좋아요!
보라	어 그래.

보라(N)   아… 내일 저녁은 그냥 굶어야겠다.

Cut To

테이블 위에 먹다가 많이 남은 닭강정이 보인다.

소현	너무 남았다. 어떡해.
보라	아, 아깝다. 빨리 더 먹어.
소현	저 진짜 배 터질 거 같아요. 생각보다 여기 양이 많네요.
	싸 가야 되나, 언니가 자취하니까 싸 갈래요?
보라	어?

닭강정을 바라보는 보라.

보라(N)   싸 달라고 하고 저녁에 데워 먹을까?

소현   아우, 아니다, 죄송해요. 너무 지저분하게 먹어가지고.

       이걸 어떻게 싸서, 죄송해요.

보라   (살짝 웃으며) 그렇네.

우영   나 잠깐 바람 좀 쐬고 올게.

       일어나서 나가는 우영.

소현   네넹.

       휴대폰을 보고 있던 보라.

보라   헐! 나 막차 3분 남았다. 나 먼저 가야겠네.

소현   어, 진짜요? 지금요?

보라   소현아 너는? 막차 괜찮아?

소현   저는 끊기면 택시 탈게요.

보라   아 그래? 그럼 계산하고 알려줘. 입금할게!

소현   언니 조심히 가요!

       소현과 인사한 보라, 다급하게 술집 밖으로 나간다.

버스 정류장으로 죽어라 뛰는 보라,

보라가 도착하자마자 출발하는 버스.

보라   잠시만요, 잠시만요!!

보라를 두고 떠나버리는 버스.

보라   아… 망했다….

숨을 헐떡이며 휴대폰으로 지하철 막차 시간을 확인하는 보라,

버스와 마찬가지로 지하철 막차 시간도 이미 지났다.

보라(N)   걸어가려면… 40분.

차도 옆 인도로 터덜터덜 걸어가는 보라.

보라(N)   노는 것도 분수에 맞게 놀아야지, 진짜 멍청하다.

도로에 서 있는 택시들,

그런 택시를 타는 사람들을 보는 보라.

보라(N)   분수에 맞는 게 뭔데? 시발, 진짜 구질구질하다.

그때 우영에게 전화가 온다. 전화를 받는 보라.

우영(E)   아 언제 갔어, 같이 가지. 막차 탔어?

보라   어? 음…

우영(E)   못 탔구나?

보라   아…

우영(E)   집에 어떻게 가게?

보라   (코를 훌쩍이며) 아, 뭐 가면 되지.

우영(E)   이렇게 추운데 무슨 '가면 되지'야. 너 지금 어디야?

보라   나?

_{S#8}   밤, 과실 안

과실로 온 두 사람, 테이블에 앉아 있는 보라에게

우영이 따뜻한 캔 음료를 건넨다.

우영   같이 놀다가 첫차 타고 가자.

보라   너 그냥 집 가지….

우영   어차피 차 끊겼어.

보라, 우영을 말없이 바라보다가

작게 헛웃음을 치고는 고개를 떨군다.

보라   걸어가면 되는데.

우영   야, 안 돼. 이렇게 추운데 어떻게 걸어가. 너 그러다가 입 돌아간다.

보라   괜히 나 때문에 너 못 들어가는 거 아니야?

우영   아니야~ 나, 과실 좋아해.

우영을 바라보는 보라, 그러다 살짝 웃고는

우영이 준 캔 음료를 손에 꼭 쥔다.

우영   (보라를 보다가) 나, 너한테 궁금한 거 있는데.

보라   뭔데?

우영   너, 진짜 연애 안 하는 거야?

보라   (우영을 보다가 생각에 빠진) 안 하는 게 아니라, 두렵…다고 해야 하나.

우영   뭐가?

보라   내가 초라해지는 게.

우영   그렇게 만드는 사람을 만나지 않으면 되지.

보라   (살짝 웃는) 누가 날 초라하게 만드는 게 아니라, 그냥… 깨닫는 거야.

우영   뭐를?

보라   내가 후지다는 걸. 그래서 초라해지는 거야.

우영   너가 후지다고? (장난치듯) 어디, 어디가? 안 보이는데?

보라   (웃으며) 몰라~ 가끔 그럴 때 있잖아.

잠시 어떤 생각에 잠긴 듯한 보라.

Cut To

테이블에 엎드려 잠든 보라와 우영,

보라, 조용히 눈을 뜨고 자고 있는 우영의 얼굴을 쳐다본다.

보라(N)   내가 꾸는 꿈, 입는 옷, 먹는 음식, 하는 생각.
          내가 후지니까, 다 후지게 느껴진다.

그때 눈을 뜨는 우영, 보라와 눈이 마주친다.

보라(N)   그래서 나는 누굴 좋아하면

암전

보라(N)   안 되는 거다.

30

「 남자한테 사랑받는 여자 특징 」

(S#1) 밤, 나은의 집 안

누워서 인스타그램으로 카드뉴스를 보고 있는 나은.

[사랑받는 여자 특징]

[1. 화목한 가족.

어렸을 때 예쁨을 많이 받은 여자들은

사랑꾼 남자만 눈에 들어오게 됨.]

[2. 자존감이 높음.

상대가 애정표현을 주면

그걸 그대로 인정하고 받을 줄 앎.]

다른 카드뉴스도 진지하게 읽는 나은.

437

[남자친구가 사랑꾼인지 확인하는 방법]

['아 큰일났다 어쩌지'라고 카톡을 보내보세요.]

[바로 전화부터 와서 무슨 일이 있냐고 물어보면
진짜 사랑꾼입니다.]

[카톡으로만 답장이 온다면 위장 사랑꾼입니다.]

카드뉴스에서 본 그대로 성실에게 카톡을 보내는 나은.

[나은 : 아 큰일났다 어쩌지…]

잠시 후, 성실에게 온 카톡.

[성실 : 헉 왜 구랭 ㅜㅜ]

타이틀 <남자한테 사랑 받는 여자 특징>

S#2 낮, 강의실 안

대화 중인 소현, 나은, 정우.

소현   두 시간 거리? 그렇게 먼데 맨날 데려다준다고?

나은   응.

소현   하루도 빠짐없이 맨날?

나은   응, 걔는 그게 마음이 편하다고 그러더라고.

438

소현	아, 진짜? (내심 부러운 듯) 성실이 진짜 사랑꾼이다. 너 진짜 좋아하나 보다.
나은	나 혼자 들어가면 걱정된다고.
정우	그러면 만나는 건? 중간에서 만나?
나은	걔가 저희 집 앞으로 와서 동네에서 놀죠.
정우	진짜? 그렇게 먼데 맨날 가서 논다고?
나은	어차피 저 데려다줘야 하니까 걔도 그게 편하다고 하더라고요.
소현	아… 그렇구나. 너 진짜, 진짜 좋아하나 보다.
정우	(소현 잠시 보다가 나은 향해서) 근데 그것도 하루 이틀이지, 걔도 사람이면 안 지치겠냐.
나은	그래요?
정우	그래, 너도 한번씩 걔네 동네로 가주고 그래.
나은	아, 근데 저는 제가 맞춰주는 연애는 한 번도 안 해 봐서.
소현	부럽다….
정우	뭐가 부러워?
소현	어? 아니야, 아니야….

S#3 낮, 나은의 집 안

일요일 오전 11시,
누워서 셀카를 찍고 있는 나은에게 전화가 온다.

전화를 받는 나은, 성실이다.

성실(E)   자기야, 나 도착했어. 내려올래?

나은   응, 알겠어…

성실(E)   목소리가 왜 그래….

나은   (하품하며) 아니야, 내려갈게~

Cut To

머리를 감은 듯 수건을 두르고 화장 중인 나은.

나은   **마스카라가 어딨지?**

파우치를 뒤적이며 마스카라를 찾는 나은,

가방 안도 찾아보지만 보이지 않는다.

그때 성실에게 전화가 온다.

나은   여보세요.

성실(E)   자기, 나왔어?

나은   응… 근데 마스카라가 없어져서. (계속 찾는)

성실(E)   마스카라?

나은   응….

성실(E)   아, 그런 거 안 해도 예뻐~

나은   어디 간 거야… 잠깐만.

전화를 끊고 침대 밑까지 뒤지지만

마스카라는 보이지 않는다.

낮, 엘리베이터 안

내려가는 엘리베이터 안에서 휴대폰으로 얼굴을 확인하는 나은,

뭔가 마음에 들지 않는다.

그때 외투 주머니에 손을 넣었다가 마스카라를 발견한다.

손에 마스카라를 쥐고 한숨을 쉬는 나은.

나은   아…

성실에게서 또 전화가 온다.

성실(E)   내려오고 있어?

나은   내 마스카라 주머니에 있었어….

성실(E)   아, 그래?

나은   하… 집에 다시 올라가야 돼.

성실(E)   왜?

나은   마음에 안 들어서.

성실(E)   엥? 뭐가?

나은   나 올라갔다가 내려올게.

벤치에 앉아서 휴대폰을 하는 중인 성실, 추워 보인다.

그때 느릿느릿하게 화장을 고치며 걸어오는 나은,

S#4의 엘리베이터 장면과 다른 옷차림이다.

할 말이 있는 듯, 나은을 바라보는 성실.

휴대폰을 보니 시간이 11시 51분이다.

나은   (불만 가득해 보이는) 뭐.

성실   아니야~ 밥 먹으러 갈까?

나은   가자.

걸어가는 나은과 성실.

나은   (계속 화장 고치는) 오늘 얼굴 진짜 망했어.

성실   왜, 오늘도 예쁜데.

나은   아니야, 맘에 안 들어.

주먹밥을 만들고 있는 성실과 닭발을 집는 나은.

성실   자기 좋아하는 닭발, 진짜 오랜만에 먹는다. 그치?

나은   아… (닭발을 집고는 그냥 쳐다보기만 하는)

성실   왜?

나은   나 뼈 있는 닭발 싫어한다니까.

성실   아…

둘 사이에 흐르는 정적. 그때 성실에게 전화가 온다.

성실   잠깐만.

전화하러 나가는 성실,

나가는 성실의 뒷모습을 바라보는 나은.

나은   뭐야?

나은(N)   아, 오늘 왜 이렇게 못생겼지….

거울을 꺼내서 얼굴을 보는 나은,

앞머리를 넘겼다가, 틴트를 꺼내서 다시 바른다.

그때 성실이 전화하고 다시 들어오는데,

나은   누구야?

성실   엄마.

나은   왜?

성실   아, 별거 아니야.

나은   근데 왜 나가서 받아?

성실   뭐가?

나은   왜 나가서 받냐고.

성실   아, 나는 혹시나 해서 그렇지.

        성실의 말에 생각이 많아지는 나은.

나은(N) 말투가 왜 이렇게 떠꺼워. 엄마랑 통화하는데 굳이 밖
        에 나가서 받을 필요가 있나?

        성실이 뒤집어 놓은 휴대폰을 바라보는 나은,
        여전히 머리를 매만지는 중이다.

나은(N) 아, 확인하고 싶다.

성실   자기 좋아하는 닭발 안 먹어?

나은(N) 닭발을 좋아하는 게 아니라, 무뼈 닭발을 좋아하는 거
        라고.

        묘하게 풀린 눈으로 나은을 바라보는 성실,

444

그리고 못마땅한 표정의 나은.

나은   너 많이 먹어.

성실   응….

         표정이 좋지 않은 성실, 주먹밥 하나 집어먹으려고 하는데

나은   나, 앞머리 내린 게 나아, 올린 게 나아?

성실   둘 다 예뻐.

나은(N)   예쁘다는 표정이 아닌데.

나은   대충 대답하네?

성실   진짜 둘 다 예쁜데?

         성실을 바라보는 나은,

나은(N)   표정 마음에 안 들어.

나은   거짓말 치지 마.

우영, 소현과 카페에서 커피를 마시는 중인 나은,

우영이 살짝 보이게 사진을 찍어서 성실에게 보낸다.

[나은 : 나 카페 왔엉]

[성실 : 누구랑?]

[나은 : 우영 오빠]

[성실 : 그렇구낭 이따 6시까지 늦지 마!!]

성실의 카톡에 기분이 나쁜 나은.

나은(N) 또 말 떠껍게 하네.

소현   유진 선배 남자친구 있잖아, 외제차 끌고 다니고 엄청
       부자래.

우영   유진?

소현   아, 그 몽클레어 패딩 입고 다니는 선배 있잖아요. 샤
       넬백 들고 다니고. 몰라요? 보라 언니랑 같은 고등학
       교 나왔는데.

우영   아, 같은 고등학교 나왔구나, 보라랑.

소현   네! 되게 관심이 많으시네요~

우영   (놀란) 어?

나은   (소현 향해서) 그래서?

소현	그 선배 남자친구 맨날 외제차로 데리러 오고, 데려다
	주고, 완전 장난 아니더라고.
나은	차가 있어?
소현	직장인일걸? 완전 부러워. 그 선배 얼굴도 되게 예쁘
	잖아. 집이 잘사나 봐. 옷도 맨날 좋은 거 입고, 남자친
	구도 돈 많고.
나은	아, 근데 난 좀, 우리 나이에 샤넬 같은 거 갖고 다니는
	건 이해가 안 되는 것 같아.
소현	그런가?
나은	부자면 얼마나 부자라고.
소현	(갑자기 우영을 향해) 근데 오빠는 언제부터 여기에 있었
	어요?
우영	나, 너네 오기 전부터 여기에 있었어….

대화 중인 소현과 우영을 두고
휴대폰 카메라로 자신의 얼굴을 보는 나은.

(S#8) 저녁, 버스 정류장

버스 정류장으로 걸어가는 나은과 성실,
팔짱을 낀 다정한 커플의 모습이다.

447

나은   (성실에게) 아~ 오늘 진짜 춥다, 그렇지? 너무 추워.

묵묵히 걷던 성실, 조심스럽게 입을 여는데

성실   오늘은 그… 혼자 타고 갈래?

나은   (황당한 듯) 왜?

성실   좀… 피곤해서.

나은   근데 말을 왜 그렇게 해?

성실   응?

나은   네가 피곤한 거면서 왜 내 의사를 묻듯이 말하냐고.

성실   그게 무슨 말이야?

나은   "타고 갈래?"라고 하면 "응"이라고 말하길 바랐어? 책임 떠넘기네, 착한 척하면서.

성실   아, 어제도 데려다주고 그저께도 데려다줬잖아. 오늘은 좀 피곤해서 그래.

나은   아니, 그럼 피곤해서 집 가야겠다고 말해야지. 왜 혼자 가고 싶은 게 내 의사인 것처럼 말하냐고.

성실   아니다, 데려다줄게. 가자.

나은   데려다줄게?

성실   가자, 싸우지 말고.

성실이 손을 잡으려고 하지만 뿌리치는 나은.

448

나은	네가 마음 편해서 우리 집까지 같이 가는 거잖아. 근데 이제 와서 네가 데려다주는 것처럼 말해?
성실	말꼬리 잡지 말고 그냥 가자.
나은	말꼬리 잡는 게 아니라, 너 지금 태도가 그렇잖아. 왜? 처음에 꼬실 땐 평생 변하지 않을 것처럼 자신만만하더니, 점점 지쳐?

대답 없이 나은을 쳐다보는 성실.

나은	진짜 같잖다. 사랑꾼인 척 다하더니. 넌 '척' 좀 하지 마, 역겨우니까.
성실	오늘 말이 너무 심한 거 아냐?
나은	내가 뭐.
성실	아까 역겹다며.
나은	내가 언제.
성실	방금 그랬잖아.
나은	그런 말 한 적 없고. 네 맘대로 들었다고 착각하지 좀 마.
성실	아, 내가 뭘 어떻게 맞춰줘야 되는 건데?
나은	누가 나 맞춰달래? 네가 지금까지 나 좋아해서 혼자 그런 거잖아. 그래 놓고 이제 와서 못하겠다고 그러는 거고. 그럴 거면 그냥 헤어져. 같잖게 굴지 말고.
성실	너 그 말 진심이야?
나은	어! 그냥 헤어지자고. 나도 못하겠으니까.

449

성실   그래, 알았어.

        먼저 걸어가버리는 성실,

        성실의 뒷모습을 바라보는 나은.

        침대에 누워서 인스타그램의 카드뉴스를 보는 나은,

        눈에 눈물이 고여 있다.

        [남자가 진짜 사랑하면 하는 행동들]

        [1. 맨날 예쁘다고 해준다.]

        [2. 집 앞까지 데리러 온다.]

        나은, 계속해서 눈물이 흐른다.

나은(N) 그렇게 사랑해줬으면서…

        성실과 행복했던 한때를 떠올리는 나은.

450

성실의 집 앞에 서 있는 나은,

조심스럽게 나은에게 다가오는 성실.

성실   뭐야, 왜 여기까지 왔어.

나은, 훌쩍거리다 울기 시작한다. 손으로 얼굴을 가린다.

성실   왜 울어.

눈물을 닦는 나은의 손을 잡는 성실.

나은   (고개 숙이며) 오지 마. 못생겼어….

성실   …뭐래, 왜 이렇게 춥게 입고 왔어.

나은의 옷을 여며주는 성실.

나은   아니야….

성실에게 안기는 나은.

성실   미안해, 울려서.

451

나은   미워.

성실   얼굴 보니까 내가 다 잘못한 것 같다. (나은과 눈을 맞추
며) 우리 이제 진짜 싸우지 말자. 이렇게 좋은데 왜 자
꾸 싸워.

나은   나도 싸우기 싫어.

나은을 꼭 안아주려는 성실.

나은   잠깐만, 그렇게 안으면 화장 지워져.

성실   뭐래, 자기는 쌩얼이 더 예뻐.

나은   (갑자기 정색하는) 뭐?

성실   어?

나은   왜 말을 그렇게 해?

암전

성실(E) 미안….

31

「 스타트업 인턴 특징 」

낮, 회사 대기실 안

면접을 보기 위해 대기 중인 소현,

꼬깃꼬깃한 종이 대본을 손에 쥐고 작게 중얼거린다.

소현　안녕하십니까, 저는 된장찌개 같은 사람입니다. 그 이

　　　유는,

직원(E)　지원자분 들어오세요.

소현　아, 잠시…

가방과 패딩 등을 든 채로

어떻게 해야 할지 몰라 주춤거리는 소현,

453

괜히 움츠러드는 기분이다.

타이틀 <사회 초년생 특징>

낮, 회의실 안

패딩을 손에 들고 긴장한 채 들어오는 소현.

소현   (고개 꾸벅하며) **안녕하세요.**

가방을 의자 뒤에 두고, 패딩은 무릎에 얹은 채 의자에 앉는 소현,

그리고 소현과 달리 편안한 복장의 면접관 레오.

레오, 소현을 쳐다보다가 한마디 하는데,

레오   (패딩도 가방과 같이 뒤에 두라는 듯) 그 짐을, 뒤에다가.

소현   **아아, 죄송합니다.**

소현, 패딩을 던지듯 뒤에 두고 다시 앉는다.

레오   **네, 반갑습니다. 자기소개부터 해주세요.**

소현   **네,** (목소리 가다듬고) **안녕하십니까! 저는 된장찌개 같은 지원자 박소현입니다. 된장,** (긴장한 듯, 버벅거리는)

된장… 잠시만요, 어…

레오　(기다리다가) 왜 된장찌개죠?

소현　정말 죄송한데 한 번만 다시 해도 될까요?

레오　긴장하지 마시고 그냥 편하게 하세요.

소현　(다시 한번) 네, 안녕하십니까!

레오　(소현과 같이 꾸벅하고 웃으며) 안녕하십니까.

소현　저는 된장찌개 같은 사람입니다. 흔히들 먹는 그 된장
의 구수함 같은 (긴장한 듯 머리를 계속 만지는) 매력을 지
녔고, 그리고 홍삼, 6년근 홍삼의 그 진액과 같은 그런
진국이 되고 싶…

소현을 흥미롭게 바라보는 레오.

레오　(기다리다가) 6년근 레드 진센? 이어서 하세요.

소현　죄송한데… 제가 준비를 했는데 (기어가는 목소리로) 긴
장해가지고…

레오　(소현의 지원서를 보며) 어, 그럼 우리 메타베타슈팅스타
가 어떤 회사인지 알고 있어요?

소현　(자신 있게) 네, 블로그 다 찾아보고 왔는데요. 대표님이
브라운대학교를 나오셨고, 그리고 그, 멀티버스를 가
지고… (기어가는 목소리로) 그런 것을 운영하는 회사로
알고 있습니다.

레오　그러면 제가 질문 하나 할게요. 만약 된장찌개가 살도

안 찌게 하고 나트륨도 없으면, 어떨 거 같아요?

소현   어… 굉장히 좋을 것 같습니다.

레오   이그젝틀리. 그게 바로 새로운 밸류예요. 이 메타버스 속에는 살도 안 찌고 먹음직스러운 NFT 음식이 있다는 거죠. 이쪽 마켓은 한 10년 정도 인생을 배팅할 만한 라이프타임 오퍼튜니티예요.

소현   아… 네.

레오   (소현에게 무언가를 잔뜩 기대하는 표정으로) 저는요, 똑똑한 사람보다 허슬hustle한 사람을 더 좋아해요. 지원자님, 허슬해요?

소현   어… 네? 그러니까 허술한지, 아니면 뭐 꼼꼼한지? 그런 거 물어보시는…?

레오   그러니까 지금 상황이 절박하냐고요.

소현   네… (자기도 모르게) 절박합니다! 절박합니다.

레오   굿. 그렇게 목숨 걸고 문제 해결을 하기 위해 인생을 배팅하는 곳, 그게 바로 스타트업이에요.

레오, 갑자기 의자에서 일어난다. 덩달아 일어나는 소현.

레오   메타베타슈팅스타에 온 걸 환영해요.

소현   (의아한) 저… 합격한 건가요?

비장한 표정의 레오,

456

본인에 목에 걸려 있던 사원증을 소현에게 걸어준다.

레오   합격한 거예요.

소현   감사합니다!

레오   (두 팔을 위로 흔들며) 우와!

소현   (레오를 따라 팔을 흔들며) 감사합니다!

S#3   낮, 카페 안

카페 안의 소현과 정우.

소현, 탭에 영어 이름인 'Hera, Cherry, Stella'를 순서대로 써본다.

소현   헤라? 체리? 아니면 스텔라, 뭐가 제일 괜찮지?

정우   (휴대폰을 보다가) 스텔라?

소현   스텔라가 제일 괜찮아? 아니면 또 뭐 없을까?

정우   초등학생 때, 영어 이름 지은 거 없어?

소현   그땐 소피아였는데, 좀 옛날 식이라.

정우   근데 넌 어떻게 스타트업 인턴도 척척 잘 붙는다.

소현   아니야, 인터뷰 완전 망쳤는데 겨우 붙었어.

정우   그럼 내일 가면 뭐 해?

소현   업무 배정은 아직 안 받긴 했는데,

정우   뭐 하는 회사인데?

소현   아~ 그러니까 우리 회사가… 된장찌개를 멀티버스에서 먹어. 근데, 살이 하나도 안 찌는 거야.

정우   다이어트 회사야?

소현   아니, IT 회사!

정우   아~ IT 회사.

소현   나도 정확히는 잘 모르는데, 그래도 인턴이 됐으니까 비전을 가지고 뭔가… 허슬하게 한번 내 인생을 배팅해본다! 그런 거지. 그리고 대표님이 사업 성과 좋아서 J커브 그런 거 그리면 스톡옵션도 준다고 그러셔서.

정우   근데 너 그거 겨울방학 때만 하는 거 아니었어?

소현   그렇긴 한데, 스타트업이라는 게 워낙 성장 가능성이 높으니까. 잘만 하면 인턴에서 CTO까지 가는 경우도 있대.

정우   CTO가 뭐야?

소현   CTO, 그러니까 코파운더? 나는 대표님이랑 거의 초창기 멤버니까, 그런 개념으로 우리가 같이 가는 거지.

정우   오, 멋있다~

소현   멋있긴 뭐가 멋있어~ 그냥 열심히 하는 거지, 뭐.

으쓱한 표정의 소현.

458

내일 출근할 때 입을 옷을 미리 챙겨두는 소현,

자기 위해서 침대에 눕는다.

소현   지각하면 안 되니까 일찍 자자.

눈을 감는 소현.

소현   오, 알람. (휴대폰으로 시간을 맞추는) 오케이. (눈을 감고 중

얼거리며) 안녕하십니까, 박소현입니다….

식당에 도착한 레오와 소현,

젠틀하게 식당 문을 열고

소현에게 먼저 들어가라는 듯 손짓하는 레오,

어디에 앉아야 할지 몰라 쭈뼛거리는 소현.

소현   아… 아…

레오   앉으세요.

459

의자에 앉은 두 사람,

조심스럽게 테이블 위에 휴지를 까는 소현.

레오   고마워요, 오늘 첫 출근이니까 제가 쏘는 거예요.

소현이 깔아둔 휴지로 이마에 난 땀을 닦는 레오.

소현, 주저하다가 휴지를 한 장 더 뽑아 레오의 앞에 둔다.

소현   아, 감사합니다, 대표님.

그러자 휴지를 다시 집어서 이번에는 인중에 난 땀을 닦는 레오.

레오   대표님 말고 레오라고 불러요.

소현   네, 레오 님.

레오   레오 님? (아니라는 듯 고개를 저으며) 저스트 레오.

소현   아… 네, 레오.

소현과 레오, 각자 수저를 꺼내서 서로에게 건네준다.

조심스럽게 레오에게 물티슈도 주는 소현.

이번에는 물병을 열려고 하는데 쉽게 열리지 않는다.

레오   (그런 소현을 보다가 웃으며) 줘요, 줘요.

소현   (물병 건네는) 감사합니다.

레오가 뚜껑을 열려고 하지만 쉽게 열리지 않는 물병.

안절부절하며 주변을 두리번거리는 소현.

Cut To

팔팔 끓는 된장찌개가 나오고,

레오   스텔라, 이게 뭐로 보여요?

소현   된장찌개…?

레오   스텔라, 그냥 된장찌개를 보더라도 이 된장찌개로 어떻게 하면 수익을 낼 수 있을지의 퍼스펙티브로 어프로치해봐요.

소현   아… (고개를 젓고)

레오   (소현의 대답을 기다리다가 말하는) 사람들이 된장찌개를 많이 먹는다, 그럼 이 리소스로 어떻게 레비뉴를 만들 수 있을까요?

소현   랩? 모르겠어요….

레오   하나, 된장을 파는 회사의 주식을 산다. 둘, 된장찌개를 다수에게 세일즈할 수 있는 디맨드를 찾아 된장스프 이코노미를 혁신한다.

소현   (무언가를 깨달은 듯) 아… 오… 우와!

레오   적지 말고, 그냥 새겨요.

소현   네, 알겠습니다!

이제 앞접시를 찾아 된장찌개를 담으려는 소현.

레오   내 건 내가 할게요.

식사를 하는 소현과 레오.

레오   스텔라는 롱텀 비전이 어떻게 돼요?

소현   (한 숟갈 먹으려다가) 아직 구체적으로는 생각 안 해 봐서,

레오   (이해한다는 듯 끄덕이며) 어리니까. 근데 스텔라도 나중에 창업해요.

음식을 먹으려는데 계속 말하는 레오로 인해
편하게 식사하지 못하는 소현,
그래도 레오의 말을 열심히 듣고 반응하고,
이 모습이 계속 반복된다.

소현   창업이요?

레오   우리 회사에서 일하면서 배울 수 있는 거, 뽑아 먹을 수 있는 거, 다 가져가요. 그러려면 오너십을 배워야 해요. 그래야 어치브할 수 있어요.

소현   명심하겠습니다.

레오   돈은 쫓는 게 아니에요, 따라오게 하는 거지. 항상 마인드셋하세요.

소현   마인드셋.

레오   (소현의 그릇을 보며) 된장찌개 싫어해요? (시계를 보고는)
      이제 나갈까요?

소현   **아…?** (아직 음식이 많이 남은)

일어나던 레오, 아차 한 듯 다시 자리에 앉는다.

레오   **아니 근데, 우리가 식사를 안 했네.** (이제 먹자는 듯)

S#6 낮, 회의실 안

회의실로 들어오는 레오, 자리에 앉아 있는 소현.

소현   **안녕하세요~**

레오   **편하게 해요, 편하게.**

레오, 짐을 챙기기 시작한다.

레오   **끝나고 저는 IR 피치가 있어서 오늘은 데일리 스크럼**
      으로 진행할게요. 스텔라, 어젠다 지금 보내니까 받아
      주세요.

소현   **네? 어디로…?** (두리번거리는)

463

그때 펼쳐둔 소현의 탭에 뜨는 알림.

소현   아… 아, 이렇게 되는구나, 네, 받았습니다.

레오   그럼 오늘 진행하는 데일리 스크럼 내용은 스텔라가
            서머리 해줄래요?

소현   네! 알겠습니다!

탭에서 노트를 여는 소현.

소현(N)   요약을 어떻게 하지? 일단 녹음해놓고 그냥 다 받아
            적어야겠다.

탭을 활용해 회의 내용을 녹음하는 소현.

레오   …의식주의 식이기도 하고, 메타버스의 마켓 사이즈
            는 충분히 큰데 아직 영리한 플레이어가 없는 상황이
            니까, 그래서 의식주의 식과 메타버스를 합쳐서 식타
            버스라는 새로운 아이데이션이 나온 거죠. 테크 기반
            으로 커스터머의 라이프에 아주 핏하게 다가가는 비
            즈니스를 스피드업 익스큐션 하는 게 바로 우리 미션
            이니까.

노트에 다급하게 '의식주, 메타버스, 영리한 플레이어 X, 식타버스,

아이데이션, 테크놀로지, 비즈니스, 스피덥익??'라고 적은 소현.

레오   스텔라, 이 모먼트에서 우리 서비스를 세일즈하기 위해
       알아야 할 마켓 니즈가 뭐라고 생각해요? 스텔라는
       MZ니까 잘 알 거 같은데.

소현   네? 어…

땀이 삐질 나는 소현,
떡 먹다 걸린 목소리를 내며 간신히 대답한다.

소현   식, 먹는 건 누구나 좋아하잖아요. 그러니까… 그런…
       멀티버스라는… (울먹이는 목소리로) 멀티버스는 요즘 핵
       심 키워드잖아요.

레오   (뒤쪽의 회사 로고를 가리키며) 메타버스.

소현   죄송합니다, 베타버스… 메타이멀, 메타… (버벅거리는)

레오   우리 비즈니스의 키워드는 메타버스니까 레코그나이
       즈 해주세요.

소현   네, 죄송합니다….

말을 마치고 밖으로 나가는 레오,
노트에 써둔 '메타버스'를 보고 후회하는 소현.

소현(N)   아 진짜, 여기 적어놨으면서 왜 헷갈린 거야….

무선 이어폰을 끼고 탭의 노트에 적어둔 내용을
녹음 파일로도 들으며 회의록을 작성하는 소현.

소현(N) 스피덥? 스피덕? 뭔 소리야… 이렇게 정리하는 거 맞나.

네이버에 '회의록 작성법'을 검색해보기도 하다가
결국 작성한 회의록을 레오에게 메일로 보내는 소현.

[제목 : 써머리 보냅니다!!]
라고 적었다가 지우고,

[제목 : 멀티버스 요약한 써머리 전달합니다.]
라고 썼다가, 이번에는 네이버에
'비즈니스 메일 작성하는 법'을 검색하는 소현.
그때 비어 있는 옆자리에서 울리는 전화 소리.
옆자리 괜히 기웃거리며 고민하다가 전화를 받는다.

소현   네, 여보세요.
수화기(E) (정적 흐르다가) 누구세요?
소현   (패기 넘치게) 저… 그 인턴 박소현이라고 합니다.
수화기(E) 대표님 계시나요?

소현   대표님 그, 지금 안 계셔가지고요.

수화기(E) 언제 다시 연락드리면 될까요?

소현   아, 그건 제가 잘 몰라… 죄송합니다… 죄송합,

          얼떨결에 전화를 끊어버린 소현.

소현   망했다….

소현(N)   중요한 사람이었으면 어떡하지? 대표님한테 전화해보
          자, 일단.

          휴대폰을 꺼내서 레오에게 전화 거는 소현.

레오(E)   이슈 있어요, 스텔라?

소현   아뇨, 아뇨, 이슈는 없고요. 대표님, 아니… 레오 님…
          레오, 그, 사무실에 전화가 왔었는데요.

레오(E)   누군데요?

소현   아니요… 누군지는,

레오(E)   누군지 안 물어봤어요?

소현   어… 여자분이셨고요! 20대 후반 정도 되는 목소리였
          는데,

레오(E)   그렇게 말하면 제가 어떻게 알아요.

소현   죄송합니다… 제가 전화를 끊어가지고….

467

레오(E)	익스큐즈 하지 마요, 그거 되게 오너십 없는 애티튜드
	예요. 아, 그리고 아까 부탁한 서머리가 딜레이 되는
	거 같은데. 이슈 있어요?
소현	아뇨, 아뇨. 이슈는 없고요. 메일 작성은 다했는데, 혹
	시 대표님 메일 주소가… 어디로…
레오(E)	메일 주소 제 네임카드에 적혀 있고, 톡으로 편하게 보
	내줘도 돼요.
소현	네, 죄송합니다….

전화를 끊고 자리에 앉는 소현,

PC 카톡으로 레오에게 회의록을 보내려고 하는데

[파일명 : 회의한 내용 일단 정리ㅣㅣㅣ.pdf]

| 소현 | (입을 틀어막으며) 악! |

| 소현(N) | 또 실수했다… 하는 일도 없으면서 또 실수했어…. |

소현, 다급하게 레오에게 카톡을 남긴다.

[소현 : 죄송합니다ㅠㅠ 다시 보내겠습니다ㅠㅠ]

그때 정우에게 전화가 온다. 전화를 받지 않고 끊는 소현.

468

비상구 계단 한쪽에 숨어서 우는 소현,

소현이 있는 줄 모르고 혼잣말을 하며 걸어 올라오는 레오.

레오 (혼잣말) 거기서 멍청하게 왜 그런 말을 하냐….

레오의 눈에 보이는,

계단에 앉아 손으로 얼굴을 가리고 우는 소현.

레오 스텔라, 왜 여기에 있어요?

소현 어… (얼굴을 더 가리며) 안녕하세요.

다가오는 레오와 이를 피하는 소현.

레오 이슈 있어요?

소현 아니요, 아니요. 이슈는 없고… 그냥….

눈물이 더 나오려고 해서 고개를 푹 숙이는 소현.

레오 아니, 왜 울어요.

소현 그냥 제가 너무 한심해서요….

레오 그러니까 뭐가 한심해요.

소현   제가 할 줄 아는 것도 없고, 그래가지고….

레오   (소현을 따뜻한 눈으로 보며) 스텔라, 스스로를 블레임하지 마요. 다 처음이라서 그래요. 저도 대표인데 할 줄 아는 거 아무것도 없어요.

소현   아니에요. (손 내저으며) 대표님은 엄청 대단하시잖아요. 대단한 스타트업도 운영하시고.

레오   하나도 안 대단한데, (잠시 생각하다가) 스텔라, 내가 비밀 하나 얘기해줄까요? 스텔라 처음 면접 볼 때, 저 엄청 긴장하고 있었어요.

Insert#1. (과거) 낮, 사무실 안

소현의 면접을 보기 전에 노트북으로

'신입사원 면접 보는 법' 뉴스레터를 읽어보는 레오.

'면접관이 빠지기 쉬운 5가지 오류 평가 점검하기'라는

제목이 보인다.

레오   (혼잣말로) 반갑습니다. 자기 소개해주세요. 메타베타슈팅스타가 어떤 회사인지 알고 있어요? (고개 갸웃하며) 너무 딱딱한가….

혼자서 면접 때 할 질문을 미리 연습해보는 레오.

소현   진짜요? 몰랐어요….

레오   그냥, 다들 아닌 척하고 살아갈 뿐이에요.

소현   (생각하는) 저도 이 회사에 도움되는 사람이 될 수 있을까요.

레오   스텔라가 이 회사에 있는 것만으로도 충분히 도움돼요. 또 우리 회사에 들어온 것만으로도 프라이드 가져도 돼요. 그리고 내가 꼭 그런 회사로 만들 거예요.

한결 나아진 표정의 소현,

그리고 명함 한 장을 꺼내드는 레오.

레오   아 맞다, 내가 줄 거 있는데. 스텔라 명함.

소현   (기뻐하는) 우와… 부모님 갖다드리면 너무 좋아하실 거 같아요. 대박.

레오   못 드릴 텐데?

소현   네?

레오   이 명함은 세상에 딱 한 장뿐이거든요. 이런 게 NFT라는 거예요. 스텔라도 NFT, 나도 NFT. 이 세상에 딱 하나뿐인 존재.

소현   아…

레오   온리 원.

명함을 소현에게 건네는 레오.

471

소현, 명함에 적힌 글자 '인턴 박소현'을 손으로 만져본다.

소현(E)　나도, 사회인이다.

소현(E)　넘버원보다는,

암전

소현(E)　온리원.

*

그냥,

다들 아닌 척하고 살아갈 뿐이에요.

32

「 자 기 말 이 다 맞 는 사 람 특 징 」

낮, 과실 안

휴대폰을 하고 있는 희원, 그리고 대화 중인 나은과 소현.

소현   나 이번에 첫 월급 받으면 부모님 내복 사드리려고, 빨간색!

나은   아, 소현아~ (답답하다는 듯) 언제 적 내복이야~ 그냥 현금 드려. 어른들은 돈 제일 좋아해.

소현   현금?

나은   돈으로만 드리기 좀 그러면 이런 거, 돈 꽃다발 같은 거.

나은, 소현에게 돈 꽃다발 선물 사진을 보여준다.

소현	돈다발, 우와…
나은	엄청 좋아하실 거 같은데? 이걸로 해라, 이걸로. 어디서 사는 건지 알아 봐줘?
소현	어? 오오! 응.
나은	지금 살래?
소현	지금? 조금 고민을 해보고.
희원	(둘을 보다가) 근데, 그런 건 어버이날 그런 때 드리는 거 아닌가? 첫 월급 받아서 드리는 건데 무슨 돈 꽃다발?

희원이 이야기를 듣는 무표정한 얼굴의 나은.

희원	소현아, 내복 사드려. (나은을 쳐다보고) 내복 괜찮은데? 근데 빨간색 말고 무난한 색으로.
소현	아, 그럼 검은색…?
희원	여보세요?

전화를 받기 위해 밖으로 나가는 희원.

나은	근데 저 선배 뭐야? 갑자기 왜 저래, 노래 듣다가. 지 말이 다 맞는 건 줄 알아.

타이틀 <자기 말이 다 맞는 사람>

나은(E) 말투 진짜 개킹받는다.

S#2 낮, 카페 안

커피 트레이를 둘이 같이 들고 오는 소현과 연희,

그 모습을 보는 나은.

나은 **야야, 쏟겠다. 한 명이 들어.**

아슬아슬하게 테이블 위에 트레이를 올리는 소현과 연희.

소현 **안 쏟고 성공!**

트레이를 보는 나은.

나은 **티슈는?**

소현 **아앗, 맞다. (연희에게 기분 좋게) 휴지 가지러 가자!**

연희 **(마찬가지로 신난) 가지러 가자!**

나은 **한 명만 가, 한 명만.**

벌떡 일어나 같이 가는 소현과 연희,

티슈를 들고 다시 신나게 자리로 온다.

나은	빨대는?
소현	아! 맞다. (여전히 신난)
연희	아~ 웃겨.

다시 자리에서 같이 일어나는 소현과 연희,

답답한 표정의 나은.

Cut To

신나게 회사 이야기를 하는 소현,

테이블 끝에 소현의 커피가 아슬아슬하게 놓여 있다.

그게 신경 쓰이는 나은, 반대로 즐겁게 소현의 이야기를 듣는 연희.

소현	아, 우리 대표님이 나 보고 일 잘한다면서 갑자기 명함을 첫날에 딱!
나은	(흔들리는 커피 컵을 보며) 소현아, 소현아, 안쪽으로 둬.
소현	오잉?
나은	커피.
소현	아! 응.

소현, 커피를 안쪽에 놓는다.

이제는 겉옷을 안고 휴대폰을 하며

커피를 마시는 연희가 신경 쓰이는 나은.

연희	아, 제주도 한 달 살기, 너무 좋아 보여.
소현	어, 맞아~ 완전 로망.
나은	연희야, 연희야, 겉옷 줘.
연희	아아, 땡큐.

겉옷을 나은에게 건네는 연희,

자신의 옆자리에 연희의 옷을 두는 나은.

연희	그냥 서울 떠나서 제주도에서 한 달 살고 올까 고민 중.
나은	한 달이나? 왜?
연희	로망이잖아.
소현	야, 완전 좋은데?
나은	에이~ 야, 제주도는 그냥 여행으로 가는 거지. 2박 3일이면 돌고 싶은 데 다 도는데.
연희	근데 여행이랑 사는 거랑은 또 다르니까.
나은	(고개 저으며 아니라는 식으로) 으으응, 다를 거 없어. 그리고 제주도는 오히려 길게 살면 더 지루해. 아무리 풍경 좋고 그래도 살게 되면 맨날 가던 데만 가게 되고, 다 거기서 다 거기야.
연희	(기어가는 목소리로) 아니 뭐, 지금 당장 살겠다는 소리는 아니고…
나은	(연희가 말하는 중인데 갑자기 다른 얘기하는) 아, 맞다. 소현아, 너 첫 월급으로 부모님 선물 사드리겠다고 한 건 뭐 골

랐어?

소현   어? 아직은 좀 고민 중이야.

나은   뭔 고민이야, 현금이 최고라니까.

소현   어… 어… 그치.

나은   내 말 들어. 그게 이득이야.

소현   현금… 응….

S#3   낮. 강의실 안

강의실에 모여 앉은 나은, 소현, 연희, 우식.

노트북을 앞에 둔 나은과 나은만 바라보는 세 사람.

나은   조별 과제할 때 쓰면 좋은 프로그램을 알아왔어. 여기
         에 우리 발표 전까지 해야 할 일들 쫙 정리해서 담당자
         지정하고, 일정도 개별로 따로 설정할 수 있어.

소현   좋은데? 그걸로 하자!

나은   그러면, (프로그램을 설정하는) 발표를 우식이 네가 할래?
         (우식을 쳐다보는)

우식   엥? 내가?

나은   여기서 너밖에 할 사람 없어. 너의 재능으로 다수에게
         좋은 성적을 하사하는 거 어때?

소현   요오~ 우식쓰~

479

우식   아… 알았어. 뭐, 상관없어, 나는.

나은   그럼 프로그램에 담당자 지정해둘게.

조별 과제 때 각각의 담당자를 지정하는 나은.

나은   PPT는 소현이가 하고, 자료 조사는 연희가 하자.

소현   그…럴까…?

연희   나은이가 거의 다 정해버리네, 그냥.

나은   원래 누구 한 명이 주장해줘야 되는 거야, 이런 건. 그래야 빨리빨리 진행되니까. 연희야, 우리 시간 별로 없으니까 자료 조사는 모레까지 해줘야겠다. 일정 설정해둘게.

일정을 설정하는 나은.

연희   아, 나 자료 조사 내용이 너무 많은 거 같은데, 시간도 좀 촉박하고. (소현 쳐다보며) 소현이랑 같이 해도 되나?

나은   연희야, 자료 조사가 제일 꿀이야. 그리고 PPT 내용 많아서 자료 조사랑 같이하기 힘들어.

나은이 설정 중인 프로그램의 담당자를 확인하는 우식.

우식   근데 나은아, 네 업무는 여기 지정이 안 되어 있는 거 같은데?

나은   나는! 너네가 과제를 프로그램에 올린 거 보고 일정 체크하고 취합할게. 오키?

우식   (웃으며) 날로 먹네?

나은   날로 먹는 거 아니거든. 원래 조장이 제일 빡세. 조율 해야 해서.

        말없이 소현의 옷자락을 잡아당기는 연희.

나은   연희야, 네가 할 일은 네가 알아서 하자~ 책임감 갖고.

연희   (불만인 듯) 뭐가.

우식   끝났으면 술이나 마시러 갈까?

S#4   밤, 과실 안

        맥주를 마시며 소현의 이야기를 듣고 있는 우식, 나은, 연희.

소현   (나은에게) 저번에 내가 너한테 고민 상담한 날 기억나? 그때 정우 오빠가 전화로 현수 그 선배랑 있다고 했거든? 근데 알고 보니까 민아 선배랑 있었던 거야.

        소현의 말을 듣고 아차, 하는 듯한 우식의 표정.

연희   진짜? 그럼 거짓말 친 거네?

소현   응!

나은   진짜 그건 아니지.

소현   그치, 그건 아니지? 그래서 내가 그건 아닌 거 같다고
        말하고 집에 갔는데, 피곤하다고 하더니 집에 가서 연
        락이 없는 거야.

나은   야, 너 그거 진짜 절대로 먼저 연락하지 마. 그럼 지는
        거야. 사람 사이에는 아무리 연애라도 갑을 관계가 있
        는 거야. 너가 계속 져주고 그러니까, 어차피 걔는 내가
        이렇게 해도 또 져주겠지, 그렇게 생각하는 거라니까?

소현   진짜?

나은   내가 성실이한테 그래서 알아. 소현아, 연애 편하게 하
        려면 갑이 돼야 해. 연락 먼저 올 때까지 절대 먼저 연
        락 하지 마.

소현   진짜, 진짜 그래야겠다. 맨날 싸우고 나서도 내가 먼저
        연락했잖아. 이번엔 진짜 절대, 절대 안 해야지. 나은,
        땡큐.

        대화를 가만히 듣고 있던 우식, 갑자기 입을 연다.

우식   뻥 치네.

482

우식을 째려보는 소현.

우식   애는 실컷 상담해줘도 결국 지 맘대로 해.

소현   개소리야, 아니거든.

우식   아니긴 뭐가 아니야, 내가 한두 번 속냐.

소현   아, 어쩌라고!

우식   저쩌라고.

S#5   밤, 바깥 복도

휴대폰을 쥐고 계단을 올라가던 소현,

그 위에 친구와 통화 중인 우식이 있다.

그때 어디론가 가는 소현을 발견한 우식.

우식   (통화 중인 친구에게) 어… 야, 잠깐만. 박소현! 너 어디
       가냐. (전화를 끊는)

소현   (들켰다는 듯 약간 찔리는 표정으로) 나? 잠깐 편의점?

우식   야, 같이 가자.

소현   아니야, 아니야. 나 전화 한 통 해야 돼서.

우식   정우 형?

소현   아이… 그… 넌 들어가서 연희나 챙겨, 빨리.

우식   내가 왜?

소현	연희 챙기라고. 이럴 때 점수 따는 거야, 임마.
우식	아이, 뭔 소리 하는 거야.
소현	내가 둘이 이어준다고요~
우식	아, 헛소리 좀 하지 마! 너 또 질질 짜면서 미안하다고 그럴 거지, 들어가자.
소현	그럼 뭐, 어쩌라고. 모쏠 주제에.
우식	(어이없는) 모쏠?
소현	아, 그래. 모쏠 주제에 참견 좀 하지 마~
우식	아~ 참나, 이걸 죽일 수도 없고, 이씨.
소현	(얄밉게, 유행어 흉내 내며) 죽이고 싶쥬? 근데 못 죽이쥬? 어쩔, 개킹받쥬? 근데 우식이 여자친구 없쥬? 어쩔티비, 뇌절티비, 안궁티비, 모쏠티비.

황당해서 말도 안 나오는 듯한 우식의 표정.

소현	뉘뉘, 알겠습니다~ 우식이랑 사귀고 싶은 사람? 우식이 만나고 싶은 사람? 아무도 없쥬, 지나가는 개미 한 마리도 없쥬. 슉슉슉슉슉, 모쏠놈아.

상처받은 척, 입으로 우는 소리를 내며
반대편으로 뛰어가버리는 우식.
소현, 다시 가던 길을 간다.

과실 안으로 들어오는 우식, 연희가 취해서 꾸벅꾸벅 졸고 있다.

연희가 우식의 어깨에 고개를 떨구는데,

우식은 그런 연희를 보다가 조심스럽게 본인의 어깨를 뺀다.

술을 따르는 우식,

과거, 정우에게 전화하며 울던 소현의 모습이 생각난다.

Insert#1. (과거) 밤, 편의점 앞

편의점에서 음료를 사서 급하게 뛰어나오는 우식.

손에 음료를 쥐고 소현에게 가는데,

벤치에 앉아 정우와 통화 중인 소현을 발견한다.

소현   오빠, 미안해….

아무것도 하지 못하고 바라만 보던 자신이 떠오르는 우식.

우식   (혼잣말로) 아… 짜증나.

감고 있던 눈을 슬며시 뜨는 연희,

우식의 말을 다 듣고 있다.

술을 삼킨 우식, 술이 쓴 듯 인상을 쓰다가

소현의 목소리를 떠올린다.

소현(E) 개 킹받쥬, 아무것도 못하쥬~ 응, 못 죽이쥬~ 또 빡치쥬, 지금 아무것도 못하쥬~ 그냥 화났쥬~ 네네네, 알겠습니다~ 아무도 안물안궁!

우식 (과자를 집어먹으며) 아우, 써.

밤, 나은의 집 안

노트북을 켜서 프로그램으로
친구들이 진행한 과제를 확인 중인 나은.
자료 조사 파일을 확인하는데, 파일을 올린 사람이 '소현'이다.

나은(N) 결국 얘네 같이 했네. 아~ 자료 조사 얼마나 된다고 또 같이하고 있어.

이번에는 우식이 올린 대본 파일을 열어 보는 나은,
심플한 구성의 대본이다.

나은 뭐야, 왜 이렇게 대충 썼어.

우식에게 바로 전화하는 나은.

나은   아, 우식아, 대본 지금 목차만 써 있는데 세부적으로
        어떻게 말할 건지 자세히 다시 적어서 버전 업데이트
        해줘. 오늘 자정 전까지만 업데이트하면 될 듯. 내가
        기한 다시 설정해놓을게.

우식(E) 나 원래 발표할 때 대본 그렇게 쓰는데?

나은   하~ 대본 그렇게 쓰는 거 아니야.

우식(E) 목차 써놓고 발표할 때는 피피티랑 상황에 맞게 할
        거야.

나은   아, 너 대본 쓰는 법 잘 모르는구나. 그럼 일단 내가 저
        번에 썼던 발표 대본 올려둘 테니까. 그거 보고 학인하
        고 양식에 맞춰서 써서 다시 올려줘.

우식(E) 다시 하라고?

나은   어. (어이없다는 듯) 저렇게 쓴 대본으로 어떻게 발표하고,
        너 발표할 거를 우리가 어떻게 확인해.

우식(E) 난 항상 그렇게 대본 써서 발표했는데?

나은   아니, 근데 그렇게 하면 안 된다고.

우식(E) 발표는 내가 하는 건데, 왜 대본을 네가 하는 대로 써?

나은   이게 맞으니까. (한숨 쉬는)

우식(E) 아씨, 야, 그, 나은아. 너가 조장인 건 알겠는데, 네 방
        식이 다 정답은 아니잖아.

나은   대본 이렇게 쓰는 게 기본이야. 나 너처럼 대본 쓰는

사람 처음 봐.

우식(E)   좀 비효율적인데.

나은   시간 더 필요하면 내일 오전 9시 전까지 꼭 업데이트
         해줘. 팀플은 같이 하는 거니까 최소한의 규칙은 맞춰
         서 하는 게 맞다고 생각해.

우식(E)   아, 알았어. 아, 진짜…

         전화를 끊는 나은.

나은(N)   송우식, 팀플 같이 하니까 되게 고집 세네. 아, 자기 마
         음대로 하는 사람 너무 짜증 나.

         인스타그램에 들어가는 나은,
         소현의 스토리에 올라온 부모님께 선물로 드린 내복 사진.

나은(N)   뭐야, 애 내복 샀네?

S#8 해 질 녘, 공원

         공원에 서서 이야기 중인 나은과 소현.

나은   너가 먼저 연락했어?

소현 아?

나은 아, 연락하지 말라니까. 너 연애 그렇게 하면 안 돼, 소
현아.

소현 근데 어쩔 수 없었어.

나은 어쩔 수 없긴 뭐가 어쩔 수 없어.

소현 아, 취해가지고. 역시 싸웠을 땐 금주해야 돼.

나은 (화제를 바꾸며) 너, 내복 샀더라? 그거 돈 낭비야.

소현 겨울이라서 내복 필요하다고 하셔가지고.

나은 그리고 송연희 자료 조사 왜 또 같이 해줬어.

소현 아니, 그, 연희가 자료 조사할 내용이 많긴 많더라고.

나은 걔는 왜 그러나 몰라. 너 맨날 연희가 너한테 일 떠넘
기는 거 때문에 짜증 난다고 나한테 욕하잖아.

소현 아, 응….

나은 근데 왜 또 도와주냐고?

소현 그러니까. 다신 안 해, 다신 안 도와줘~ 근데 이번엔
진짜 연희가 자료 조사 해야 할 양이 많긴 했어. 피피
티가 만들 게 별로 없고. 그리고 연희, 제주도 한 달 살
이 준비하느라 정신이 하나도 없다고 해서.

나은 뭐? 걔 그걸 간대? 미친 거 아니야?

소현 (나은의 말에 조금 불편한 듯한 표정) 버킷리스트였나 봐.

나은 (짜증 내는) 아, 걔 진짜 왜 그래. 다들 멍청해.

소현 뭐가 멍청해?

나은 결과가 뻔한 행동을 반복하잖아.

소현   난 내가 하고 싶어서 한 거야.

나은   근데 그게 결국 틀렸잖아.

소현   틀렸… 뭐가 틀려, 틀린 건 아니지.

나은   (단호하게) 아니, 틀렸어. 너 이제 또 연애 을로 시작하
        는 거야. 혼자 또 서운하고, 혼자 또 울고 그럴걸? 그리
        고 연희 걔 이제 너한테 더 들러붙어. 넌 단호하게 해
        야될 때 단호하지 못한 게 네 문제야.

소현   나은아, 너는 왜 네가 항상 정답인 것처럼 얘기해?

        소현의 말에 생각하는 나은.

나은   그거야 당연히,

        소현을 바라보는 나은.

        암전

나은(E)   내 말이 정답이니까.

＊

너는

왜 네가 항상 정답인 것처럼 얘기해?

33

「 돈 걱정 없이 산 사람 특징 」

S#1   낮, 라운지 안

쪽지에 무언가를 쓰고 있는 보라,

그런 보라를 보며 휴대폰을 하는 유진.

유진   이건 뭐야?

보라   아, 이거? 이따 거래할 거.

유진   근데 웬 쪽지랑 사탕?

보라   이건 내가 덤으로 주는 거. 나도 몰랐는데 이런 거 덤
        으로 들어 있으면 기분 좋더라고.

[예쁘게 신으세요! *^-^*]라고 적힌 쪽지,

사탕도 하나 꺼내서 쪽지와 함께 쇼핑백에 넣는 보라.

유진   덤? 뭐 거래하는데?

보라   어그부츠! 요즘 잘 안 신게 되더라.

유진   남이 신던 신발은 좀 찝찝하지 않나?

보라   나도 이거 브랜드 없는 거라 팔릴까 했는데, 싸게 올렸
        더니 연락 오더라고.

유진   얼마에 올렸는데?

보라   5,000원!

유진   그거 받으려고 파는 거야?

보라   그냥 용돈 하는 거지, 뭐.

유진   안 귀찮아? 그냥 버려~

보라   유진아, 너는 중고 거래 같은 거 한 번도 안 해봤지?

유진   어….

보라   역시 금수저~ 나도 너처럼 세상 물정 모르고 싶다~

보라를 물끄러미 쳐다보는 유진.

유진(N)   세상 물정 모른다고 하는 건, 욕인가?

타이틀 <돈 걱정 없이 산 사람 특징>

493

걸어가고 있는 유진, 보라, 혁.

보라   저기 신호등 건너서 세탁소 옆에 아이스크림 할인점 있어.

유진   세탁소? 거기 좀 걸어야 하지 않아? 그냥 여기 편의점 에서 사자~

혁   아, 편의점 비싸~

유진   어차피 같은 아이스크림인데 가격 차이가 얼마나 난 다고~

보라   유진아, 차이 많이 나.

혁   그리고 거기 종류도 더 많아.

유진   그럼 택시 타고 가자.

보라   야, 택시, 미쳤어? 아이스크림 값 아끼자고 가는 건데 무슨 택시를 타, 걸어가자.

혁   그래~ 가자.

걸어가는 세 사람의 뒷모습 뒤로 이어지는 대화.

보라   유진이 너, 막 편의점 가면 냉동식품 코너에 있는 아이 스크림만 먹고 그러는 거 아니야?

유진   엉? 뭔 소리야?

보라　　거기 편의점 귀족 전용 코너잖아.

유진　　귀족?

보라를 바라보는 유진, 은근히 기분이 나쁘다.

S#3　저녁, 과실 안

과실로 들어오는 민아, 유진, 보라.

테이블에 앉아서 가방에서 탭을 꺼내는 유진,

그리고 보라는 노트를 꺼낸다.

유진　　맞다, 과실 와이파이 안 되잖아.

민아　　아… 맞다, 카페 가야 되나?

생각하다가 문 쪽으로 가는 보라.

보라　　애들아, 여기 문 쪽에서 하면 옆에 과사 와이파이 잡히

　　　　는데.

그때 문을 열고 들어오는 혁, 문에 부딪히는 보라.

혁　　　헉… 괘, 괜찮아?

495

보라	괜찮아, 괜찮아~
혁	왜 여기 있어.
보라	아, 와이파이 때문에.
혁	와이파이? 내가 테더링 데이터 연결해줄까?
유진	어어! 나 해주라.
민아	헐. 나도.
혁	잠깐만, (휴대폰 테더링 키고) 테더링 비번 불러줄게.
보라	욜~ 데이터 넘치나 봐?

그때 유진에게 젤리를 건네는 민아.

민아	먹을래?
유진	안 돼, 나 요즘 엄마가 살 쪘다고 PT 끊어줬잖아. 억지로 가는 중.
보라	그런 건 얼마야?
유진	80,000원.
보라	한달에?
유진	아니, 1회.
보라	그렇게 비싸?
유진	보통 이 정도 해.
민아	맞아, 원래 PT가 비싸긴 해.
보라	무슨 운동을 그렇게 비싼 돈 주고 해? 어우, 난 그냥 공원 뛰어야겠다.

유진	러닝할 때 (손목의 위치를 보여주며) 위치 있으면 진짜 편한데. 난 운동하러 때 휴대폰 안 들고 위치만 들고 가. 전화도 되고, 음악도 들을 수 있고.
민아	애들아, 근데 배 고프지 않냐?
혁	저녁 먹자.
유진	뭐 먹을래?

배고프다는 유진, 혁, 민아 사이로 탐탁지 않은 듯한 보라의 표정.

보라	밥버거 먹을래?
유진	(휴대폰 꺼내며) 그럼 내가 시킬게.
보라	배달로 시키게?
유진	응.
보라	야, 배달비 그거면 밥버거 하나 더 먹겠다.
유진	걸어가, 그러면? 15분 걸리는데. 왕복 30분이면 너무 시간 낭비잖아.
민아	그리고 추워~
보라	그런가, 그럼 내가 사올게!
유진	아, 뭔 소리야. 내가 배달비 낼게. 뭐 먹을래?
보라	야, 아니야. 왜 네가 내.
유진	내가 시키자고 했으니까 그렇지, 뭐 먹을래?
민아	난 버터 장조림!
혁	(휴대폰으로 메뉴 보며) 난 그 밑에 있는 거!

유진   보라는?

보라   난 제일 기본.

S#4 저녁, 동규의 차 안

차에서 남자친구인 동규와 이야기 중인 유진.

유진   보라는 진짜 너무 돈, 돈 거려. 같이 있으면 내가 괜히
       죄짓는 거 같고, 눈치 보이고 그런다니까. 나는 그냥 생
       각 없이 한 말인데 갑자기 표정 어두워지고. 자꾸 나한
       테 금수저, 금수저 하는 것도 은근 기분 나빠. 우리 집
       이 무슨 금수저야, 완전 평범한데. 그리고, 진짜로 이
       해 안 되는 게 뭐냐면 몇백 원 아낀다고 가까운 편의점
       있는데 막 아이스크림 사러 멀리까지 돌아가자는 거
       야. 진짜 에바 아니야?

동규   아니, 뭐. 진짜 돈이 없는 게 아닐까?

유진   아니, 정 안 되면 용돈을 좀 받던지. 너무하잖아, 주변
       사람까지 힘들게 하고.

동규   (잠시 생각하다가) 맞아, 자꾸 그러면 주변 사람들이 힘
       들어지지.

유진   돈 몇 푼에 그러는 거, 진짜 이해 안 되지 않아?

동규   아… 근데 나도 대학 다닐 때 집이 좀 어려웠어서.

498

유진   오빠 집이 어려웠다고?

동규   유진아, 있잖아, 네가 누리고 있는 것들, 그게 다른 사
       람들한텐 당연한 게 아닐 수도 있다?

S#5 저녁, 엘리베이터 안

유진   아, 휴대폰 두고 내렸다.

       동규에게 워치로 전화를 거는 유진.

동규(E) 여보세요?

유진   오빠, 나 휴대폰 두고 내렸어.

동규(E) 뭐야, 전화 어떻게 걸었어?

유진   나 워치 세컨 번호 있잖아.

동규(E) 아~ 잠깐 기다려~

S#6 낮, 과실 안

       노트북으로 강의를 들으며 패드로 필기하고 있는 혁,

       시험 공부 중인 보라.

       유진, 화장품을 꺼내기 위해 가방을 테이블에 올린다.

유진의 가방을 보는 민아.

민아   뭐야? 가방 예쁘다, 비싼 거 아니야?

보라   욜~ 명품~

유진   아, 이거 그냥 엄마가 스무살 때 대학 붙었다고 사준
       거야.

보라   오~ 금수저~

유진   뭘 자꾸 금수저래.

보라   아 조크, 조크.

민아   (농담으로) 사실 진짜 금수저 아니야? 막 이래~

유진   금수저? 우리 아빠 그냥 공무원인데?

민아   오, 공무원이시구나~

유진   응. 아 근데 진짜 웃긴 얘기 있는데.

민아   뭔데?

유진   우리 아빠 꿈이 원래 변호사였거든. 근데 할머니가 명
       예 엄청 중요하게 생각하셔서 지금 판사 하고 있잖아.

민아   아~ 판사시구나.

유진   근데 판사는 그냥 공무원이고 명예직이니까, 우리 엄
       마가 고생을 좀 많이 하셨어.

민아   왜? 판사 돈 잘 벌지 않나?

유진   뭐, 못 버는 건 아닌데, 사교육비 지출이 좀 있으니까.
       우리 오빠, 대학을 미국으로 갔거든.

민아   유학이 돈이 많이 들기는 하지.

유진	원래 나도 유학 가고 싶었는데, 우리 아빠 때문에 못 갔잖아.
혁	왜?
유진	내가 미국에 오빠 보러 한 달 정도 갔었거든? 그때 아빠가 막 울었잖아, 나 보고 싶다고.
민아	진짜 귀여우시다.
유진	아무튼 난 유학 가려면 우리 아빠부터 설득해야 돼. 나 못 보면 우울증 올지도 몰라, 우리 아빠.
민아	완전 딸 바보시네.

말없이 휴대폰을 하는, 딴청 하는 보라.

유진	근데 난 좀 무뚝뚝해가지고, 백화점 가려고 카드 받을 때만 애교 부린다? 완전 웃기지.
민아	(억지 웃음) 어~ 완전 웃기다. 야, 평소에도 좀 잘해드려~

계속 휴대폰만 보는 보라.

유진	(분위기 전환하려) 보라는? 보라 아빠는 어떠셔?

표정이 굳어진 채로 유진을 쳐다보는 보라.

보라	…우리 아빠? 왜?

501

유진　　아… 아 그냥… 나도 아빠 얘기해서 물어본 거야.

　　　　표정 관리가 안 되는 보라, 그런 보라의 눈치를 살짝 보는 유진.

유진(N)　아씨, 뭐야. 나 뭐 말실수했나?

　　　　옥상 쪽 계단을 올라가는 유진,
　　　　우연히 통화 중인 보라를 발견한다.

보라　　(힘없는 목소리로) 그러기만 해. (서서히 화내며) 아빠는 무
　　　　슨 아빠야. 그래, 차라리 그냥 죽어.

　　　　보라, 발걸음 소리에 고개를 돌려보니
　　　　위로 올라오는 유진이 보인다.
　　　　보라의 말에 놀란 유진.

보라　　(여전히 통화 중인, 동시에 유진 바라보며) 그만해. 진짜 지겨
　　　　우니까.

　　　　전화를 끊는 보라.

유진 (보라에게) 아빠?

    보라의 차가운 표정.

유진 나, 그, 올라오다가…

보라 (여전히 무표정한) 응, 그래?

유진 (계단을 내려가는 보라를 향해) 보라야, 근데, (조심스럽게) 네가 방금 한 말… 좀 너무 심했다. 나도 가끔 아빠랑 싸우면 말이 헛나올 때 있는데, 그래도 네가 먼저 죄송하다고 하면…

보라 (말 끊으며) 유진아, 너 나에 대해 알아?

유진 응?

보라 나에 대해서 아냐고.

유진 아니, 그러니까 내 말은… 그래도 너희 아빠니까.

보라 (눈을 깜빡이다 시선을 천천히 아래로 돌리며, 혼잣말로) 그래도 우리 아빠… 그 말 진짜 너무 싫다.

    다시 유진을 한번 쳐다보고 말없이 계단을 내려가는 보라.

    벙 찐 유진, 내려가는 보라를 멍하니 보는데,

    그때 유진에게 전화가 걸려 온다. 휴대폰 보면 '울아빵'.

유진(N) 그래, 솔직히 나는,

전화를 받지 않고 보라가 지나간 자리를 계속 바라보는 유진.

암전

유진(N) 너를 모른다.

34

「 친한 친구 없는 사람 특징 」

낮, 거리

대화 중인 현수와 민아.

현수   솔직히 대학 친구들은 뭔가 가식적인 느낌이랄까.

민아   너, 왜 우리 차별하냐.

현수   아니, 동기 애들 어차피 방학되면 다들 연락 없잖아.

       각자 살기 바빠서 잘 안 만나게 되지 않아?

민아   넌 그럼 방학 땐 누구랑 노냐?

현수   나? 고등학교 친구들.

민아   아… 아직도 친해?

현수   아이~ 그치. 신당동 보이즈라고 있는데, 서로 못 볼 거

다 본 사이. 진짜 무조건 평생 갈 찐친들.

민아   대학 다 다르지 않아? 어떻게 모여?

현수   예전만큼은 아니어도 일주일에 한 번은 보지.

민아   …그래?

약간 신기하고 부럽다는 표정으로 현수를 바라보는 민아.

현수   넌 고등학교 친구 없어?

민아   어? 나도 있지.

현수   몇 명? 너네 모임 이름은 뭐야?

현수의 말에 딴청 하는 민아.

타이틀 <친한 친구 없는 사람 특징>

S#2   저녁, 민아의 집 안

어두운 방 안에서 인스타그램을 보고 있는 민아,

지영의 스토리에 올라온 사진이 보인다.

민아의 고등학교 친구인 지영과 은아가 같이 카페에서 찍은 셀카.

[지영이랑 (하트) 우리 벌써 6년지기당 (볼쭉쭉)

앞으로도 나 잘부탁행 뀨]

506

민아(N)　얘네 아직도 자주 만나나 보네.

지영의 카톡 프로필 사진을 확인하는 민아.

민아(N)　오랜만에 연락해볼까?

잠시 고민하는 민아.

민아(N)　아니다….

휴대폰을 내려놓고 눈을 감고 눕는 민아.

　(과거) 저녁, 카페 안
_____

카페에 들어온 고등학생인 민아, 지영, 은아.
지영과 은아, 나란히 소파 의자에 앉고
민아는 혼자 반대편 의자에 앉는다.

지영　은아야, 그때 사진 보내줘~
은아　아, 오키 오키~

그때 단톡방에 사진이 올라온다.

은아   아, 실수로 모아서 안 보냈다, 미안.

계속해서 울리는 카톡 소리.

지영   어… 단톡으로 보냈네?

카톡을 확인해보는 민아,
단톡창을 가득 채운, 즐겁게 웃으며 찍은 지영과 은아의 사진.
표정이 굳는 민아.

민아   뭐야? 어디 갔었어, 둘이?

은아   아, 주말에 놀이공원 갔었는데. 아, 맞다. 너도 같이 가
      자 할걸.

지영   그래~ (지영에게) 그때 내가 부르자고 했잖아.

은아   아니, 민아 바쁠까 봐.

민아   나 주말에 집에 있었는데.

은아   진짜? (지영을 보며) 부를걸, 불렀어야 됐는데.

지영   그러게, 우리 왜 바쁠 거라고 생각했지?

은아   근데 민아 놀이기구 타는 거 싫어한다고 그랬잖아.

민아   나 놀이기구 타는 거, 안 싫어하는데.

은아   아니야, 너 그때 드롭 타는 거 무섭다고 했잖아~

민아   아~

은아   아닌가? 아, 몰라. 왜 그렇게 생각했지?

지영   야~ 너 왜 거짓말해~

은아   아니야, 거짓말이 아니라!

지영   다음엔 같이 가자, 민아야.

        둘이서 웃고 대화하는 은아와 지영.

민아(N) 별것도 아닌 일에,

은아   애들아, 근데 우리 이번에 수학여행 호텔로 간대.

지영   헐, 진짜?

민아   진짜?

은아   호텔 2인실이래. 대박이지, 지영아?

        지영만 보고 이야기하는 은아를 바라보는 민아.

민아(N) 불안해진다.

은아   근데 2인실이면 민아 어떡하지?

지영   그러게. 민아야, 우리 방으로 놀러와!

은아   그래, 그러면 되겠다. 우리 저녁에 진실 게임 할래?

지영   너무 좋은데?

        민아를 바라보는 은아와 지영, 억지로 리액션하는 민아.

민아(N) 그때는 그랬다.

Cut To

상가 건물 안, 장난치며 올라가는 지영과 은아,

두 사람이 나란히 서서 먼저 올라가고

민아는 조용히 혼자 따라간다.

저녁, 민아의 집 안 (S#2 연결)

잠이 든 민아, 그때 휴대폰 진동 소리가 들리고,

휴대폰을 보니 혁의 전화다.

민아(N) **뭐야.**

망설이다가 전화를 받는 민아.

저녁, 술집 안

테이블 위로 보이는 술병들.

취한 채로 휴대폰을 하고 있는 민아,

그때 혁이 술집으로 들어온다.

혁   아, 쏘리, 쏘리. 전화가 자꾸 오네.

민아   (짜증스럽게) 아, 누구냐~

혁   동네 친구.

민아   아~ 너 옛날부터 학교 근처에 살았어?

혁   아니, 나 대학 들어와서 자취 시작했지.

민아   근데 동네 친구가 있어?

혁   여기 와서 알게 된 친구들.

        민아의 잔을 채워주는 혁.

민아   우리 학교?

혁   아니, 학교는 다 다르고, 다 이 동네 살아.

민아   너 친화력 대박이다. 같은 학교도 아닌데 어떻게 동네
        친구들을 사겼어?

혁   틴더로.

민아   아, 너 틴더해?

혁   응. 그냥 뭐 새로운 사람들이랑 얘기하거나 만나고 싶
        을 때?

민아   (웃으며) 그거 연애하려고 하는 거 아니야?

혁   아, 연애하는 사람도 있지. 근데, 그냥 친구 만날 때도
        많이 쓰더라고. 나도 이 동네에 아는 친구 없어서 틴더
        시작했는데, 괜찮던데?

민아   그래?

혁	너도 하게?
민아	아니, 나는 별로. 뭔가 이상한 사람 만날까 봐.
혁	그냥 현실에서 만나는 거랑 별 차이 없어. 당연히 이상한 사람도 있을 수 있겠지. 나랑 잘 맞는 사람도 있고, 아닌 사람도 있고.
민아	뭐, 그건 어딜 가나 그렇겠네.
혁	우리 자리 옮길까? 근처에 가볍게 마실 수 있는 데로.
민아	어… (고민하는)

S#6 · 밤, 민아의 집 안

침대에 앉아서 휴대폰을 바라보고 있는 민아,

틴더를 다운더 받는 중이다.

회원 가입을 하고 나니 '관심사'를 선택하는 화면이 나오고,

민아	관심사?

'넷플릭스', '한강에서 치맥', '맛집 탐방'을 선택하는 민아.

튜토리얼이 나온다.

'서로 LIKE를 보내야만 매치가 이루어집니다. 지금 보내 보세요!'

다른 이용자인 '한승현'의 프로필을 보는 민아.

관심사가 '넷플릭스', '한강에서 치맥', '술 한 잔'으로
민아와 비슷하다.

승현의 프로필을 스와이프해서 'LIKE'를 보내는 민아.

곧이어 매칭이 되었음을 알려주는 창이 뜬다.

계속 틴더를 보는 중인데

갑자기 고등학교 친구인 '지영'에게서 전화가 온다.

망설이다가 전화를 받는 민아.

민아   어, 여보세요?

지영(E)   (상기된 목소리로) 민아야!

민아   (반가운 목소리로) 어, 지영아. 오랜만이야, 웬일이야?

지영(E)   아니, 너 잘 지내나 궁금해서 전화했지!

민아   진짜? 나 잘 지내지~ 너는 잘 지내?

지영(E)   응응! 아, 나 지금 은아도 같이 있는데,

민아   아… 그래? 지금 둘이 같이 있어?

지영(E)   응, 지금 스피커폰이야!

은아(E)   (끼어들며) 민아 안녕!

민아   (다시 밝게) 어, 은아야! 오랜만이야~~

은아(E)   오랜만에 너 궁금해져서 전화했어!

민아   아, 진짜? 고마워~ 먼저 연락 줘서. 안 그래도 며칠 전
         에 너네 생각났었는데.

지영(E)   진짜? 통했네!

민아   다들 지금 방학이지?

지영(E)   민아야, 나 공무원 됐어!

민아   진짜로?

지영(E)   응.

민아   정말 축하해!

지영(E)   그리고 은아는 학교 자퇴했어.

민아   아… 그랬어?

지영(E)   아무튼! 나중에 한번 보자, 민아야!

민아   그래, 그래! 다들 바쁘겠네~

은아(E)   다음에 셋이 맛있는 거 먹으러 가자.

민아   (웃으며) 그래~ 또 연락하자!

지영(E)   응~ 끊어.

은아(E)   빠이!

전화가 끊기고, 민아, 잠시 생각에 잠긴다.

민아(N)   왜 또… 불안해질까.

민아, 휴대폰을 보니 틴더 메시지가 와 있다.

[승현 : 안녕하세여ㅎㅎ]

[민아 : 안녕하세요]

바로 오는 답장.

514

[승현 : 반가워여! 뭐하구 계신가여]

[민아 : 그냥 집에 있어요]

[승현 : 오오 저도 집이에여 :)]

어느새 자연스럽게 채팅을 이어나가는 민아와 승현.

S#7 저녁, 편의점 앞

편의점에서 간식을 사서 나오는 민아,

그때 틴더로 연락이 온다.

[승현 : 근데 우리 2km 거리라고 뜨네? 같은 동네인듯?]

[민아 : 아 그래? 나 지금 맥주 마시려고 하는데 혼맥ㅋㅋㅋ]

답장하고는 길을 걷는 민아.

[승현 : 왜 혼맥해 ㅋㅋㅋ 같이 마셔ㅋㅋㅋ]

S#8 저녁, 편의점 앞

편의점 앞에 앉아서 과자 안주에 캔맥주를 마시는 민아와 승현.

민아   고등학교 다니는 내내 진짜 친했던 애들이었거든? 그

515

땐 솔직히 친구가 전부였으니까, 나도 나름 노력 많이 했단 말이야. 근데… 그냥 어느 순간 자연스럽게, 그냥, (헛웃음) 나는 버려진 거야. 걔네가 날 버린 건 아닌데, 버려졌어.

그러고 나니까 내 옆에 남은 친구가 아무도 없는 거야. 왜, 고등학교 친구가 평생 간다, 이런 말 있잖아. 나는… 내가 뭘 잘못했는지는 모르겠지만 그런 친구가 없으니까 아, 인생 헛산 거지, 제대로 된 친구도 없고~

승현   그게 헛산 건가?

민아   오래된 친구 한 명도 없으면 헛산 거지. 아~ 걔네랑 다시 그때로 돌아가고 싶어도 이제는 시간이 너무 많이 지났어. 막상 만나도 할 말도 없을걸.

승현   그래, 그러면 뭐 거기까지인 거. 걔네랑은.

민아   알아, 아는데, 그냥 아쉬운 거지. 어렸을 적 친구 한 명 없다는 게.

승현   참… 어렸을 때 친구가 뭐 그렇게 대단한가. 사실은 그냥 같은 반이라서 친했던 거 아니야?

민아   뭐, 그때는 같이 보내는 시간이 길었으니까.

승현   그러니까, 그때는 같이 보냈던 시간이 길었던 거고. 지금은 상황이 또 다르잖아. 그때의 너랑 지금의 너는 다르고. 그러니까, 지금의 너랑 어울리는 친구를 찾으면 되는 거야.

민아   (살짝 웃는) 지금의 나랑 어울리는 친구?

승현   앞에 있잖아.

민아   너는 아닌 거 같은데?

승현   (웃으며) 그러니까. 나는 아니긴 하다. 그래~ 열심히 좀
        잘 찾아 봐.

민아   (조금 홀가분해진 듯한 표정) 고마워.

민아(N) 그때는 그때고, 지금은 지금이니까.

        암전.

민아(N) 아쉬워하지 말자!

35

「 매 력 없 는 사 람 특 징 」

S#1 밤, 술집 안

술을 마시고 있는 정우, 민아, 우식.

정우   너네는 사람의 매력이 어디에서 나온다고 생각해?

민아   뭐, 많지 않을까. 외모, 분위기, 아우라 같은.

정우   나는 동등함. 혹은 나보다 위에 있음.

우식   그게 뭔 소리예요?

정우   그냥, 요즘 드는 생각이야. 사람은 누구나 자기보다 나
       은 사람을 만나고 싶어하잖아. 아니면 적어도 비슷한
       사람. 뭔가 객관적인 지표가 꼭 그렇지 않더라도 상대
       한테서 나보다 나은 무언가가 보여야 한다는 거지.

우식　　　그런 건 뭘 봐야 알 수 있는데요?

정우　　　여러 가지 있을 수 있겠지. 뭐, 그중에서 좀 쉬운 건 상

　　　　　대가 나를 대하는 태도.

우식　　　태도?

정우　　　뭐라고 설명해야 하지, 그러니까…

타이틀 <매력 없는 사람 특징>

S#2　　낮, 지하철 앞

굽이 높은 구두를 신고 원피스를 입은 소현,

역 앞에서 정우를 기다리고 있다.

[정우 : 소현아 나 버스 놓쳐서 10분 정도 늦을 듯 ㅠㅠ

미안해…]

[소현 : 아니야 괜찮아ㅋㅋㅋ

나 근처 구경하고 있으면돼ㅋㅋ]

정우에게 답장한 후, 블로그에 올라온 떡볶이 맛집을 보는 소현.

소현　　　아, 배고파… 와우, 떡볶이 개맛있겠다….

불편한 구두 때문에 발이 아픈 듯한 소현.

519

Cut To

소현, 역 입구에 등을 기댄 채 서 있다.

그때 지하철에서 올라오는 정우.

정우를 발견하고는 급히 구두를 제대로 신는 소현.

정우   아, 소현아 미안. 중간에 지하철 반대로 가는 걸 타서.

소현   괜찮아~ 왔으면 됐지!

정우   진짜 괜찮아? 나 30분이나 늦었는데.

정우(N) 내가 분명히 잘못한 일이야. 근데 상대가,

소현   괜찮아~ 신경쓰지 마, 나는. 가자!

정우(N) 라고 하면 무슨 생각이 들겠어? 또 아니면 이런 상황
       에서,

Cut To

걸어가는 소현과 정우.

소현   오빠는?

정우   난 밥 먹었어.

소현   아… 나도, 먹었지.

정우   그럼 우리 오늘 뭐 하지?

520

소현   오빠 하고 싶은 거 있어?

정우   마블 영화, 새로 개봉했던데.

정우(N)   내가 뭘 하자고 해.

소현   어, 좋아, 좋아!

정우   나 아직 어떤 영화인지 말 안 했는데….

소현   아… 근데 나 어차피 마블 잘 이해 못해서… 그냥 그거
        보면 될 거 같은데?

정우   그래? 그럼 딴 거 보자.

소현   아니야, 잘 모르니까 알아가면서 보고…

정우(N)   라고 한다면?

영화를 보고 있는 소현과 정우,

소현의 배에서 꼬르륵거리는 소리가 난다.

정우, 소현을 살핀다.

Cut To

영화가 끝나고 벗어둔 구두를 신는 소현.

521

정우   뭐야, 너 밥 안 먹고 나왔어?

소현   응? 아… 응.

정우   말하지, 밥부터 먹자고.

소현   아니야, 괜찮아.

정우   아침은 먹었어?

소현   아니, 안 먹긴 했는데….

정우   그럼 여태 한 끼도 안 먹었어?

소현   아 근데 진짜 괜찮아. 참을 만했어.

정우   왜 참아, 그걸. 말을 하면 되지.

소현   영화 다 보고 먹으면 되니까.

정우   일단 밥부터 먹자, 그러면.

S#4   낮, 거리

손을 잡고 걷는 정우와 소현.

정우   아, 오늘 날씨도 좋은데 좀 걸을까?

소현   아… 그래~

정우   괜찮아?

소현   어, 좋아~

뭔가 불편한 표정에, 절뚝이며 걷는 소현,

그런 소현의 눈치를 보는 정우.

정우   (걷다가 멈춰 서는) 소현아, 잠깐만. 뭐 기분 안 좋은 일
　　　　있어?

소현   아니? 없는데?

정우   아니, 아까 너가 배고프다고 했으면 밥 먹으러 갔지.
　　　　말을 안 하는데 내가 어떻게 알아.

소현   아… 그때는 배도 별로 안 고팠는데, 영화가 길다 보니
　　　　까….

정우   나도 영화 꼭 그거 보자는 건 아니었어. 네가 보고 싶
　　　　은 게 있으면 나한테 말을 해주면 될 거 아니야.

소현   아니야… 영화 좋았는데…

정우   걷는 거 싫어? 싫으면 말을 해줘.

소현   아니, 그게 아니라…

정우   그게 아니면 뭐, 더워? 말을 해줘, 좀… (답답한 듯) 그래
　　　　야 나도 알지.

소현   (작은 목소리로) 아… 그, 발… 아파서.

정우   뭐?

소현   발이 아파서.

그제서야 정우의 눈에 보이는 소현의 구두.

정우   …소현아, 말을 하지, 아까 내가 걷자고 할 때. 이러면

내가 미안해지잖아.

소현   아… 아니. 날씨도 좋고 그러니까, 나도 걸으면 좋겠다, 싶었지….

정우(N)   결국 내가 상대한테 뭐라고 해.

정우   소현아, 이러면 결국에는 너랑 나 다 피곤해지는 거잖아. 안 그래?

정우(N)   근데 또 이렇게…

소현   아… 미안해.

(S#5)   밤, 술집 안 (S#1 연결)

술을 마시며 계속 이야기 중인 정우, 민아, 우식.

정우   …라고 하는 거지, 너무 뻔하게도. 그렇게까지 맞춰주는 모습을 보면 무슨 생각이 드는지 알아? 내가 뭐 얘한테 그렇게 대단한가.

민아   그건 상대가 너를 너무 좋아하니까 맞춰주는 거지. 그리고 원래 내가 좋아하는 사람은 대단해 보이잖아.

정우	그러니까, 연애라는 게 결국… 덜 좋아하는 쪽이 이기
	는 게임인가 싶기도 하고.
우식	그럼 그 말은 지금 형이 덜 좋아하는 연애를 하고 있다
	는 뜻?
정우	그렇게 되나?
우식	그래서 이긴 거고?
정우	뭐, 말하자면 그렇다는 거고.
우식	(표정이 살짝 굳어지는) 근데 상대가 매력이 없어서 재미
	가 없고?
정우	(우식을 바라보고) 그게 그렇게 되나?
우식	(작게 한숨을 쉬며) 그렇게 연애하면… 행복해요?
정우	뭐?

둘을 지켜보던 민아, 흥미진진하다는 표정이다.

| 민아 | 이욜~~ |
| 우식 | (다시 웃으며) 제가 연애를 못 해 봐가지고, 궁금해서. |

우식을 묘한 표정으로 쳐다보는 정우.

세 사람, 짠 하며 다시 술을 마시고,

| 정우 | (우식을 향해서) 뭐, 상처받을 일은 없겠지. |

술집에서 나오는 우식, 통화 중인 정우가 보인다.

정우   소현아, 왜 울어. 안 좋아하면 왜 만나겠어. 나 그렇게 우유부단한 사람 아니야. 안 좋아하는 사람 억지로 안 만나, 절대. 나 믿어.

우식   (정우에게) 형, 가요. 제가 계산했으니까.

우식 향해 고개 끄덕이는 정우.

정우   어, 알겠어. 나 이제 집 들어가게. 응, 나도.

전화 끊은 정우,

우식   (정우에게) 소현이?

정우, 우식의 말에 고개 끄덕이고,
나란히 걸어가는 우식과 정우.

벤치에 앉아 소현을 기다리는 우식,

슬리퍼를 신고 나오는 소현.

소현   뭐야, 이씨.

우식   그냥.

우식의 눈에 바로 보이는 소현의 상처 난 발.

소현   같이 마셨다며.

우식   어, 같이 마셨지~

소현   뭔 얘기했는데?

소현을 처다보는 우식.

우식   그게 궁금해?

소현   뭐. 안 궁금해.

우식   그래.

소현   아, 왜 불렀는데?

우식   그냥 불러봤다~

한숨을 쉬며 다른 데를 보던 우식,

527

갑자기 짜증을 낸다.

우식   아씨, 짜증 나.

소현   왜 저래, 여기까지 와서 웬 술주정이야.

주머니에서 반창고를 꺼내 소현에게 건네는 우식.

소현   뭐야?

우식   발.

소현   엥? 어떻게 알았대?

우식   보였어.

소현   사온 거야?

우식   아니, 주머니에 있더라.

소현   그치, 땡큐.

우식   그러니까 자기한테 맞는 신발을 신으세요.

소현   이 새끼 취했네.

다친 발에 우식이 준 밴드를 붙이는 소현.

우식   야, 박소현.

소현   왜~

우식   야!

소현   뭐.

우식   (소현을 빤히 쳐다보다가) 헤어져.

소현   뭐라는 거야.

        소현, 고개를 숙인다. 눈물이 고인 소현의 눈.

우식   헤어지라고.

소현   (바로 대답하지 못하고) 아, 진짜 왜 저래.

        우는 소현, 그런 소현을 계속 바라보는 우식.

우식   울어?

        소현, 우식에게 우는 모습 안 들키려고 하지만
        장난치듯 소현의 얼굴을 계속 쳐다보는 우식.
        그러다 피식하며 웃는 두 사람.

우식(N) 제발 헤어지고 그냥,

        암전

우식(N) 나한테 와.

#36

「 만만한 사람 특징 」

S#1 낮, 소현의 집 안

수건을 머리에 두르고 화장하고 있는 소현.

소현   어제 새벽에 갑자기 전화하셔가지고, 펑크 났다고 갑
         자기 대타 부탁하시니까.

정우(E)   새벽에 온 전화를 왜 받았어?

소현   나도 진짜 안 받으려고 했는데, 혹시나 무슨 일 생기신
         거면 어떡하지 싶어서.

정우(E)   대타, 왜. 무슨 일 때문이래?

소현   몰라, 무슨 일인지는 말 안 하시고.

정우(E)   그럼 이유가 없나 보지.

소현   아냐, 그런 건 아닌 거 같긴 한데… 아무튼 오빠, 약속
      취소해서 진짜 너무 미안해. 내가 죽을 죄를 졌어… 내
      가 너무 멍청해서 거절도 못하고. 나한테 욕 해도 돼,
      진짜.

정우(E) 아니야, 내가 너한테 욕을 왜 해.

소현   아니, 나 진짜 욕먹어도 싸. 진짜 멍청이 박소현!

정우(E) 됐어~ 이따 연락하자 소현아.

소현   진짜 미안해, 미안해.

      전화를 끊는 소현,

      화장을 하다가 탁자 위에 올려져 있는 향수를 뿌리려다가

      다시 뚜껑을 닫고 가방에 넣는다.

      타이틀 <만만한 사람 특징>

S#2   낮, 거리

      길을 걷는 소현,

      그때 아르바이트 하는 카페 사장님한테 전화가 온다.

소현   (전화 받는) 네 사장님! 다 와가요.

사장(E) 어, 소현아. 출발했어?

소현   네.

사장(E)   아~ 미리 말해줬어야 했는데.

소현   네?

사장(E)   오늘 안 나와도 될 거 같아. 다음에 대타 부탁해야 할 일 생기면 다시 연락 줄게. 이번만 양해 부탁할게!

소현   아… 네, 알겠습니다. 네, 조심히 들어가세요~

길가에 덩그러니 서 있는 소현.

소현(N)   참자. 참자.

왔던 길을 다시 되돌아가는 소현.

소현(N)   내가 참아야지 어쩌겠어, 그러니까 새벽에 전화 왔을 때 받지 말았어야지.

다시 정우에게 전화를 거는 소현.

소현   오빠! 나 알바 취소돼서 시간 괜찮을 거 같은데. 아, 거기로 가면 돼? 알겠어, 응~

정우에게 전화를 거는 소현.

소현 오빠, 나 여기 앞에 도착했어. 안으로? 알았어~

술집으로 들어가는 소현.

술집에 들어온 소현,

저 멀리 정우, 희원, 민아, 현수가 보인다.

정우 (손 들며) 소현아, 여기!

정우의 옆자리에 앉아 있는 민아가 보인다.

민아 뭐야, 소현이네?

정우 아, 원래 오늘 데이트하는 날인데, 소현이 알바하는 카
페 사장님이 완전 붕신이라서. 알바 나오라고 했다가,
나오지 말라고 했다가, 아주 지 맘대로. 아오~

얼떨떨한 표정으로 테이블 가운데에 앉는 소현.

정우　소현아, 다음부터는 얘기해, 사장님한테.

소현　근데 뭐, 진짜 사정이 있으니까 그러셨겠지.

희원　뭐야, 둘이 데이트하러 가~ 우리 상관없으니까.

민아　간다고? 이정우~ 배신자~

소현　아니에요, 아니에요. 제가 먼저 약속 취소한 거라서.
　　　그냥, 다 같이…

정우　(소현에게 음식을 가리키며) 소현아, 이거 전화받기 전에
　　　이미 음식을 다 시켜가지고, 같이 먹자.

소현　오, 좋아. 맛있겠다!

현수　소현이, 너, 다 차린 밥상에 숟가락 얹기~

소현(N)　무슨 말이지?

소현　네?

현수　하하하하하! 웃기지? 여기 다 차려져 있잖아, 음식이.

소현(N)　일단 웃자.

소현　하하하하! 아~ 제가 숟가락만 이렇게! 죄송합니다~

현수　우리 둘이 코드가 잘 맞아.

희원　(현수에게) 소현이가 억지로 웃어주는 게 네 눈엔 안 보

이냐?

소현   아니에요, 아니에요! 저 진짜 웃겨서 웃은 거예요~

Cut To

계속되는 술자리, 어느새 맥주가 다 떨어졌다.

정우   술 없네~

소현   어, 맥주 더 시킬까요? 제가 시킬게요. (손 살짝 들며) 사장님… 제가 갔다올게요.

직원이 안 보이자 자리에서 직접 일어나서
맥주를 가지러 가는 소현.

민아   (취한 듯, 갑자기 소리 지르는) 야! 이정우, 네가 뭐 그렇게 대단한 줄 알아? 소현이가 훨씬 더 대단해, 너 같은 애랑 사귀는 소현이가.

맥주를 가지고 와서 자리에 앉는 소현.

민아   뭐? 태도? 매력이 없어? 뭐가 매력이 없냐, 소현이가~ 그치이? 소현아~

정우   (소현의 눈치 보며, 찔리는) 아야야, 취했냐? 무슨 헛소리를 하고 있어.

민아   이렇게 착한 여자친구가 어딨다고 그렇게 말하냐.

        난감하다는 표정의 현수와 희원,

        애써 웃어 보이지만 마음이 불편한 소현.

민아   그치~ 소현아~ 쟤는 너랑 헤어지잖아? 그럼 엄청 후
        회할 거야.

정우   (민아를 살짝 밀치며) 뭔 소리 하는 거야?

소현   하하하… (애써 농담으로 분위기 무마시키는) 제가 착한 거
        빼면 시체잖아요.

민아   시체 아니양~

정우   (민아에게) 얘 진짜 왜 이러지? 너 취했어? 정신 차려~

        민아와 소현을 물끄러미 쳐다보던 희원.

희원   진짜 가지가지한다, 이정우.

정우   …어?

        자리에서 일어나 화장실로 가는 희원.

민아   이정우~ 너 소현이한테 잘해, 임마!

정우   네가 뭔데 이래라저래라야~

계속 투닥거리는 민아와 정우.

애써 아무렇지 않은 척하는 소현.

소현(N) 뒤에서 내 얘기했나?

화장실 칸 안에서 나오는 소현,

세면대 앞에 서 있는 희원, 향수를 뿌리고 있다.

어색한 미소를 지으며 옆에 서는 소현.

소현 선배님, 향수 되게 잘 어울리세요. 러블리한 공주님 같
      은 느낌?

희원 뿌릴래?

희원, 향수를 소현에게 건네고,

향수를 두 손으로 받는 소현.

소현 (향수 받으며) 감사합니다. 어, 이거 ○○ 브랜드 거 아니
      에요?

희원 너도 써?

소현 저도 최근에 하나 샀는데 아직 뿌려보지는 않았어요.

희원   아~ 진짜?

        향수 입구 쪽을 슬쩍 코에 가져다 대며 향을 맡아보는 소현.

소현   향이 되게 러블리해서 선배님이랑 진짜 잘 어울려요. 있
        잖아요… 선배님 되게 새침한 공주님 같아요. 함부로 대
        할 수 없는 공주님 아우라가, 이렇게 막~ 멋있으세요.
희원   (가만히 소현을 쳐다보다가, 무언가 생각한 듯) 소현아, 너도.
소현   에이~ (손사래를 치며) 아니요, 아니요. 저는 공주님 옆
        에, 저~ 끝에 있는 난쟁이 5번 재질~
희원   아이씨, 뭔 소리야. 그렇게 말하는 거 너희 어머님이
        들으시면 얼마나 속상하시겠어. 안 그래?
소현   장난이에요~

        소현이 들고 있는 향수를 바라보는 희원.

희원   뿌려 봐도 되는데.
소현   아? 네.
희원   뿌려 봐도 된다고.

        희원의 향수를 뿌려보는 소현.

희원   소현아, 너도 이제 공주야.

소현   (오글거려 하며) 아~ (말 돌리며) 언니, 와~ 이거 잔향이

미쳤는데요?

희원   소현아, 있잖아. 너가 너의 엄마라고 생각해 봐. 누가

너를 함부로 대하도록 둘 거야?

소현   네? 그게 무슨 소리세요…?

소현을 지그시 바라보는 희원.

소현   (희원에게 향수 건네며) 아, 이거. 여기요! 감사합니다.

희원   먼저 갈게~

희원, 소현에게 향수를 돌려받고 화장실에서 나간다.

<u>S#6</u> 밤, 거리

밖에서 엄마와 통화 중인 소현.

엄마(E)   우리 공주~

소현   응.

엄마(E)   항상 조심하고, 엄마가 사랑하는 거 알지?

소현   응, 알지~

엄마(E)   우리 딸 사랑해~

| 소현 | 응….

전화를 끊는 소현, 휴대폰을 물끄러미 바라본다.

S#7 밤, 술집 앞

다시 술집 앞에 도착한 소현,

잔뜩 취한 민아가 술주정을 하고 있다. 옆에서 말리는 정우의 모습.

| 민아 | 사장님, 여기 소주 한 병만 더 주세요~
| 정우 | 야, 정신 차려.
| 소현 | (정우에게) 다른 사람들은?
| 정우 | 우리 버리고 갔어.
| 민아 | 3차! 3차 가자! 소현아~
| 소현 | 완전 취하셨네….
| 정우 | 야! 너는 술 마실 때마다 왜 이러냐, 진짜. (소현에게 가방 건네며) 소현아, 이거 가방 좀.

소현에게 자신의 가방을 넘기고,

민아의 앞으로 가서 자연스럽게 민아를 업는 정우.

민아의 가방도 챙기는 소현.

540

소현	어어… 근데 집을 어떻게 가.
정우	일단 우리가 데려다줘야지, 버리고 갈 순 없잖아.
소현	집 어디시지? 내가 부모님께 전화 한번 해볼까?
정우	아니야, 아니야. 얘 여기 근처 살아.
소현	…어?
정우	가자, 빨리.
민아	3차 가자!!!

정우와 민아의 가방을 들고 뒤쫓는 소현, 굳은 표정이다.

소현(N)   내가 나의 엄마라면…

S#8   밤, 민아의 오피스텔 앞

민아를 집에 데려다주고, 오피스텔에서 나온 소현과 정우.

정우	아, 진짜 죽는 줄 알았네. 쟤가 원래 술만 마시면 저래.
	버릇 고쳐야 돼, 쟤는 진짜.

아직 정우의 가방을 들고 있는 소현을 발견한 정우.

| 정우 | (가방 가져가며) 아, 고마워, 소현아. 우리도 갈까? |

소현(N)   너는 소중한 사람이야. 너를 아프게 하는 사람을 만날
        필요는 없어.

정우   (휴대폰으로 버스 시간 확인하는) 소현아, 나 버스 막차 7분
        남았다. 나 먼저 가야겠는데? 너 집 혼자 잘 갈 수 있지?

소현(N)   소현아, 너를 소중하게 대해주는 사람을 만나.

소현   오빠, 잠깐만.

정우   어?

소현   나 기분 나빠.

정우   (시간 확인하다가 소현을 보고는) 갑자기?

소현   갑자기는 아니고, 아까부터. 내가 왜 내 남자친구가 다
        른 여자 업어서 집까지 데려다주는 걸 옆에서 보고 있
        어야 돼?

정우   아… 쟤가 취해서 그런 거지.

소현   왜 다른 사람한테 내 욕해?

정우   아~ 아니야, 아까 쟤가 한 말은 잊어, 소현아. 취해서
        그러는 거야.

        심각한 분위기에 소현의 표정 살피는 정우,

        울먹이는 소현.

542

소현   내가 왜 그런 취급을 받아야 해? 나도, (목소리가 떨리
        지만 분명하게) 나도 소중한 사람이야. 나도 충분히 배려받
        아야 하는 사람이야.

        놀란 듯한 정우의 표정.

소현   나도… 내가 중요해.
정우   미안해, 소현아.
소현   우리, 그만하자.
정우   …뭐?

        멍해진 정우를 두고 자리를 뜨는 소현.

소현(N) 소현아, 너는 사랑받을 사람이 될 자격이
        충분하다 못해,

        암전

소현(N) 흘러넘치는 사람이야.

        쿠키 영상 (밤, 소현의 집 안)
        가방에서 향수를 꺼내는 소현.

소현(N) 사놓고 한번도 안 뿌렸네. 괜히 다른 사람이 되는 느낌
일까 봐….

용기를 내서 향수를 자신의 손목에 뿌려보는 소현,
조심스럽게 향을 맡아본다.

소현(N) 중성적인 향은 나랑 안 어울리는 거 아닌가 했는데, 괜
찮네? 평소랑 다른 내가 되는 것도… 나쁘진 않구나.

옅은 미소를 짓는 소현.

암전

＊

너가 너의 엄마라고 생각해 봐.

누가 너를 함부로 대하도록 둘 거야?

너를 아프게 하는 사람을 만날 필요는 없어.

———————

너는 소중한 사람이야.

나 하나만큼은
무조건 내 편

'좋은 사람이 되고 싶다'라는 마음은 항상 내 인생의 화두였다. 좋은 사람이 되면 모두가 나를 좋아해주겠지, 하는 마음에서였다. 모두에게 사랑받는 사람이 되는 게 허황된 일임을 알면서도 나는 그런 사람이 되려고 했다.

내가 조금 불편한 건 괜찮지만 상대가 나 때문에 불편해지는 건 죽어도 싫었다. 그렇게 '잘 보이고 싶다'라는 마음은 나 자신을 자꾸만 상대보다 아래에 두게 만들었다. 누군가가 상처주는 말을 해도 내가 조금 참으면 되겠지 하며 불편한 관계를 이어나갔다. 대화를 할 때면 내가 하고 싶은 말이 아니라 상대가 듣고 싶어 하는 말을 해주려 했고, 때론 나를 깎아내리면서 상대를 치켜세워주었다. 내가 원하는 것보다는 상대가 원하는 것을 하는 게 마음이 편했다.

처음에는 그저 좋은 사람이 되고 싶은 마음뿐이었다. 그런데 남이 나를 어떻게 볼까 하고 타인의 시선을 의식하다

보니 싫은 소리를 하지 못하게 되고, 싫은 소리를 못하니 마음 속에 화가 쌓이는데 이를 표현하지 못해 혼자 지쳐버렸다. 결국 좋은 사람이 되려다 제풀에 지쳐 주변 사람과, 여러 관계와 멀어지려 하는 내가 보였다.

속상한 건, 내가 착하게 군다고 해서 모든 사람이 나를 좋아해 주었느냐 하면 그것도 아니었다. 남들은 내가 잘 보이고 싶다고 해서 잘 봐주지 않았고, 반대로 못 보이고 싶다고 못 봐주지 않았다.

모든 사람이 좋아해주는 사람이 되려는 것, 사실 굉장히 오만한 마음이다. 제3자의 감정과 판단을 내 행동으로 컨트롤할 수 있다고 생각하는 것이니 말이다. 내가 아무리 상대에게 잘 보이려는 행동을 해도 그가 나를 좋게 보고 싶지 않을 수도 있는 것이다.

애초에 모든 사람이 나를 좋아할 필요도 없다. 그럴 수도 없고. 남이 나를 나쁘게 본다고 내가 나쁜 사람이 되는 것도, 남이 나를 좋게 본다고 내가 좋은 사람이 되는 것도 아니기 때문이다. 중요한 건 내가 '나를' 어떻게 보느냐 이다. 나만큼은 반드시 나를 좋아해줘야 한다. 그 누구도 내 편이 되어주지 않는 그 순간에도 나 하나만큼은 내 편이 되어줘야 한다. 굳세게 나를 좋아해주고 내가 나에게 좋은 사람이 되려는 마음으로 하루하루를 살아가다 보면 그 모습을 알아보고 좋아해주는 누군가가 나타날 것이다. 그런 사람이 한두 명 정도만 있어도 인생을 살아가기에 충분하다.

이를 깨달은 뒤로 나는 누가 나를 좋아해주길 바라는 마음에 하는 행동 대신, 그냥 좋아서 하는 일을 하기로 마음먹었다. 그리고 싫을 때는 싫다는 표현을 분명하게 했다. 한때 나는 거절을 하면 상대가 기분 나쁠까 봐, 나를 싫어할까 봐 걱정했다. 그러나 거부 표현은 사람과 사람 사이에 필요한 예의만 잘 갖춘다면 문제 될 게 없다. 거절도 조금씩 하다 보니 무작정 "싫어!"라고 표현하는 게 아니라, "나는 좀 불편해서 하지 못할 거 같아, 다음에 다른 일을 도와줄게" 혹은 "나 말고 더 잘할 수 있는 사람에게 부탁하는 게 좋을 거 같아"라고 완곡하게 말하는 약간의 요령을 터득하게 됐다. 그렇게 말할 줄 알게 된 내가 제법 진짜 '어른'이 된 것 같아 으쓱하기도 했다.

물론 정중하게 거절했음에도 불구하고 상대가 기분 나빠한다면, 그때부터 그 일은 내가 해결해야 할 문제가 아닌 상대가 풀어야 할 몫이다. 내가 끌어안고 끙끙거려야 할 문제가 아닌 것이다. 이제는 내가 좋아하는 일을 하

고, 내가 좋아하는 사람을 만나고, 내가 좋아하는 음식
을 먹고… 하루하루 그 모든 것들을 가장 소중한 나에
게 선물하듯 살아가기로 했다.

"나도 소중한 사람이야.

나도 충분히 배려받아야 하는 사람이야."

-<만만한 사람 특징>

화제의 웹드라마 「픽고」 대본 에세이

안녕, 낯선 사람

초판 1쇄 발행 2022년 12월 12일

지은이 이민지, 고낙균
펴낸이 김선준

기획편집 배윤주 **편집2팀장** 서선행 **디자인** 어나더페이퍼
책임마케팅 신동빈 **마케팅** 권두리, 이진규
책임홍보 유준상 **홍보** 조아란, 이은정, 김재이, 유채원, 권희
경영지원 송현주, 권송이
펴낸곳 ㈜콘텐츠그룹 포레스트 **출판등록** 2021년 4월 16일 제2021-000079호
주소 서울시 영등포구 여의대로 108 파크원타워1 28층
전화 02) 332-5855 **팩스** 070) 4170-4865
홈페이지 www.forestbooks.co.kr

ISBN 979-11-92625-11-9 (03810)

㈜콘텐츠그룹 포레스트는 독자 여러분의 책에 관한 아이디어와 원고 투고를 기다리고 있습니다.
책 출간을 원하시는 분은 이메일 writer@forestbooks.co.kr로 간단한 개요와 취지, 연락처 등을 보내주세요.
'독자의 꿈이 이뤄지는 숲, 포레스트'에서 작가의 꿈을 이루세요.

＊

"이제부터는 일기장에
'아까 그렇게 말하지 말걸,
남한테 그렇게 행동하지 말걸…'
하는 자책과 반성의 기록보다
오늘 있었던 좋았던 일, 기뻤던 일을
더 많이 작성하게 되길 바랍니다.

스스로를 닦달하지 말고
당신이 함부로 쉽게 행복했으면 좋겠습니다."